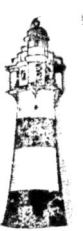

**Blutspur
Alles Gute, Ernst**

Zum Buch

In seiner Villa in einem kleinen oberschwäbischen Dorf wird die blutüberströmte Leiche eines alten Mannes entdeckt, eines Juden, der seit Jahrzehnten hier seine Heimat hatte. Am Tatort findet Oberinspektor Dahm Hakenkreuz-Schmierereien und die grausige, mit Blut geschriebene Inschrift „Alles gute, Ernst". Fünfzig Jahre nach dem Untergang des Dritten Reiches müssen Dahm und sein Kollege Pfeiffle sich im beschaulichen Oberschwaben auf die Suche nach einem Mörder machen, der einen Menschen erschlagen hat, weil er Jude ist. Eine Welle des Mißtrauens schlägt ihnen bei ihrer Arbeit aus der beklemmenden Enge des Dorfes entgegen. Je länger die Ermittlungen dauern, desto mehr wird Dahm bewußt, daß die deutsche Vergangenheit noch immer die Gegenwart beeinflußt. Aber ist das Motiv für den Mord an einem alten Mann wirklich die nie aufgearbeitete Geschichte? Dieser Kriminalroman hält den Leser bis zu seiner überraschenden Wende in Atem.

Zum Autor

Matthias Raith ist Rechtsanwalt. 1959 in Stuttgart geboren, verbrachte er seine Schulzeit in Böblingen, New York und Paris. Ein Studium der Rechtswissenschaften schloß sich an. Seit 1993 lebt und arbeitet er im oberschwäbischen Waldburg. Das Schreiben von Kriminalgeschichten hat er zu seinem Hobby gemacht.

Matthias Raith

Blutspur
Alles Gute, Ernst

Verlag Stadler

Aus der Reihe Stadler Kriminalromane

Verlag und Vertrieb:
Stadler Verlagsgesellschaft mbH, 1998
Max-Stromeyer-Straße 172, D-78467 Konstanz

© Copyright by:
Verlag Friedr. Stadler, Konstanz
Inh. Michael Stadler

Umschlaggestaltung: Büro Hamburg, Annette Hartwig
Umschlagabbildung: Harry Weber
Druck: Konkordia Druck GmbH, Bühl

ISBN 3-7977-0343-0

Stadler
Kriminalgeschichten

Günther Dahm, Oberinspektor der Kriminalpolizei in Schussental, einer oberschwäbischen Kreisstadt in der Nähe des Bodensees, saß am Fenster seiner kleinen Eßküche.
Es war erst kurz nach sieben Uhr, aber der Lärm von der Straße drang schon bis zu seiner Wohnung herauf. Ein leichter Wind bewegte die Äste der kleinen Tanne, die er als zukünftigen Weihnachtsbaum schon jetzt, obwohl es noch November war, auf seinem Balkon stehen hatte.
Durch die Zweige des Bäumchens schimmerte eine kleine Strassenlaterne, deren Licht sich in der Glasfassade eines modernen Dienstleistungstempels mit Läden und Arztpraxen, das langsam seiner Vollendung entgegensah, spiegelte.

Dahm schaute nachdenklich in die Dunkelheit hinaus. Er war etwas über dreißig Jahre alt, genauer gesagt vierunddreißig, behauptete von sich, er sei mittelgroß, obwohl er mit einer Größe von 1.73 m einiges unter dem Bundesdurchschnitt lag, und hatte, was ein etwas übereifriger Anzugverkäufer unlängst einen leichten Bauchansatz nannte. Bei seiner morgendlichen Rasur mußte er erkennen, daß die Anzahl der grauen Haare auf seinem Kopf mit jedem Tag zunahm.
Wie jeden Morgen trank er Kaffee aus seiner Lieblingstasse. Die hatte ihm sein Bruder vor Jahren anläßlich der Hochzeit von Charles und Diana aus London mitgebracht, das Brautpaar im Profil und lächelnd. Er versuchte, Interesse für die Neuigkeiten seiner neuen Heimatstadt zu entwickeln, indem er den Lokalteil der Zeitung studierte.

Seit einem guten Monat war er nun schon in Schussental und wenn er seine Situation mit jener verglich, in der er sich vor einem Jahr befunden hatte, dann war er zufrieden.
Vor einem Jahr war er noch beim Morddezernat in der Landeshauptstadt gewesen, mit all den frustrierenden Begleiterscheinungen im Leben eines Großstadtpolizisten. Miese Arbeitszeiten, magere Bezahlung und ein Sozialprestige, mit dem sich nur noch die Mitarbeiter des städtischen Schlachthofes messen konnten. Er hatte eine Ehe geführt, die sich für beide Beteiligten immer mehr zu einer Zumutung entwickelt hatte, und so häufig an Bauch-

schmerzen gelitten, daß er zu wissen glaubte, das Ende seiner Tage sei gekommen.
Viele seiner Bekannten behaupteten, er sei der klassische Hypochonder, weil selten ein Treffen mit ihm ohne mindestens eine besorgniserregende Meldung über eine Veränderung seines Gesundheitszustands vonstatten ging. Er selbst empfand diesen Vorwurf als ungerecht und falsch, er schätzte sich vielmehr als Gesundheitspessimisten ein. Er legte Wert auf diese Unterscheidung, da seine Bauchschmerzen eine Tatsache gewesen waren, schließlich hatte er sich fast vier Jahre lang damit herumgequält. Er ging eben davon aus, daß die Beschwerden, unter denen er litt, immer die schlimmstmöglichen, also in der Regel tödlichen Ursachen hatten.
Sein Hauptproblem war, daß er, trotz aller seiner Sorgen über sein körperliches Befinden, grundsätzlich keinen Arzt aufsuchte. Er hatte Angst vor der Bestätigung, daß seine Befürchtungen über die Ursachen der Beschwerden zutrafen.
So blieb ihm in der Regel nichts anderes übrig, als abzuwarten und zu hoffen, daß alles vorüberging und seine gesundheitlichen Probleme von selbst wieder verschwanden. Das waren Zeiten des Bangens, die sich natürlich negativ auf seine gesamte Stimmungslage auswirkten.
Jedenfalls waren diese Schmerzen durch die operative Entfernung seiner Gallenblase beseitigt worden, die Ehe durch ein rechtskräftiges Scheidungsurteil und Stuttgart durch einen Versetzungsantrag nach Schussental.

Seine Scheidung war erheblich weniger unerquicklich gewesen, als die der meisten seiner Bekannten, von denen er bisher gehört hatte. Er und seine Exfrau waren sich völlig einig gewesen und Kinder oder Immobilien, also Dinge über die es sich zu streiten gelohnt hätte, waren auch nicht vorhanden gewesen.

Zu Beginn ihrer Ehe hatten sie in dieser Hinsicht natürlich ganz andere Pläne gehabt. Erfolg im Beruf, gemeinsame Reisen – der gutbürgerliche Teil, zwei hübsche Kinder und ein Eigenheim im Grünen, möglichst mit S-Bahn-Anschluß, war für später vorgesehen.
Als sie beide dann beruflich so erfolgreich waren, daß für das Reisen keine Zeit mehr blieb, waren sie mit ihrer Ehe schon so weit, obwohl sie es sich damals noch nicht zugestehen wollten, daß auch ein gemeinsames Kind keine Lösung mehr gewesen wäre.

Daß er nach Schussental versetzt worden war, war ein Zufall gewesen, ein glücklicher Zufall.
Nach der Scheidung in Stuttgart zu bleiben, kam für ihn nicht in Frage. Ein kompletter Neuanfang sollte es werden, neue Stadt, neue Kollegen, neues Leben.
Zuerst hatte er die Absicht gehabt, als Aufbauhelfer in den Osten zu gehen. Trotz des Karrieresprungs, der mit einem solchen Wechsel verbunden gewesen wäre, griff er dann lieber doch zu, als ihm völlig überraschend diese Stelle in Schussental angeboten wurde. Er war, so wie er es in seinem bisherigen Leben eigentlich immer getan hatte, wenn man ihm dazu die Möglichkeit gab, den Weg des geringsten Widerstands gegangen. Und Widerstände, dessen war er sich völlig sicher, waren in Sachsen, dem Land, in dem Württemberger üblicherweise landeten, zur Genüge zu erwarten.
Die Aussicht, die nächsten Jahre als „Besserwessi" in einer Plattenbauwohnung zu verbringen, entsprach einfach nicht seiner Vorstellung von einem neuen und angenehmeren Leben.

Er stand auf, spülte seine Tasse aus und machte sich auf die Suche nach seinen Schuhen.
Es war Montag und er freute sich auf seine Arbeit. Er war noch nicht lange genug in Schussental, um ausgefüllte Wochenenden zu haben. Er hatte noch keine Freundschaften geschlossen, und das Wetter war in den letzten Tagen zu schlecht gewesen, eine der Radtouren zu unternehmen, mit denen er sich seine ersten Wochenenden hier vertrieben hatte.
So war ihm nichts anderes übrig geblieben, als zu lesen, fernzusehen und zum wiederholten Mal die paar Möbel, die er besaß – wie wenig es tatsächlich waren, wurde ihm erst bewußt, als er aus der gemeinsamen Ehewohnung ausgezogen war und nicht einmal einen VW-Bus füllen konnte – so lange umzuarrangieren, daß sie sich am Ende wieder an ihrem ursprünglichen Standort befanden.

Das Pflaster auf dem Weg zur Polizeidirektion war glatt von der Nässe, die ein leichter Schneefall verursacht hatte.
Dahm ärgerte sich, daß er zum wiederholten Male seinen Schirm zu Hause hatte liegen lassen, schüttelte sich ein paar Flocken von der Schulter und ging mit eingezogenem Kopf in Richtung Josephsplatz.
Dieser Platz war seine Lieblingsetappe auf seinem morgendlichen Weg zur Arbeit. Dort konnte er täglich die Fortschritte an Schussentals kontroversestem Bauwerk überprüfen.

Die Stadtverwaltung hatte einem lokalen Künstler die Möglichkeit gegeben, eine halbe Million Mark in Form einer avantgardistischen Brunnenplastik zu verbauen, bei der der Wasserfluß durch einen Zufallscomputer gesteuert werden sollte, der sich irgendwo unter dem Bauwerk befinden sollte. Seit die Entwürfe der Öffentlichkeit zugänglich gemacht worden waren, ging ein tiefer Riß durch die Bevölkerung. Die einen freuten sich, daß das malerische Schussental, das bisher nur durch seine Türme und einige Fachwerkhäuser bekannt war, nun mit einem etwas moderneren Kunstwerk beglückt wurde, die anderen hielten das ganze Projekt für eine kolossale Geldverschwendung und die Plastik für schlichtweg häßlich. Und neuerdings wagte niemand mehr ernsthaft die Prognose, daß es bei der halben Million bleiben würde.
Dahm war sich noch nicht ganz im Klaren darüber, welcher Seite er sich anschließen sollte. Die Auseinandersetzung mit der zeitgenössischen Kunst schien Dahm überhaupt ein Wesenszug des hiesigen Menschenschlags zu sein. In Konstanz, der nicht so weit entfernten Kreisstadt am Bodensee, mußten sich viele der Bewohner, allen voran einige Stadträte und die katholische Kirche, über eine neu errichtete Statue aufregen. Im Gegensatz zum Schussentaler Brunnen konnte auch das ungeschulte Laienauge problemlos erkennen, was der ausführende Künstler hatte darstellen wollen. Es handelte sich um eine sogenannte Hübschlerin, eine Dame also, die sich in früheren Zeiten ihren Lebensunterhalt damit verdiente, daß sie einsamen Herren auf jede erdenklich Weise die Zeit vertrieb. Was diese Figur für die Kirche, und wahrscheinlich auch für den europäischen Hochadel, so unerträglich machte, war der Umstand, daß sie auf ihren beiden Händen jeweils ein kleines, aber deutlich erkennbares Männlein sitzen hatte. Beide waren zwar weitgehend unbekleidet, trugen aber Kopfbedeckungen, die sie als einen Adligen und einen kirchlichen Würdenträger auswiesen.
Zu allem Unglück für die Kritiker stand die Figur auch nicht irgendwo versteckt auf einem kleinen Platz, sondern markierte die Hafeneinfahrt, so daß sie, sich fröhlich um die eigene Achse drehend, jeden begrüßte, der die Stadt vom Bodensee her betrat.

Insgeheim hielt Dahm den Brunnenbauer für ein Genie, dem er seinen Respekt nicht versagen konnte. Nicht so sehr wegen seiner Arbeit, sie gefiel ihm, aber er fand sie nicht herausragend, sondern wegen seiner Geschäftstüchtigkeit.
Jedesmal, wenn er sich ausrechnete, wie lange er für die Summe, die der Künstler als Honorar erhalten hatte, würde arbeiten müs-

sen – er hatte einen Zeitraum von mehr als vier Jahren errechnet – ergriff ihn eine tief empfundene Hochachtung vor dem Mann.
Zu seinem großen Leidwesen konnte er keine Veränderung gegenüber dem letzten Freitag erkennen, blieb aber trotzdem ein paar Minuten stehen, um Volkes Stimme zu dem Werk zu vernehmen und die konnte man, egal wie schlecht das Wetter um den Brunnen herum auch sein mochte, jeden Morgen in großer Vielfalt und Deutlichkeit hören. Man konnte zu der Arbeit stehen, wie man wollte. Als Ort der Begegnung und des Gesprächs war sie schon vor ihrer Fertigstellung ein voller Erfolg.

Mittlerweile hatte der Schneefall an Heftigkeit wieder zugenommen. Dahm ärgerte sich weiter über sich selbst, zog den Kopf wieder ein und setzte mißmutig seinen Weg fort.

***

Nachdem er das alte Gebäude der Polizeidirektion betreten und versucht hatte, sich den Schnee von seinen Schultern abzustreifen, bevor er sich in Wasser verwandelte, spürte er sofort, daß irgend etwas nicht war, wie es sein sollte. Keine kleinen Gruppen, die sich lachend von ihren jeweiligen Wochenenden erzählten, niemand, der hektisch über einen der zahlreichen Gänge lief und versuchte, noch irgendwo eine schnelle Tasse Kaffee aufzutreiben oder etwas Zucker zu organisieren.
Als er das Stockwerk erreichte, in dem sich sein Dienstzimmer befand, kam ihm schon sein Bürokollege entgegen. Ein weiters Alarmzeichen für Dahm, da Pfeiffle, so lautete der Name des Kollegen, sich sonst dadurch auszeichnete, daß er sich durch absolut nichts, auch nicht durch die größten Katastrophen, aus der Ruhe bringen ließ.
Er hatte den Mann vom ersten Tag an gemocht. Sie waren beide in etwa gleich alt und gleich groß, Pfeiffle war jedoch deutlich schwerer und hatte erheblich weniger Haare. Am Hinterkopf hatte er bereits eine ziemliche Platte, die er allerdings in der Regel recht kunstvoll versteckte. Sie war eigentlich nur zu sehen, wenn man ihm im Treppenhaus, von oben auf ihn zukommend, begegnete.
Pfeiffle war verheiratet. Seine Frau, eine Krankenschwester, war vollauf damit beschäftigt, die gemeinsamen und äußerst lebhaften Kinder und das neu gebaute Haus zu hüten.
Er hatte Dahm schon am ersten Tag mit allen möglichen Büroartikeln, inklusive eines Schreibtisches, ausgestattet und, was noch viel wichtiger war, er hatte ihn in kurzen und präzisen

Referaten über Eigenheiten, Stärken und Schwächen der neuen Kollegen so umfassend informiert, so daß er sich bereits am ersten Abend ein Bild von der gesamten Abteilung machen konnte.
Pfeiffle war, bevor er auf seinen jetzigen Posten versetzt worden war, beim Wirtschaftskontrolldienst gewesen und pflegte beim Mittagessen in der Kantine seine Tischgenossen mit äußerst detaillierten Schilderungen über irgendwelche lokalen Restaurantküchen, die er damals zu überprüfen hatte, zu unterhalten. Die meiste Zeit mußte er allerdings alleine essen, da sich außer Dahm und der Kollegin Leinenweber niemand mehr fand, der freiwillig neben Pfeiffle sein Essen einnahm.
Pfeiffle war auch derjenige gewesen, der Dahm eine Wohnung bei der Witwe Läpple beschafft hatte. Als geborener Schussentaler hatte er mehr Verbindungen in der Stadt, als alle übrigen Kripobeamten zusammengenommen und keine drei Tage gebraucht die Wohnung aufzutreiben, nachdem Dahm ihm erzählt hatte, daß er wohl in die Jugendherberge ziehen würde, bis er eine vernünftige Bleibe gefunden habe.

„Endlich sind Sie da Mann, wir wollten schon losfahren und Sie abholen. Wo bleiben Sie denn so lange?"
Dahm sah davon ab zu erklären, daß er einige Zeit am Brunnen vertrödelt hatte und murmelte nur etwas von wegen er hätte leicht verschlafen.
„Höchste Zeit, daß Sie endlich Ihr verdammtes Telefon bekommen. Die Lösung mir Ihrer Vermieterin als Telefonzentrale ist alles andere als optimal."
Dahm empfand den vorwurfsvollen Ton, den Pfeiffle anschlug, als kränkend. Sicher, er war nicht gerne telefonisch erreichbar und hatte demgemäß den Antrag etwas verzögert, aber mittlerweile war er gestellt und die Schuld lag für ihn mithin ausschließlich bei der Telekom.
Er beschloß trotzdem, sich von Pfeiffle oder vielmehr von dessen Ton die Laune nicht verderben zu lassen und fragte ihn freundlich, was denn nun überhaupt vorgefallen sei, das ihn so in Aufregung versetzte.
„Es ist jemand umgebracht worden. Ein alter Mann. Erschlagen. In seinem eigenen Haus."
Dahm war überrascht. Morde waren in einer Stadt wie Schussental zwar nicht ganz auszuschließen, aber doch eher selten.
„Hier in Schussental?"
Pfeiffle schüttelte mit dem Kopf. „Nein, in Reicherreute, ein klei-

ner Ort hier in der Gegend. Der Chef will, daß wir uns um die Sache kümmern, weil Sie in Stuttgart angeblich schon mal mit Tötungsdelikten zu tun hatten."
„Nicht nur angeblich" dachte Dahm, „tatsächlich." Er mußte sich eingestehen, daß er sich geschmeichelt fühlte. Am Anfang seiner Zeit hier in Schussental hatte er sich immer bemüht, bei seinen neuen Kollegen keinesfalls den Eindruck zu erwecken, daß er sich als ehemaliger Großstadtpolizist für etwas Besseres hielt, nur weil er den meisten von ihnen was das Verhältnis von Alter und Dienstgrad betraf, ein kleines, aber für die weitere Laufbahn entscheidendes, bißchen voraus war.
Seine Kollegen hielten ihn ohnehin schon für einen Außenseiter, weil er jede Form von außerdienstlichem Kontakt mit ihnen vermied. Dies tat er nicht, weil er etwas gegen sie hatte, sondern nur, weil er immer schon der Ansicht war, daß es besser war, Beruf und Privatleben voneinander zu trennen.
Erschwerend kam hinzu, daß er nicht sofort nach dem Abitur zur Polizei gegangen war, sondern sich vorher ein paar Semester lang als Jurastudent versucht hatte. Sein ehemaliger Chef in Stuttgart hatte ihn, wohl aus diesem Grund, auch nicht besonders gemocht. Er war allerdings über sich hinausgewachsen, als es darum ging, Dahms Versetzungsantrag nach Kräften zu unterstützen. Mangelnde Teamfähigkeit hatte sein üblicher Vorwurf gelautet. Mit Grausen erinnerte Dahm sich an die zahllosen Gespräche im Büro seines damaligen Vorgesetzten, bei denen dieser versuchte, Dahm mit väterlichem Ton auf seine menschlichen Unzulänglichkeiten hinzuweisen. Überhaupt hatte er den Eindruck, daß es trotz seiner unbestrittenen Fähigkeiten als Ermittler kaum jemanden in Stuttgart gab, der seinen Abgang wirklich bedauerte.

Pfeiffle unterbrach Dahms gedanklichen Ausflug nach Stuttgart, indem er ihn leicht am Ärmel zupfte.
„Herr Pfeiffle, hab' ich Ihnen schon erzählt, daß ich das Ärmelzupfen fast genauso hasse, wie wenn jemand meine Aufmerksamkeit durch einen Pfiff gewinnen will?"
„Mehrfach Dahm, eigentlich fast täglich. Aber erstens kann ich mir das nicht so schnell abgewöhnen und zweitens hatte ich den Eindruck, daß Sie mir nicht zuhören."
„Womit Sie recht haben. Ich entschuldige mich und höre zu."
„Ich hab uns einen Wagen bestellt. Ich glaube, wir sollten so schnell wie möglich rausfahren und nachschauen, was da passiert ist. Die Kollegen vor Ort sind ziemlich außer sich."
„Ja natürlich, gehn wir. Reicherreute haben Sie gesagt? Kann es

sein, daß ich da schon mit dem Fahrrad durchgekommen bin?"
„Gut möglich", „antwortete Pfeiffle," liegt in Richtung Wangen. Nicht direkt an der Bundesstraße, aber in der Richtung. Eigentlich ein ganz hübscher Ort. Die haben da eine ziemlich bekannte Landmetzgerei, vielleicht haben Sie von der schon gehört. Angeblich fahren die Leute bis von Stuttgart dort rauf, um sich einzudecken."
Dahm glaubte sich zu erinnern. Ein kleines Dorf, wie es sie in der Schussentaler Gegend im Dutzend gibt. Landwirtschaft, ein oder zwei Gasthöfe und jede Menge schmucker freistehender Einfamilienhäuser und in der Nähe ein paar kleine Weiher.
„Und da soll ein Mord passiert sein?" fuhr es ihm durch den Kopf, „aber warum eigentlich nicht. Schließlich werden heute überall Leute wegen ein paar Mark vom Leben in den Tod befördert."
„Also gut, dann fahren wir los und schauen uns die Sauerei mal an."

***

Während der Fahrt sprachen sie nicht viel. Dahms gute Laune war verflogen und beide begannen diese Ungewißheit zu spüren, die sie jedesmal packte, wenn sie sich auf dem Weg zum Ort eines Gewaltverbrechens befanden, die Ungewißheit, daß keiner genau wußte, was eigentlich auf einen zukam und ob man damit fertig würde.

Das Haus, vor dem Pfeiffle den Wagen nach ungefähr zwanzig Minuten Fahrt endlich zum Stehen brachte, war ein altes Fachwerkhaus mit einem steilen Dach, dessen schwarze Schindeln von dem abtauenden Schnee glänzten. Auf dem Dachfirst saß ein kleiner Glockenturm, den man eher in Venedig als in Oberschwaben vermutet hätte. Die halb geöffnete Eingangstür, zu der drei breite Stufen hinaufführten, war aus massivem Holz, wahrscheinlich so alt wie das Haus selbst. In einem Erkerzimmer im Erdgeschoß brannte Licht.
Etwas abseits vom Hauptgebäude befand sich ein häßlicher kleiner Schuppen mit einem Wellblechdach, der überhaupt nicht zu dem ansonsten gepflegten Anwesen paßte.
Dahm überlegte, daß der Besitzer oder vielmehr der ehemalige Besitzer des Hauses wohl keinen ausgesprochenen Sinn fürs Schöne gehabt haben konnte, sonst hätte er kaum den Anblick des Hauses derart verunstaltet.Vor dem Haus standen ein Streifenwagen, wohl der vom Polizeiposten, und ein Krankenwagen.

Die Blaulichter der Fahrzeuge, die immer noch eingeschaltet waren, tauchten die ganze Szenerie in ein sonderbares Licht.

Dahm und Pfeiffle stiegen aus und gingen auf den von einem uniformierten Polizisten bewachten Eingang zu. Pfeiffle stieß Dahm mit dem Ellbogen an und deutete in Richtung Haus.
„Wahnsinnskasten, was? Mindestens zwanzig Zimmer." Dahm kannte diese Reaktion, den Versuch, die innere Anspannung dadurch zu überspielen, indem man eine nebensächliche Bemerkung machte. Er ging dankbar darauf ein und antwortete: „Stimmt, aber verdammt schwer zu heizen."
Sie gingen weiter auf ihren Kollegen zu. Pfeiffle schien den Mann zu kennen und sprach ihn an: „Ist dir nicht gut? Du bist ja aschfahl im Gesicht." Trotz der immer noch beträchtlichen Kälte stand dem Mann der Schweiß auf der Stirn, den er mit einem Taschentuch entfernte und deutete auf den Boden neben der Treppe. Offensichtlich hatte er sich kurz vorher übergeben müssen. Dann beschloß er zu antworten. „Morgen, Kollegen, geht erst mal da rein, dann ist euch gleich so schlecht wie mir."

Die beiden Männer ließen ihn stehen und betraten das Haus. Sie fanden sich in einer riesigen Eingangshalle mit holzgetäfelten Wänden wieder.
Dahm fühlte sich unwillkürlich an die alten Tübinger Verbindungshäuser auf dem Österberg erinnert. Überall an den Wänden waren unzählige alte Stiche angebracht, die irgendwelche Landschaften darstellten, von der Decke hing an einer massiven Eisenkette ein Kronleuchter, der auch in der Semper-Oper in Dresden noch angemessen gewirkt hätte. Gegenüber vom Eingang führte eine schwere Holztreppe in den ersten Stock.
Er schaute sich um. Er suchte nach einem Schuhabstreifer, den er benutzen konnte, bevor er auf die schweren Teppiche trat, mit denen der Raum ausgelegt war. Nichts zu sehen.
Pfeiffle hatte seine alten Gummiüberschuhe angehabt und die einfach ausgezogen und auf einen Schirmständer gelegt.
Dahm zog ein altes Taschentuch aus seiner Manteltasche und versuchte, jeweils auf einem Bein stehend, seine Schuhe wenigstens notdürftig zu reinigen.
Er hörte, wie Pfeiffle jemanden fragte, was passiert sei. Der Beamte, der die Eingangstür zu bewachen hatte schaute kurz herein, murmelte das Wort Bibliothek und deutete auf eine offene Tür.
Er wandte sich Pfeiffle zu und sagte: „Das muß das Zimmer mit

dem Erker sein, das wir von draußen gesehen haben." Pfeiffle nickte nur.
Als sie den Raum betraten, fielen ihre Blicke sofort auf die einzige Wand, die nicht mit Bücherregalen vollgestellt war. Sie war beschmiert. In bräunlich-roten Lettern waren, offensichtlich in großer Eile, die Worte „Juda verrecke" und ein Davidstern angebracht worden. Der ganze Raum roch nach geronnenem Blut. Dahm ging näher heran, um sich die Sache genauer anzusehen. Im Zentrum des Sterns machte er eine weitere Kritzelei aus, diese war aber mit Bleistift angebracht. Leise las er vor sich hin: „Alles Gute, Ernst!". Der Bleistift, oder besser ein Bleistift, von dem Dahm annahm, daß der Urheber der Kritzelei ihn benutzt haben muß, lag zerbrochen auf dem Boden. Dahm hob ihn auf und packte ihn in eine kleine Plastiktüte.
Er war nicht in der Lage, irgend etwas zu sagen oder zu tun. Er war wie betäubt und schaute sich nur um. In dem Raum befanden sich außer den Bücherregalen, die mit ein paar Tausend Bänden bis unter die Decke gefüllt waren, fast keine Möbel. Nur ein kleiner Tisch, eine geschmacklose Bodenlampe, die wohl eine griechische Göttin darstellen sollte und, vor dem Tisch, zwei mit Leder bezogene Stühle. Einer der Stühle lag umgeworfen am Boden. Ein weiterer, etwas kleinerer Tisch stand in dem Erker.
Auf dem Tisch mit den Sesseln sah Dahm ein wunderschön gearbeitetes Schachspiel stehen. Zwei Landsknechtshaufen aus dem Dreißigjährigen Krieg standen sich gegenüber. Das Spiel mußte hier in der Gegend gemacht worden sein, die Türme waren Schussentaler Originalen nachgebildet und die Stadt ist berühmt für ihre Türme. Dahm ging zu dem Tisch und schaute sich die Figuren näher an. Ihm fiel sofort auf, daß jeder einzelne der kleinen Landsknechte, die als Bauern dienten, sich ein klein wenig von den übrigen unterschied. Jede Figur schien ein handgemachtes Original zu sein.
Dahm war kein großer Schachspieler, aber seine Regelkenntnis reichte aus um festzustellen, daß sich die Figuren in der Ausgangsstellung befanden.
Immer noch ohne ein einziges Wort gesagt zu haben, seit er den Raum betreten hatte, ging er um den Tisch herum.
Auf dem Boden vor ihm lag ein zusammengekauerter Körper. „Fast wie ein Kind", ging es ihm durch den Kopf, aber die Leiche, deren Hände bereits von irgend jemandem in kleine Plastiktüten eingepackt worden waren, hatte graues, fast weißes Haar. Sie war mit einer alten Flanellhose, einer Strickjacke und alten Filzpantoffeln bekleidet. Die Haare waren blutverschmiert. Das Blut

war mit einer gräulichen Masse vermischt. Dahm vermutete, daß es sich um das Gehirn des Opfers handelte. Der Mann, offensichtlich handelte es sich bei dem Toten um einen Mann, war klein und drahtig. Auf den ersten Blick konnte man tatsächlich glauben, daß dort ein Kind lag.
„Ziemlich alt", dachte Dahm, als er einen kurzen Blick auf das Gesicht warf, „deutlich über siebzig". Er schaute sich die Hände durch die Tüten an und fühlte sich, als er die dünne Haut mit den typischen Altersflecken bemerkte, bestätigt.
Dahm kniete sich neben der Leiche nieder und hob vorsichtig etwas auf. Ein kleine Brille, unbeschädigt. Er hob sie vor seine Augen, um hindurchzusehen. Es handelte sich um eine Lesebrille. Behutsam legte er sie an die Stelle zurück, von der er sie aufgehoben hatte.
Pfeiffle, der zwischendurch den Raum verlassen hatte, kam zurück. Er beendete die völlige Stille mit einem Räuspern.
Dahm ließ sich nicht stören, schaute sich nur weiter um. Ihm fiel zwar nichts Bemerkenswertes mehr auf, aber er war entschlossen, sich den Raum so einzuprägen wie er ausgesehen haben muß, als der oder die Täter ihn verließen.
Das wurde zunehmend schwerer, da die Anzahl der Leute, die sich in irgend einer Funktion in dem Zimmer aufhielten oder auch nur bedeutungsvoll herumstanden immer größer wurde.
Erst als er fertig war gab er Pfeiffle mit einem kleinen Zeichen zu erkennen, daß er ihm jetzt zuhören würde.
„Ich wollte Ihnen nur sagen, daß der Täter möglicherweise durch die Küche gekommen ist. Dort ist jedenfalls ein Fenster eingeschlagen worden. Und zwar von außen."
„ Irgendwelche Fußspuren vor dem Fenster?"
„Nichts. Geschlossene Schneedecke."
Draußen war es mittlerweile hell geworden und Dahm konnte durch das Erkerfenster sehen, daß sich die Neuigkeit schnell herumgesprochen hatte. Das halbe Dorf hatte sich an der Polizeiabsperrung eingefunden, um aus nächster Nähe zu erfahren, was geschehen war und mit viel Glück vielleicht sogar noch einen kurzen Blick auf die Leiche zu werfen.
Er beobachtete, wie die Leute, meist Ältere, aber auch ein paar Kinder, die auf dem Weg zur Schule waren, sich wild gestikulierend unterhielten, immer wieder auf das Haus zeigten und mit den Köpfen schüttelten.
Obwohl es empfindlich kalt war und der Schneefall mittlerweile wieder eingesetzt hatte, wuchs die Zahl der Zuschauer ständig und niemand, auch jene nicht, die offensichtlich viel zu leicht geklei-

det waren, machten irgendwelche Anstalten, den eroberten Logenplatz wieder aufzugeben.
Die Meute erinnerte Dahm an die Gaffer bei einem Autounfall oder bei einem Feuer. Trotz seiner Berufserfahrung fiel es ihm immer noch schwer zu begreifen, daß die Menschen scheinbar nichts mehr anzog, als das Elend ihrer Artgenossen.

Dahm schaute sich um und fragte in die Runde, ob irgend jemand etwas über den Mann, der dort am Boden lag, wisse. Obwohl er seine Frage an alle gerichtet hatte, meinte er natürlich die Kollegen vom örtlichen Polizeiposten. Als er keine Antwort bekam wandte er sich dem Torwächter zu:
„Sie vielleicht? Sie sind doch aus der Gegend." Der Mann, der sichtlich bemüht war, nicht ständig auf den blutigen Schädel des Opfers schauen zu müssen, zuckte ein wenig zusammen, als er angesprochen wurde, fing dann aber doch an zu sprechen.
„Goldmann, Samuel – männlich, 83 Jahre alt, ledig, deutscher Staatsbürger."
„Entschuldigen Sie, wenn ich Sie unterbreche, „zischte Dahm," aber ich wollte eigentlich nicht, daß Sie mir aus seinem Paß vorlesen, das hätte ich unter Umständen auch noch selbst gekonnt, ich wollte wissen, ob Sie Näheres über den Mann wissen." Noch bevor er geendet hatte, bedauerte Dahm bereits, daß er die Geduld mit dem Mann verloren hatte. Er wußte, daß er sich damit keinen Gefallen getan hatte. Es war ihm mal wieder gelungen, mit einem einzigen Satz seine Kollegen gegen sich aufzubringen. Er wurde wütend auf sich. Genau das hatte er vermeiden wollen: daß er auch hier wieder in den Ruf gelangte, ein unangenehmer Kollege zu sein, mit dem man nicht zusammenarbeiten konnte.
Ein zweiter Uniformierter berichtete: „Viel gibt's über den eigentlich nicht zu erzählen. War ein ziemlicher Eigenbrötler, der mit niemandem aus dem Ort etwas zu tun haben wollte und den eigentlich niemand mochte. Seit ich denken kann, wohnt der schon hier."
Dahm schlug mit diesem Kollegen einen deutlich freundlicheren Ton an: „Juda verrecke. Wissen Sie zufällig, ob er tatsächlich Jude war?" Diese Frage hätte er auch an den Mann richten können, der den Paß in der Hand hatte, aber diese Blöße wollte er sich nicht geben.
„Sicher bin ich nicht, aber alle sagen es. In der Kirche hab ich ihn jedenfalls noch nie gesehen. Außerdem soll er im Dritten Reich auch mal ein paar Jahre verschwunden sein – das sagt jedenfalls mein Vater."

„In einem Lager? „Der Polizist zuckte nur mit der Schulter, offensichtlich wußte er es nicht.
Dahm wandte sich dem Mann mit dem Paß wieder zu: „Wer hat Sie eigentlich angerufen? Ich meine, wer hat die Leiche überhaupt gefunden?"
Dieses Mal fühlte er sich sofort angesprochen. Demonstrativ zog er, bevor er auf die Frage antwortete, ein kleines Notizbuch aus der Uniformjacke.
„Ich bitte um Nachsicht, aber wenn ich diese Frage präzise beantworten soll, dann muß ich von meinem Zettel ablesen, ich weiß nämlich die genaue Zeit des Anrufs nicht auswendig."
„Eins zu eins", dachte Dahm, „bitte, lesen Sie vor."
„Danke. Also, angerufen hat die Haushälterin. Die hat ihn gefunden. Und der Anruf ging bei uns um 6.39 Uhr ein. Ich hab' ihre Personalien hier, soll ich die auch vorlesen?"
Dahm blickte ihn freundlich, er hoffte zumindest, daß er freundlich wirkte, an.
„Nein danke, das ist im Moment nicht nötig. Vielen Dank. Aber können Sie mir sagen, wo sich die Dame jetzt befindet? Kann ich mit ihr sprechen?" Er konnte sich nicht erinnern, in dem Haus eine Frau gesehen zu haben.
„Das ist im Moment leider nicht möglich. Sie ist im Krankenhaus. Der Notarzt hat sie mitgenommen."
„Ist die Frau etwa auch verletzt worden? Und von welchem Notarzt sprechen Sie?"
„Den haben wir gerufen. Sie war bei ihrem Anruf so verwirrt, daß wir nicht genau wußten, ob wir ihn noch brauchen oder nicht. Sie ist übrigens nicht verletzt. Sie hatte einen Schock. Deshalb hat er sie mitgenommen."
„Kann ich verstehen."
„Daß er sie mitgenommen hat?"
„Nein, daß sie einen Schock hat."

Dahm bewegte sich wieder auf die verschmierte Wand zu und musterte sie schweigend.
„Meine Herren, entschuldigen Sie bitte, wenn ich Sie noch einmal unterbreche, aber weiß irgend jemand von Ihnen, wer ‚Ernst' ist. Hier steht ‚Alles Gute, Ernst!'. Ich überlege die ganze Zeit, wer wohl dieser Ernst ist. Unser Opfer kann's nicht sein. Der heißt Samuel."
Alle im Raum Versammelten unterbrachen zwar ihre Arbeit, aber keiner meldete sich mit einer Idee.
„Vielleicht sein zweiter Name," fiel Pfeiffle ein.

Beide schauten auf den Mann mit dem Paß. Der schüttelte nur mit dem Kopf – negativ.
Wieder war es Pfeiffle der sprach: „Auf jeden Fall hat Ernst gestern Geburtstag gehabt." Dahm legte Pfeiffle den Arm auf die Schulter. „Ziemlich sicher, ja. Finden Sie raus, in welchem Krankenhaus die Haushälterin liegt. Dann rufen Sie dort an und befragen die Frau, so bald die Ärzte es erlauben."
Pfeiffle nickte und machte sich auf den Weg zum Streifenwagen, um anzurufen.
Dahm rief ihm nach: „Und reden sie auch mit dem Notarzt, wenn Sie schon dort sind. Vielleicht ist dem was aufgefallen."

Dahm bemerkte, daß inzwischen der Gerichtsmediziner eingetroffen war und sich an der Leiche zu schaffen machte. Was einen Menschen dazu bringen konnte, diesen Beruf zu wählen, war eine Sache, die er wohl nie begreifen würde.
Er stellte die üblichen Fragen nach der Tatzeit und der Tatwaffe.
„Zur Tatzeit kann ich nichts sagen, das ist Ihr Bier, höchstens zur Todeszeit, will heißen, zu dem Zeitpunkt, an dem der Tod eingetreten ist."
Es gab niemanden im Raum, der sich nicht darüber freute, daß es Dahm jetzt genauso erging, wie vorher dem Kollegen, der aus dem Paß vorgelesen hatte.
„Genaueres zur Todeszeit erst, wenn ich ihn mir in der Pathologie genauer angeschaut habe, er ist aber schon seit ein paar Stunden tot. Da sehen Sie," er hob einen Arm und ließ ihn wieder fallen, „bocksteif. Außerdem hat er schon überall diese charakteristischen Flecken." Er öffnete das Hemd des Toten, drehte ihn leicht zur Seite und deutete auf Flecken im Bereich der linken Schulter. „Hier und hier." Er begann zu erklären: „Leichenflecken sind Blut, das sich an der untersten Stelle eines Körpers ansammelt, wenn der Blutkreislauf unterbrochen wird. Das Blut folgt der Schwerkraft und läuft nach unten. An der linken Hüfte hat er bestimmt auch noch Flecken."
Dahm bedankte sich. Das war ihm neu, er hatte sich bisher mit dieser Frage auch noch nicht beschäftigt. Er suchte das Gesicht von Pfeiffle. Er vermutete, daß der mittlerweile wieder da war.
„Haben Sie das gewußt?" fragte er, als er ihn sah.
„Natürlich, weiß doch jedes Kind. Newton, stimmt's?" Dahm wollte antworten, aber der Mediziner meldete sich schon wieder zu Wort. „Wenn Sie es unbedingt wollen, dann kann ich den Todeszeitpunkt auch sofort feststellen."
Dahm ahnte, was jetzt kommen würde, hoffte aber, daß die

Medizin seit seiner letzten Leiche Fortschritte gemacht hatte.
„Wie?"
„Ich messe die Rektaltemperatur. Einfach und zuverlässig, diese Methode."
„Also kein Fortschritt in der Medizin" dachte Dahm, auf diesen Anblick konnte er im Augenblick ganz gut verzichten. Der Mimik seiner Kollegen nach zu schließen, erging es ihnen nicht anders.
„Danke fürs Angebot, aber im Moment reicht es mir, wenn Sie sagen, daß er schon ein paar Stunden tot ist." Bei dem Gedanken daran, was der Mann vor dem Mittagessen noch alles zu erledigen hatte, wurde ihm ganz schlecht.
„Wie sieht es mit der Tatwaffe aus? Irgendwelche Vorschläge?"
„Stumpfer Gegenstand, offensichtlich von hinten, und zwar von rechts. Schätze, der Täter ist Rechtshänder."
„Schließen Sie das aus der Wunde?"
„Richtig. Wenn der Schlag von vorne geführt worden wäre, dann wäre der Täter natürlich Linkshänder, paßt aber nicht zur Wunde. Vorläufig zumindest nicht. Wie gesagt, wenn ich ihn erst mal aufgemacht habe, kann ich Ihnen genauere Informationen geben."
„Stumpfer Gegenstand also." Er überlegte, ob er Pfeiffle den Auftrag geben sollte, in Schussental Nachforschungen anzustellen, wo in den letzten Tagen ein stumpfer Gegenstand gekauft worden ist, aber es war keine Zeit für Witze.
„Was meinen Sie, hat er sich gewehrt?"
„Schwer zu sagen, glaub ich aber nicht."
„Dann ist er entweder völlig überrascht worden, oder er hat seinen Mörder gekannt. Haben Sie ein Hörgerät bei ihm gefunden?"
„Bis jetzt nicht. Ist das wichtig?"
„Vielleicht. Immerhin ist hier eine Scheibe eingeschlagen worden. So etwas hört man doch manchmal. Andererseits scheinen die Türen hier im Haus ziemlich solide zu sein. Wenn beide zu waren, mußte er es nicht unbedingt hören."

Ein jüngerer Beamter, der bisher noch nicht in Erscheinung getreten war, betrat den Raum. Er fragte nach Pfeiffle und flüsterte ihm etwas ins Ohr.
„Was gibt's", fragte Dahm.
„Die Haushälterin, sie liegt im JK." Als er Dahms fragenden Blick bemerkte fuhr er fort: „Im Josephskrankenhaus. Der behandelnde Arzt sagt, daß sie heute noch beobachtet werden soll. Morgen schicken sie sie dann heim. Er läßt uns bitten, möglichst erst morgen nachmittag mit ihr zu reden. Die Sache hat sie ziemlich mitgenommen."

„Ach ja, die Haushälterin, die hatte ich total vergessen", sagte Dahm ziemlich abwesend. Wie magisch davon angezogen ging sein Blick immer wieder auf die Schmierereien. Er fragte sich, was das für ein Mensch sein konnte, der zu so etwas fähig war.
Neben sich hörte er das Geräusch einer Kamera, mit der ein Fotograf Bild um Bild machte. Ein privater Fernsehsender würde für diese Aufnahmen wahrscheinlich ein Vermögen zahlen. Der Pathologe war gerade dabei, seine Instrumente wieder einzupacken. Dahm sprach ihn an.
„Wär's möglich, daß er mit einem Baseballschläger erschlagen worden ist?"
„Wie kommen Sie denn darauf?"
„Nur so ein Gedanke."
„Zu groß, nein, ich glaube eher mit so etwas wie dem Ding dahinten." Dabei zeigte er auf einen siebenarmigen Kerzenleuchter, der auf einem der Regale lag und dort offensichtlich nicht hingehörte, da er zum Aufstellen zu hoch war. „Den sollten Sie vielleicht mitnehmen und im Labor untersuchen lassen."
Dahm bedankte sich für den Hinweis und schaute sich den Leuchter genauer an. Er hatte sieben Arme. „Komisches Teil", sagte er, ohne sich an irgendjemanden direkt zu wenden. „Das ist ein sogenannter Menora-Leuchter." Der Arzt hatte sich wieder zu Wort gemeldet. „So etwas finden Sie in jeder Synagoge und auch in den meisten jüdischen Haushalten."
„Also kein Zweifel, daß er wirklich Jude war", dachte Dahm. „Eins noch, Herr Doktor. Die Schmierereien, sind die mit dem gemacht worden, was ich glaube?"
„Sie meinen, ob der Stern hier mit dem Blut des Toten gemalt worden ist? Ich glaube, davon können wir ausgehen. Erstens sieht es aus wie Blut und zweitens ist in der Lache unter seinem Kopf herumgeschmiert worden, und zwar bevor die Gerinnung richtig eingesetzt hat."
Nachdem er die Information verdaut und der Mediziner endgültig den Raum verlassen hatte wandte er sich wieder Pfeiffle zu: „Sie kommen am besten heute nachmittag noch einmal her und gehen das Haus von oben bis unten nach persönlichen Unterlagen von dem Toten durch, und achten Sie besonders darauf, ob Sie ein Testament oder irgend etwas in dieser Richtung finden. Ich will wissen, wer von dieser Barbarei profitiert. Außerdem will ich wissen, ob Sie irgend etwas gefunden haben, das auf eine Erpressung hindeutet. Man weiß ja nie."
Dahm wunderte sich über sich selbst. Immer wenn ältere, unverheiratete Männer im Spiel waren, fragte er sich automatisch, ob

sie erpreßt wurden. Er nannte es das „Kießling-Syndrom." Und wenn Sie kein Testament finden, dann klappern Sie sämtliche Notare in der Gegend ab, ob bei denen vielleicht etwas hinterlegt ist.
„Wird erledigt," sagte Pfeiffle und machte sich ein paar Notizen. „Ich will mich zwar nicht einmischen, aber halten Sie es tatsächlich für nötig, in diesem Fall noch groß nach einem Motiv zu suchen. Was hier passiert ist liegt doch auf der Hand. Die Sache ist doch Dynamit. In spätestens einer Stunde weiß jeder, was wir hier gefunden haben. Ehrlich gesagt, glaube ich nicht, daß man uns die Zeit gibt, so gründlich zu ermitteln, wie wir eigentlich sollten und erst einmal in Ruhe ein Motiv zu suchen."
„Genau deshalb will ich ja, daß Sie das so schnell wie möglich abklären. Wenn heute mittag irgendwer mit ernster Miene vor die Öffentlichkeit tritt und bekanntgibt, daß wir es hier unter Umständen mit einem politisch motivierten Verbrechen zu tun haben und alles in unserer Macht stehende tun werden, um diese scheußliche Tat aufzuklären, dann will ich einigermaßen sicher sein, daß wir in die richtige Richtung ermitteln. Und das kann ich nur, wenn ich eine paar andere Dinge mit an Sicherheit grenzender Wahrscheinlichkeit ausschließen kann. Ich will am Ende nicht als der Typ dastehen, der ohne Not eine politische Hysterie ausgelöst hat nur weil er nicht sorgfältig genug gearbeitet hat."
Er ging auf den kleinen Tisch zu, der in dem Erker stand und fuhr mit der Hand über dessen Oberfläche. „Wachs", rief er, „sehen Sie Pfeiffle, Wachs."
„Und was sagt uns das?"
„Das sagt uns, daß der Kerzenständer vielleicht dort seinen richtigen Platz hat und der gute Doktor recht hatte mit seiner Vermutung hinsichtlich der Tatwaffe. Lassen Sie das Ding ins Labor schaffen."

Für die beiden gab es im Moment am Tatort nichts mehr zu tun. Ein Mann in dunkler Uniform, der offenbar erkannt hatte, daß Dahm derjenige war, der hier die Entscheidungen fällte, fragte vorsichtig, ob er die Leiche jetzt mitnehmen könne. Dahm gab die Frage weiter und nickte, als keine Einwände kamen. Er war froh, den unwürdigen Anblick des kleinen, blutverschmierten Mannes mit den grotesken Plastiktüten an seinen Händen nicht mehr ertragen zu müssen. Er beschloß, die Teilnahme an der Autopsie einem jüngeren und neugierigeren Kollegen zu überlassen und erst einmal in die Stadt zurückzufahren.
Er fragte Pfeiffle, ob er mitkommen wolle. Der ließ sich nicht zweimal bitten und begab sich sofort in Richtung Ausgang.

Als sie das Haus verließen und erst einmal tief durchatmeten, konnten sie gerade noch sehen, wie der Leichenwagen vom Hof fuhr und sich im Schrittempo seinen Weg durch die immer größer werdende Menschenmenge bahnte. Ein paar ganz Forsche drückten ihre Nasen gegen die mit zwei Palmwedeln verzierte Heckscheibe des Wagens in der Hoffnung, in seinem Innern vielleicht doch etwas erkennen zu können.

Pfeiffle ging direkt auf die Fahrertür zu und stieg ein. Es hatte sich so ergeben, daß, wenn sie beide zusammen in einem Wagen unterwegs waren, er derjenige war, der fuhr.
Zum einen hatte er die bessere Ortskenntnis, zum anderen fuhr er, im Gegensatz zu Dahm, der es eigentlich nur dann tat, wenn es sich nicht vermeiden ließ, ausgesprochen gern Auto.
Dahm zog es vor, nur aus dem Fenster zu schauen, die Landschaft zu betrachten und sich nicht auf die Straße und den Verkehr konzentrieren zu müssen.
Pfeiffle war sauer auf ihn, und Dahm wußte auch, warum. Da er keine Lust hatte, während der gesamten Rückfahrt von seinem Kollegen angeschwiegen zu werden, beschloß er, ein Friedensangebot zu machen.
„Tut mir leid, Pfeiffle, ich weiß, ich hätte den Mann nicht so blöd anmachen dürfen, aber ich verlier eben manchmal leicht die Geduld, wenn ich aufgeregt bin." Er hoffte, Pfeiffle mit diesem Eingeständnis vielleicht ein wenig milder zu stimmen.
„Entschuldigen Sie sich nicht bei mir, entschuldigen Sie sich bei ihm." Dahm kannte Pfeiffle mittlerweile gut genug, um zu wissen, daß er noch nicht bereit war, den Ausrutscher zu vergessen. „Also gut", dachte er, „dann eben nicht."
Trotz der unerfreulichen Begleitumstände genoß er die Fahrt und auch die Ruhe, in der sie stattfand. Hier oben, Reichereute und die umliegenden Dörfer lagen teilweise über siebenhundert Meter hoch, war der Schnee liegengeblieben. Es war eine zynisch friedliche Landschaft durch die sie da fuhren. „Pfeiffle, wir müssen noch beim Wetteramt nachfragen, wann der Schneefall eingesetzt hat." Vor der Küche hatte man ja keine Spuren finden können.

Seit Dahm in der Gegend wohnte überfiel ihn unweigerlich eine Art Urlaubsstimmung, wenn er hier über Land fuhr.
Er war ein Stadtkind, aufgewachsen in Stuttgart, in einer alten Sandsteinmietskaserne in der Heilbronner Straße, mit Blick, je nach dem, aus welchem Fenster er schaute, entweder auf eine Tankstelle, ein großes Depot einer Lebensmittelkette oder den

Pragfriedhof, den Ort, von dem er jetzt schon wußte, daß er seine letzte Anschrift sein würde.
Sein Vater war auch Polizist gewesen, bei der Wasserschutzpolizei. Jetzt war er im Ruhestand und verbrachte seine Zeit damit, den ehemaligen Kollegen Ratschläge zu erteilen und stundenlang auf einer der Neckarbrücken zu stehen und die Namen der vorbeifahrenden Schiffe zu notieren.
Der Vater war stolz gewesen, daß sein Sohn nicht nur das Abitur gemacht hatte sondern auch, als erster in der Familie, anfing zu studieren. Und dann die Enttäuschung, als er erfuhr, daß Günther mitten im Semester aufgegeben hatte, um Polizist zu werden. Ausgerechnet Polizist. Obwohl sie nie darüber gesprochen hatten, wußte Dahm, daß er seinem Vater eine der großen Enttäuschungen seines Lebens beschert hatte.
Auch die Mutter war wütend gewesen. Dahm hatte versucht ihr zu erklären, daß das sein Wunsch gewesen sei und daß das Wichtigste im Leben ist, zu tun, was man gerne tut.
Seine Mutter hatte ihn nur voller Unverständnis angeschaut, ihm dann mit Hand über die Haare gestrichen, so wie sie es immer getan hatte, als er noch ein Kind war, und nur geantwortet: „Aber nein, Günther, das Wichtigste ist nicht, was du willst, sondern was die Leute über dich denken."

Dahm betrachtete noch ein wenig die vorbeifliegende Landschaft, aber mittlerweile waren sie schon fast wieder unten in Schussental, der weiße Schnee wich einem bräunlichen Matsch.
Als Pfeiffle den Wagen an einer Ampel am Ortseingang zum Stehen bringen mußte unternahm Dahm seinen zweiten Versuch, ein normales Gespräch in Gang zu bringen.
„Wir müssen unbedingt rausfinden, wo er während des Dritten Reichs gesteckt hat. Vielleicht hatte er ja doch irgendwo Verwandte."
Pfeiffle wußte zwar nicht, was das für eine Rolle spielte, für ihn war klar, aus welcher Ecke der Täter kam, und den mußten sie finden und nicht irgendwelche potentielle Erben, aber da ihm das Schweigen offensichtlich erheblich schwerer fiel als Dahm und er auch der Ansicht war, daß er nunmehr seiner Mißbilligung zur Genüge Ausdruck verliehen hatte, beschloß er zu antworten.
„Glauben Sie, daß er Kinder hatte?"
„Möglich, so alt wie er war, vielleicht sogar Enkel."
„Und Urenkel, Dahm, vergessen Sie nicht die Möglichkeit, daß er Urenkel hatte. Gewalttätige, geldgierige kleine Urenkel."

***

Als sie das Gebäude der Polizeidirektion wieder betraten, hatte sich die allgemeine Aufregung wieder ein wenig gelegt. Beide wußten, daß der Pegel wieder steigen würde, sobald sich herumsprach, was für eine Art von Tötungsdelikt sie am Hals hatten.
„Diese Parolen an der Wand!" Dahm konnte es immer noch nicht fassen. „So etwas habe ich in meinem ganzen Leben noch nicht gesehen, mit dem eigenen Blut. Wie siehts aus mit Nazis hier in der Gegend?" Mittlerweile waren sie wieder in ihrem Büro angelangt.
„Gibt's hier oben überhaupt so etwas wie eine rechte Szene?"
Pfeiffle schaute ihn mit großen Augen an, dann fiel ihm ein, daß Dahm erst seit einem knappen Monat in der Gegend wohnte.
„Die gibt's hier. Leider. Und nicht zu knapp. Schon seit ein paar Jahren. Hier gibt's sogar eine Kneipe, da treffen sich die Skinheads aus ganz Oberschwaben. An den Wochenenden kommen die sogar mit dem Zug von weiß der Herr wo hierher. Es ist noch gar nicht so lange her, da haben die Brüder hier in der Gegend ein paar Leute beim Grillen überfallen und übel zugerichtet. Die Sache hat damals ziemlich Schlagzeilen gemacht."
Dahm begann sich zu erinnern, daß die Sache in der Presse damals breitgetreten worden war. Das war eines der ersten Ereignisse gewesen, die auf Amtsdeutsch neuerdings rechtsradikale Übergriffe hießen und Schlagzeilen machten.
So weit er sich noch erinnern konnte, hatte es sich bei den Überfallenen um eine Gruppe von Punkern gehandelt, die Angreifer hatten sich vorher zu einem sogenannten Komasaufen getroffen, den Ablauf der Veranstaltung konnte er sich lebhaft vorstellen.
„Kein großes Wunder", dachte Dahm, "wenn schon auf Schallplatten Texte wie ‚Ob Punker oder Parasitenschwein, wir treten alles kurz und klein' den Leuten angeboten wurden."
Es hatte noch ein paar andere Dinge in Schussental gegeben, über die man sogar in Stuttgart in der Zeitung lesen konnte.

„Also gut", sagte er schließlich zu Pfeiffle, dann rufen wir jetzt zuerst in Stuttgart beim Landeskriminalamt an und checken ab, ob die hier bei den Nazis einen V-Mann sitzen haben."
Dieses Mal war Pfeiffle derjenige, der sein Erstaunen nicht verbergen konnte.
„V-Leute hier in Schussental? Glauben Sie das ernsthaft. Ich meine, wir sind hier doch ziemlich auf dem Land."
„Ich halte das durchaus für möglich. Wenn die genug Geld und Leute haben, um ihre hochbezahlten Fachkräfte in die Tübinger

Müsliszene einzuschleusen, dann könnte es doch auch sein, daß sie ein Auge auf die Rechten hier geworfen haben."
Es war Pfeiffle anzusehen, daß er nicht wußte, worüber Dahm überhaupt redete. Er beschloß ihn aufzuklären, vielleicht würde es ihn etwas aufheitern.
„Also, das LKA hat vor einiger Zeit, muß mittlerweile schon fast zwei Jahre her sein, zwei seiner Leute mit Geld, Wohnungen, Lebensläufen und langen Haaren ausgestattet, um die Tübinger Szene, hauptsächlich Südamerikagruppen, auszuspähen – sagt man wohl dazu. Am Anfang ging alles prächtig, die Jungs waren etabliert und haben wahrscheinlich aktenordnerweise Berichte verfaßt. Irgendwann hat sich einer der Kerle dann aber in eines seiner Observierungsobjekte verliebt und ausgepackt. Verständliche Reaktion, wer will eine Beziehung schon mit einer Lüge beginnen. Die Lokalpresse wurde informiert und hat die Sache dementsprechend aufgearbeitet. Sämtliche beteiligten Behörden haben natürlich alles geleugnet bis es wirklich nicht mehr anders ging und dann schließlich doch alles zugeben müssen. Dadurch haben alle Beteiligten einen ziemlich jämmerlichen Eindruck gemacht."
Pfeiffle schüttelte ungläubig mit dem Kopf. „Und uns verwehrt man die ungeteilte Laufbahn, weil angeblich kein Geld da ist." Er schüttelte noch einmal mit dem Kopf und fragte Dahm, was der als nächstes vorhätte.
„Wir müssen erst mal mehr über die rechte Szene hier rausfinden. Gibt es im Haus einen Kollegen, der sich da ein bißchen auskennt. Dienstlich natürlich?"
„Nicht daß ich wüßte, aber ich hör mich mal um. Bisher haben die noch nicht zu unseren ausgesprochenen Schwerpunkten gehört."
„Dann müssen wir wissen, ob die hier in irgend einer Form organisiert sind. Ein Verein oder eine Partei – irgendwas. Ob es einen Anführer gibt, wo sie sich treffen, lauter solche Sachen.
Dann rufen Sie beim Posten in Reicherreute an und fragen, ob es dort ein entsprechendes Exemplar gibt. Irgend einen Kerl mit kahlgeschorenem Schädel und Springerstiefeln. Das könnten Sie eigentlich gleich machen."
Pfeiffle zog das gemeinsame Telefon, das auf einem beweglichen Arm zwischen den beiden Schreibtischen angebracht war, zu sich heran und wählte die Nummer. Zu seinem großen Erstaunen funktionierte der behördeninterne Kurzruf und er hörte, wie es klingelte.
Da es noch Tag war, konnte er sicher sein, daß der Posten auch besetzt war.

Dahm beobachtete ihn, wie er mit dem Kollegen sprach. Pfeiffle war ein Kritzler. Immer, wenn er in der einen Hand einen Telefonhörer hatte, griff er mit der anderen nach dem ersten besten Schreibgerät und fing an, Kreise, Blümchen und Kästchen auf ein Stück Konzeptpapier zu malen. Wenn er das Gefühl hatte, genügend solche Dinge gemalt zu haben, griff er zu einem Buntstift und füllte sie aus.
Doch dann begann Pfeiffle, irgendwelche Notizen auf das Blatt zu machen. Dahm beugte sich ein wenig nach vorn, um lesen zu können, was Pfeiffle notiert hatte, aber er konnte nichts entziffern, da der bereits wieder begonnen hatte, seine Notizen mit ein paar Kringeln zu schmücken.
Pfeiffle legte den Hörer wieder auf, sagte aber nichts.
„Und, was ist?" Dahm wurde ungeduldig.
„Bingo! Der Kollege hat gesagt, daß es in Reicherreute einen waschechten Skinhead gibt. Mit allem Drum und Dran. Er arbeitet in der Metzgerei. Den Namen kriegen wir nachgereicht, sobald er ihn hat. So ein verdammtes Glück. Sobald wir den Namen wissen fahren wir raus und fragen ihn, was er gestern abend alles so getrieben hat..."
„...und der erzählt uns dann in aller Seelenruhe, daß er Kameradschaftsabend oder was weiß ich was gehabt hat und bringt eine ganze Baseballmannschaft von Zeugen mit, die ihm das haarklein bestätigt. Metzger haben Sie gesagt? Immerhin, der Mann ist ja dann wohl im Umgang mit Blut geübt."
„Bestimmt," sagte Pfeiffle", die Metzgerei von Reicherreute ist berühmt für ihre hausgemachte Schwarzwurst. Und was seine Zeugen betrifft, da bin ich mir nicht so sicher. Ich hab Ihnen doch erzählt, daß sich die Skins aus der Gegend hier immer in einer Kneipe treffen, nicht?" Dahm nickte. „Nun, eine der Eigenheiten unseres schönen Schussentals ist, daß sich die Stammkneipen der rechten- und linken Szene nicht nur in derselben Straße befinden, sondern auch nur knapp zweihundert Meter auseinanderliegen. Gelegentlich besuchen sich die Herrschaften gegenseitig und gestern abend war es mal wieder so weit. Die Skins sind kurz nach elf vor der Schatzinsel, so heißt die andere Kneipe, aufmarschiert und haben versucht, den Laden zu stürmen. Es soll sogar ein paar Verletzte gegeben haben. Lange Rede, kurzer Sinn, die uniformierten Kollegen mußten jedenfalls ausrücken und die geplante Saalschlacht verhindern."
Dahm mußte ein wenig lächeln. Es kam sicher nicht oft vor, daß die Linke den Schutz der Polizei erbat.
„Jedenfalls haben die Kollegen, nachdem sie schon mal da waren,

von allen die Personalien aufgenommen nachdem sie alle Beteiligten bis nach drei Uhr in zwei perfekten Kesseln zusammengetrieben hatten."
Sie hatten Glück gehabt. Der Zufall hatte ihnen die Möglichkeit gegeben, herauszufinden, ob ihr Mann gestern abend auch dabei war. Und wenn er nicht in Schussental gewesen war, hatten sie eine Möglichkeit, die Aussagen eventueller Alibizeugen zu überprüfen. Wer ohne den Metzger vor der Schatzinsel war, kann schlecht mit ihm zusammen irgendwo anderes gewesen sein.

„Pfeiffle, bevor ich's vergesse, ich möchte, daß Sie sich auch mit dem Notarzt unterhalten, der die Haushälterin mitgenommen hat."
„Geht klar. Das hatten Sie in Reicherreute glaub' ich schon gesagt. Gibt es irgend etwas bestimmtes, was Sie von ihm wissen wollen?"
„Nein, eigentlich nicht, aber immerhin war er mit als erstes am Tatort. Vielleicht ist ihm etwas aufgefallen. Fragen sie ihn halt, in welchem Zustand er die Frau angetroffen hat."
„Wie kommen sie darauf, daß es ein Er war?"
„Interessante Frage. Wir reden darüber, wenn wir mehr Zeit haben."
Pfeiffle rief sofort die Leitstelle des Roten Kreuzes an, um herauszufinden, welches Krankenhaus den Notarzt gestellt hatte. Dieses Mal konnte Dahm erkennen, was sein Kollege auf sein Blatt malte. Es waren die Buchstaben JK. „Josephskrankenhaus – heute morgen gelernt", dachte Dahm. Als er noch einmal auf das Blatt schaute, sah er die Buchstaben gerade noch zwischen zwei Blümchen verschwinden.

***

Dahm wollte seinen Kollegen gerade noch fragen, ob der noch irgendwelche Ideen habe, welche an Sofortmaßnahmen noch zu ergreifen waren als die Bürotür aufging. Sie wußten, daß es sich um den Besuch eines Kollegen handeln mußte, weil der Besucher nicht angeklopft hatte.
Eine junge Kollegin, noch neuer in Schussental als Dahm, streckte nur Kopf herein.
„Sie sollen kurz zum Chef kommen."
„Gleich", gab Pfeiffle zur Antwort.
„Nicht gleich, sofort. Er wartet schon."
Sie machten sich den Flur entlang auf den Weg zum Behördenleiter. Sein Büro befand sich ganz am Ende in einem Eckzimmer

des Korridors. Zwei Fensterseiten als Insignien der Macht. Außerdem war das Büro mit einem Teppich ausgestattet, ein weiteres Zeichen dafür, daß sein Inhaber über mehrere weisungsgebundene Untergebene verfügen konnte.
Obwohl sie wußten, daß sie bereits erwartet wurden, ließen sie sich erst im Vorzimmer anmelden und traten ein.
Ihr Chef, ein Mann namens Halder, der noch nicht lange auf diesem Posten war. Er stand von seinem Schreibtisch auf und ging sofort auf sie zu.
Er war Anfang fünfzig etwas untersetzt, Halbglatze und ständig nervös. Immer, wenn er etwas gefragt wurde, nahm er zuerst die Brille ab und rieb sich den Nasenrücken, bevor er Antwort gab. Heute war er noch aufgeregter als sonst. Jedesmal, wenn er ihn sah, richtete sich Dahms Blick automatisch auf die großen, senkrechten Falten, die sich rechts und links von Halders Mund ausgebildet hatten. Irgend jemand hatte ihm einmal erzählt, daß solche Falten Magenfalten hießen, weil sie auf ein Leiden dieses Organes hindeuteten. Dahm hatte Halder diese Erkenntnis aber noch nicht mitgeteilt, da der so aussah, als ob er auch ohne dieses Wissen genug Sorgen hatte.
Halder gab jedem die Hand, dann ließ er sie an seinem Besprechungstisch Platz nehmen. Dahm war zum ersten Mal bis hierher vorgedrungen und stellte mit Bedauern fest, daß sein Vorgesetzter keinen Aschenbecher in seinem Büro hatte, mithin hier auch keinen Rauch dulden würde.
„Scheußliche Sache", begann Halder schließlich, vorher hatte er noch kein Wort gesprochen, „bei mir hat vorhin schon jemand angerufen, der regelmäßig Ministerialzulage kassiert. Sie wissen ja, was das bedeutet. Die Nachricht ist schnell gewandert. Ich brauche Ihnen wohl nicht zu schildern, was der für einen Wind der gemacht hat. Jetzt setzen Sie mich mal ins Bild, meine Herren. Was genau ist passiert, und was gedenken Sie, oder besser gesagt, wir zu tun?"
Um nicht unnötig Zeit mit der Wiedergabe von schon Bekanntem zu vergeuden, fragte Dahm seinen Chef zunächst, was er überhaupt schon wisse.
„Nicht viel", gab der zurück, „nur daß in Reicherreute ein alter Mann abgeschlachtet worden ist und daß die Sache einen für die gesamte Bundesrepublik äußerst unangenehmen Hintergrund hat. Zum Kotzen, daß so ein Scheiß ausgerechnet bei uns passieren muß. Ausgerechnet jetzt, wo schon die ganze Welt wegen den Türken auf uns guckt wird ein Jude umgebracht. Das hat gerade noch gefehlt. Ausgerechnet ein Jude."

„Wäre Ihnen ein Christ lieber gewesen?" Kaum hatte Dahm den Satz ausgesprochen, da wurde ihm auch schon bewußt, daß er wieder einmal besser den Mund gehalten hätte.
„Ob Sie's glauben oder nicht, das wäre mir erheblich lieber gewesen. Ganz unter uns natürlich."
Dahm mußte sich eingestehen, daß er in diesem Fall die Ansicht seines Vorgesetzten teilte.
Er hätte einen ganz normalen Raubmord ebenfalls vorgezogen.

Pfeiffle faßte kurz zusammen, wie sie den Tatort angetroffen hatten und welche Maßnahmen sie bisher zur Aufklärung ergriffen hatten. Halder war mit seinen Mitarbeitern offensichtlich zufrieden, denn er sagte nichts und ließ Pfeiffle in Ruhe zu Ende erzählen.
Als der geendet hatte, bedankte Halder sich.
„Also, ganz wichtig, Sie kümmern sich nur noch um diese Sache. Alles andere lassen Sie liegen. Wenn Sie mehr Leute brauchen sagen Sie Bescheid, dann kriegen Sie die auch.
Ich habe die Frau Leinenweber schon angewiesen, in der Angelegenheit auf Sie zuzukommen. Wenn wir diese Sache nicht so schnell wie möglich aufklären und der Öffentlichkeit den Schuldigen präsentieren, kommen wir in Teufels Küche. Wir alle. Politisch viel zu brisant. Wenn das schiefgeht, rollen Köpfe, und Sie wissen ja, daß man bei der Auswahl der Köpfe üblicherweise erst einmal unten anfängt. Und unten ist in dem Fall hier. Mit der Presse reden Sie kein Wort, verstanden? Das erledige ich. Ich habe vorhin schon mit dem leitenden Oberstaatsanwalt telefoniert. Wir sind so verblieben, daß heute nachmittag noch eine Pressekonferenz stattfindet. Ich werde unsere Behörde bei dieser Konferenz vertreten, Sie werden gegebenenfalls hinzugezogen. Noch Fragen?"
„Ja, eine", Dahm wollte eine Frage stellen. „Wie soll das aussehen, das mich Hinzuziehen?"
„Sie werden im Raum anwesend sein. Dezent im Hintergrund, versteht sich. Und wenn ich Ihnen ein Zeichen gebe, dann kommen Sie vor. Aber nur dann."
Weitere Fragen fielen ihnen im Moment nicht ein. Halder tat ihnen leid. Wenn es in Schussental einen Menschen gab, der von seinem Aussehen und seinem Auftreten her nicht geeignet war, Pressekonferenzen abzuhalten, dann war es ihr Chef.
„Gut meine Herren, dann will ich Sie nicht länger aufhalten. Und denken Sie daran, Erfolg, wir brauchen Erfolg."
Dahm erwartete nun schon fast schon die Anweisung, wie sie

Capitaine Renault in „Casablanca", einem seiner Lieblingsfilme, in derartigen Fällen gab, nämlich die üblichen Verdächtigen festzunehmen, verkniff sich aber jeden weiteren Kommentar.
„Noch was", meldete sich Halder noch einmal zu Wort, „wenn Sie den Namen von Ihrem Skinhead in Erfahrung gebracht haben, dann sagen Sie mir sofort Bescheid. Ich werde dann umgehend einen Haftbefehl für ihn auftreiben."
Pfeiffle und Dahm schauten sich skeptisch an.
„Glauben Sie, Sie kriegen einen?"
Dahm hatte sich trotz seines Ausrutschers ein paar Minuten vorher nun doch dazu durchgerungen, vorsichtig Kritik anzubringen.
„Ich meine, wir haben gegen den Mann so gut wie nichts in der Hand, außer, daß uns seine Frisur nicht paßt und er aus demselben Nest kommt, wie das Opfer. Das ist doch wohl ein bißchen dünn für einen Haftbefehl. Finde ich zumindest."
„Unter normalen Umständen, also wenn die Sache keine, nennen wir es mal politische Tragweite hätte, würde ich ihnen natürlich unbedingt zustimmen, aber in diesem Fall können wir wahrscheinlich jeden Haftbefehl bekommen, den wir haben wollen. Mein Anrufer vorhin hat mich ausdrücklich darauf hingewiesen, daß der Herr Innenminister, und jetzt zitiere ich wörtlich, von dem Fall bereits Kenntnis erlangt hat und seine Besorgnis darüber zum Ausdruck gebracht hat. Offenbar hat er ziemliche Mühe gehabt, den Generalbundesanwalt davon abzubringen, die Sache an sich zu ziehen und das BKA einfliegen zu lassen."
Dahm beschloß, positiv zu denken und dies als Vertrauensbeweis des Innenministers in die Fähigkeiten der Schussentaler Polizei zu deuten. Näher lag allerdings die Vermutung, daß der Minister nichts unversucht lassen würde, die Sache zu einem ganz gewöhnlichen Verbrechen ohne peinliche Begleiterscheinungen herunterzuspielen. Denn, so dachte der sich wahrscheinlich, was nicht sein kann, das darf nicht sein.
Die Unterredung war wohl nun wirklich beendet. Als sie das Büro verlassen hatten, rief Halder ihnen noch nach. „Und halten Sie mich auf jeden Fall auf dem laufenden. Egal wie unwichtig, ich muß alles wissen, was mit dem Fall zusammenhängt."
Pfeiffle beruhigte ihn. „Natürlich, wenn es irgend etwas Neues gibt, dann sind Sie der erste, der es erfährt."

Draußen auf dem Gang drehte Pfeiffle sich um, um sicher zu sein, daß ihn niemand hören konnte. Als er sah, daß sie alleine waren, sagte er nur: „Der Chef wird die Polizei vor der Presse vertreten. Oh glückliche Presse! Das schau ich mir an und wenn ich mich unter einem der Tische verstecken muß. Was halten Sie eigentlich von der Sache mit den Haftbefehlen? Toller Service, finden Sie nicht?"

Dahm zögerte ein wenig mit seiner Antwort. Er hatte zwar seine eigenen Ansichten über eine derartige Vorgehensweise durch staatliche Stellen, wußte aber nicht genau einzuschätzen, wie Pfeiffle darüber dachte und wollte ihn nach der morgendlichen Panne mit dem Kollegen aus Reicherreute nicht wieder gegen sich aufbringen.

Er war natürlich froh darüber, daß er bei seinen Ermittlungen so frei und ungestört wie möglich vorgehen konnte, andererseits war ihm unwohl bei dem Gedanken, daß sich immer dann, wenn aus politischen Gründen ein schneller Erfolg nötig war, Leute fanden, die im Dienste der Sache ohne Zögern bereit waren, den Rechtsstaat auf Urlaub zu schicken. Und zwar Leute, die es eigentlich besser wissen müßten.

„Es macht mir ein bißchen angst", gab er schließlich zur Antwort. „Ich weiß einfach nicht, was für ein Staat gefährlicher ist. Wenn er durch Gewalt aus irgendeiner Ecke bedroht wird oder, wenn er, aus vermeintlicher Notwehr, überreagiert und seine eigenen Regeln außer Kraft setzt. Oder zumindest zu umgehen versucht."

„Da kann ich jetzt nicht folgen, tut mir leid."

„Denken Sie doch an den Deutschen Herbst. Damals wurde doch zur Terroristenbekämpfung ein Grundrecht nach dem anderen eingeschränkt und keiner hat's gemerkt, weil alle geglaubt haben, anders wird man mit denen nicht fertig. Geschichten wie die angeblichen Hinrichtungen in Stammheim können doch nur entstehen, wenn die Leute dem Staat, also praktisch den Guten in dem Spiel, nicht mehr trauen. Es ist doch irgendwo trostlos, wenn so etwas überhaupt für möglich gehalten wird und wir als Polizisten als Henker hingestellt werden, die jeden umbringen, solange es von oben befohlen wird."

„Aber Dahm, Sie wissen doch ebensogut wie ich, daß man heutzutage mit den alten Methoden Schiffbruch erleidet. Mit solchen Leuten werden Sie nicht fertig, wenn Sie zuerst auf deren Rechte achten und dann erst auf ihre eigenen Pflichten. Denken Sie doch an das Gerede mit dem Lauschangriff. Jeder Dealer kann von seinem Wohnzimmer aus zentnerweise Heroin verscherbeln und wir können nichts dagegen tun, weil seine Wohnung heilig ist."

„Lauschangriff! Nette Formulierung", ging es Dahm durch den Kopf. „Fast so brillant wie finaler Rettungsschuß."

Dahm merkte, daß er mit seiner Antwort einen Fehler gemacht hatte und genau das eingetreten war, was er vermeiden wollte:

Pfeiffle und er waren auf dem direkten Weg in eine Grundsatzdebatte, die mit tödlicher Sicherheit im Streit enden würde. Er versuchte, das Gespräch zu beenden. „Ich meine ja nur, so schlimm das für den Einzelnen und seine Angehörigen ist, wenn so ein Verbrechen passiert, sollten zumindest wir uns an die Regeln halten. Schlimm genug, daß wir wahrscheinlich die einzigen sind.
Wie auch immer, das ist meine Privatansicht und ich hatte auch nicht vor, Sie zu missionieren."
Pfeiffle war ebenfalls bereit, die Sache auf sich beruhen zu lassen. Er beschloß das Thema zu wechseln.
„Was glauben Sie? Bringt uns dieser Skinhead weiter. Gesetzt den Fall, wir kriegen ihn überhaupt."
„Wieso? Haben wir ihn noch nicht?"
„Nein, als der Posten ihn abholen wollte, war er verschwunden. Und bei der Arbeit soll er heute morgen auch nicht gewesen sein. Die haben vorhin bei der Leinenweber angerufen."
„Ich denke schon, daß der uns weiterbringt. Entweder er war's, oder er weiß zumindest, wer's war. Ich glaube auch an Zufälle, aber ich kann mir nicht vorstellen, daß die Rechten in einem Ort wie Reicherreute so ein Ding abziehen und ihr einziger Repräsentant am Ort weiß nichts davon. Irgend jemand muß denen schließlich gesteckt haben, daß es dort einen Juden gibt und wo der wohnt. Aus dem Telefonbuch haben sie's jedenfalls nicht."
„Sind Sie sicher?"
„Völlig. Ich hab nachgeschaut. Goldmann steht nicht drin."
„Und was fangen wir mit unserer Zeit an, bis wir ihn haben?"
„Fleißarbeit. Ich will den Namen und die Anschrift von jedem einzelnen Skinhead im Kreis Schussental. Wenn es irgendwelche Akten gibt, dann will ich sie haben. Zum Beispiel von den Kerlen, die die Punker überfallen haben. Und natürlich, ob unser Mann schon eine Akte hat. Dann müssen wir herausfinden, was für Gruppen sich hier rumtreiben. DVU, Nationale Alternative, Wikingjugend und wie die alle heißen. Ich will wissen, ob es da irgendwelche Querverbindungen zu den Skins gibt."
„Republikaner auch?"
„Vorerst nicht. Aber wenn wir mit den anderen nicht weiterkommen, müssen wir uns die auch vornehmen."
„Das wird aber ein paar von unseren Kollegen gar nicht gefallen."
„Wie meinen Sie das, Pfeiffle?"
„Das wissen Sie ganz genau. Egal, und was machen wir dann mit unserer Skinheadliste, wenn wir sie beieinander haben?"
„Wir überprüfen jeden einzelnen. Die, die gestern vor der Kneipe

waren, lassen wir vorerst weg, aber alle anderen kriegen von uns Besuch."
Pfeiffle stöhnte innerlich bei dem Gedanken, was da auf sie zukam, aber einen besseren Vorschlag konnte er im Moment auch nicht machen. Er griff zum Telefon und gab einem Kollegen den Auftrag, in die Registratur zu gehen und alle einschlägigen Akten zusammenzusuchen. Anschließend rief er im Büro des Landeswahlleiters an und forderte die noch vorhandenen Kandidatenlisten von allen Parteien an, die im letzten Verfassungsschutzbericht als rechtsextremistisch eingestuft waren. Dann wandte er sich nochmal Dahm zu.
„Ich gebe Ihnen einen guten Rat und beherzigen Sie den auch, selbst wenn's schwerfällt: hängen Sie es nicht an die große Glocke, daß Sie vielleicht auch die Reps überprüfen wollen. Das könnte einigen hier im Haus sauer aufstoßen."
Dahm hatte begriffen. „Und Sie, stört Sie das auch?"
„Nein, mich nicht. Und den Chef sicher auch nicht. Aber bei mindestens drei anderen bin ich mir da nicht ganz sicher. Liegt sonst noch etwas an?"
„Ja, eins noch. Schicken Sie bitte jemanden zum Amtsgericht rüber. Der soll das Vereinsregister durchgehen und alle Vereine notieren, die mit Deutsch oder National oder Vaterland anfangen. Und die Vorstände natürlich."

***

Der Raum, in dem die Pressekonferenz stattfand, war bis auf den letzten Platz besetzt.
Vorn war in aller Eile eine Reihe von Tischen aufgestellt worden, hinter denen die offiziellen Teilnehmer Platz genommen hatten. Im einzelnen waren das Halder und der Leitende Oberstaatsanwalt sowie der eigentliche Pressesprecher der Polizeidirektion Schussental, ein farbloser Mann, der das Amt offensichtlich nur übertragen bekommen hatte, weil sich kein geeigneterer Kandidat hatte finden lassen und weil bei seiner Ernennung niemand ernsthaft angenommen hatte, daß er jemals für mehr als ein paar neugierige Lokalreporter zuständig sein würde.
In dem Raum herrschte große Unruhe. Es war viel zu warm und gleißend hell. Es hatte sich bereits ein Fernsehteam eingefunden, das Aufnahmen machen wollte und dazu den Raum ausleuchten mußte.
Vor Beginn der Veranstaltung war per Akklamation ein Rauchverbot ausgesprochen worden, das von einigen ganz Beharrlichen,

die in der Rangordnung der anwesenden Journalisten ganz weit oben standen, demonstrativ nicht eingehalten wurde.

Der Polizeisprecher klopfte ein paarmal gegen das Mikrofon. Weniger, um dessen Funktionsfähigkeit zu überprüfen, das war in der letzten halben Stunde bereits mehrfach geschehen, sondern um die Aufmerksamkeit der versammelten Journalisten auf sich zu lenken und den Beginn der Veranstaltung zu signalisieren.
Als endlich relative Ruhe eingekehrt war ergriff er das Wort.
„Meine sehr verehrten Damen und Herren, im Namen der Polizeidirektion Schussental begrüße ich Sie zu unserer heutigen Pressekonferenz."
Er schien die Aufmerksamkeit, die ihm, wahrscheinlich zum ersten Mal in seinem Leben, in diesem Ausmaß zuteil wurde, zu genießen. „Wir haben diese Form der Veranstaltung gewählt, um zu vermeiden, daß aufgrund fehlender oder falscher Informationen Dinge an die Öffentlichkeit gebracht werden, die nicht den Tatsachen entsprechen. Es ist folgender Ablauf der Veranstaltung geplant: der Leiter der mit den Ermittlungen befaßten Behörde, Herr Halder, hier zu meiner Linken, wird zuerst eine vorbereitete Erklärung verlesen, anschließend bekommen Sie Gelegenheit, Fragen zu stellen. Wir bitten Sie allerdings vorab bereits um Verständnis, daß wir nicht alle Fragen beantworten können, um den Erfolg der Ermittlungen nicht zu gefährden."
Als er wieder Platz nehmen wollte, machte der erste Journalist mit Handzeichen auf sich aufmerksam. Der Pressesprecher wurde ungehalten. „Ich hatte Sie doch darum gebeten, erst nach der Erklärung Fragen zu stellen."
„Entschuldigung. Ich wollte nur wissen, ob Sie uns auch den Namen des Herrn zu Ihrer Rechten verraten."
Der Pressesprecher deckte das Mikrofon mit der Hand ab und fluchte leise. Alles so schön vorbereitet und dann den Oberstaatsanwalt vergessen! „Entschuldigung. Herr Dr. Kunz, Leiter der hiesigen Staatsanwaltschaft." Der Staatsanwalt nickte kurz mit dem Kopf und erstickte so das aufkommende Gelächter. Dann wurde das Mikrofon zu Halder hingeschoben. Der rückte es noch einmal zurecht, räusperte sich und zog umständlich ein Blatt Papier aus seiner Jackentasche. Er schaute in die Menge und war froh, daß er wegen der hellen Scheinwerfer, die genau auf ihn gerichtet waren und ihn blendeten, nicht sehen konnte, wieviele Zuhörer er überhaupt hatte. Er nahm die Brille ab, rieb sich den Nasenrücken und begann, ohne noch einmal hochzublicken, vom Blatt abzulesen.

„Meine sehr verehrten Damen und Herren. Auch ich möchte sie noch einmal begrüßen und gebe nun folgendes bekannt: heute morgen, gegen 6.30 Uhr, wurde dem Polizeiposten Reicherreute mitgeteilt, Entschuldigung, von einer Haushälterin mitgeteilt, daß sie ihren Arbeitgeber soeben regungslos in seinem Haus gefunden habe. Eine Polizeistreife traf gegen 6.45 Uhr am Tatort ein und stellte fest, daß der Hausbesitzer offensichtlich einer Gewalttat zum Opfer gefallen war und informierte die hiesige Kriminalpolizei und einen Notarzt. Der Arzt konnte nur noch den Tod feststellen. Bei dem Opfer handelt es sich um einen 73 Jahre alten Mann. Nach ersten Ermittlungen wurde er erschlagen, wahrscheinlich mit einem alten Kerzenständer. Der Mann lebte alleine. Nach Feststellungen am Tatort kann ein politisches Motiv für die Tat im Moment noch nicht völlig ausgeschlossen werden, doch deutet vieles auf einen Raubmord hin. Wir haben bereits eine Sonderkomission gebildet."
Die Zuhörerschaft wurde unruhig. Man war offensichtlich überrascht, daß die Erklärung bereits beendet zu sein schien.
Die Journalisten warteten noch einige Sekunden, doch als sich auf dem Podium nichts mehr tat, gingen die ersten Hände in die Höhe. Der Pressesprecher schaute auf Halder, und als er ihm zunickte, gab er einer Journalistin aus der ersten Reihe ein Zeichen.
„Sie haben gesagt, daß eine politisch motivierte Tat nicht ausgeschlossen werden kann. Könnten sie das eventuell etwas präzisieren, was Sie zu dieser Vermutung veranlaßt?"
„Am Tatort wurden Schmierereien an einer Wand gefunden, die darauf hindeuten könnten. Außerdem war das Opfer jüdischen Glaubens."
Halder wollte das eigentlich noch gar nicht bekanntgeben, aber der Staatsanwalt hatte ihn überzeugt, daß es wenig sinnvoll war, Umstände zu verheimlichen, die einfach nicht geheimzuhalten waren.
„Also Neonazis?"
„Wie ich bereits gesagt habe, wir befinden uns erst am Anfang unserer Ermittlungen, aber Sie haben recht, wenn ein politischer Hintergrund tatsächlich vorliegt, dann dürften die Täter dem rechten Lager zuzuordnen sein."
Kaum hatte Halder, der immer nervöser zu werden schien, seinen Satz zuende gesprochen, nahm die Unruhe unter seinen Zuhörern noch weiter zu. Plötzlich fingen alle an zu schreiben, einige, besonders die, deren Auftraggeber mehr Wert auf Schnelligkeit als auf Vollständigkeit von Nachrichten legten, begannen bereits mit ihren Redaktionen zu telefonieren und Schlagzeilen zu diktieren,

während andere ihre Labtops bearbeiteten oder ganz einfach Notizen machten. Obwohl vereinbart gewesen war, Funktelefone nur außerhalb des Raums zu benutzen, brachen nun alle Dämme. Der Pressesprecher war bemüht, wieder für Ruhe zu sorgen. Jetzt versuchten alle Journalisten gleichzeitig, ihre Fragen an den Mann zu bringen.
„Bitte, meine Damen und Herren! Ich bitte Sie! Wir sind hier doch nicht beim heißen Stuhl."
„Dürfen wir den Wortlaut der Schmierereien erfahren?"
„Nein, tut mir leid. Darüber können wir im Moment keine Angaben machen."
Ein Kollege, der Sekunden vorher noch telefoniert hatte, rief dazwischen: „Warum nicht? Die Öffentlichkeit hat ein Recht zu erfahren, was vorgefallen ist." Seine Kollegen unterstützten ihn mit beifälligem Gemurmel. Dr. Kunz, der die bisherige Veranstaltung schweigend verfolgt hatte, griff sich das Mikrofon von dem verdutzten Halder.
„Meine Damen und Herren. Ich habe vollstes Verständnis für Ihr Bedürfnis, die Öffentlichkeit möglichst umfassend und objektiv zu informieren." Als er dies sagte, schien es einigen Zuhörern, als ob er ein wenig lächelte. „Aber Sie müssen auch unsere Situation verstehen. In Fällen wie diesen ist es leider üblich, daß sich nach Bekanntwerden zahllose Einzelpersonen und Gruppen zu dem Verbrechen bekennen. Um diese ‚Geständnisse möchte ich sie hier der Einfachheit halber einmal nennen, möglichst schnell und zuverlässig auf ihren Wahrheitsgehalt hin überprüfen zu können, und das müssen wir natürlich in jedem einzelnen Fall, ist es unerläßlich, daß wir einige Details zurückhalten, anhand derer wir das tun können. Wenn wir das nicht tun, sitzen wir nur noch da und verhören irgendwelche Scheintäter, anstatt den oder die richtigen zu suchen. Ich kann Ihnen aber so viel sagen: es handelt sich einwandfrei um nationalsozialistisches Gedankengut." Er fügte noch hinzu: „In Wort und Bild."
Den Journalisten schien die Erklärung einzuleuchten, denn es regte sich kein weiterer Protest mehr. Die nächste Wortmeldung wurde aufgerufen.
„Was wurde geraubt. Sie sagten, alles deutete auf einen Raub hin?"
Halder war froh, daß das Thema gewechselt wurde und dankte seinem morgendlichen Anrufer. Nur seinetwegen hatte er die Raubtheorie, für die Dahm und Pfeiffle bisher keinerlei Anhaltspunkte geliefert hatten, überhaupt aufgebracht.
„Das wird gerade genauer untersucht. In dieser Frage gestalten

sich unsere Ermittlungen äußerst schwierig, da das Opfer sehr zurückgezogen gelebt hat. Außer der schon von mir angesprochenen Haushälterin kann niemand genaue Angaben machen und die ist im Moment noch nicht vernehmungsfähig."
Die nächste Frage wurde aufgerufen.
„Ich nehme an, Sie sind nicht bereit, uns die genaue Identität des Opfers mitzuteilen?"
„Das ist korrekt."
Der Strom an Fragen begann langsam zu versickern und kam dann schließlich ganz zum Erliegen. Den Journalisten wurde langsam klar, daß hier keine Informationen mehr zurückgehalten wurden, die man mit Hilfe einer geschickten Frage vielleicht doch noch hätte bekommen können, sondern daß die Herren hinter ihren Tischen nichts mehr zu berichten hatten.

Nachdem keine weiteren Fragen mehr gestellt wurden, scheinbar waren alle damit beschäftigt, die bisher erhaltenen Informationen in irgendeiner Form zu verarbeiten, nahm der Pressesprecher das Mikrofon wieder an sich und beendete die Veranstaltung.
Er teilte den noch anwesenden Journalisten noch mit, daß für den nächsten Tag ein ähnliche Veranstaltung vorgesehen war, deren genauer Termin rechtzeitig bekannt gegeben würde.
Dann verließen die offiziellen Teilnehmer den Raum. Sie gingen durch eine Hintertür, um zu verhindern, daß doch noch Fragen an sie gerichtet würden.
Im Hinausgehen klopfte der Polizeisprecher seinem Chef jovial auf die Schulter und lobte ihn etwas überschwenglich für die gute Figur, die er abgegeben hatte.
Halder, dem diese Art Schmeichelei von Untergebenen eigentlich zuwider war und der auch ganz genau wußte, wie er auf die Presse gewirkt hatte, rieb sich nur die Handflächen mit einem Taschentuch trocken und sagte:
„So aufgeregt war ich seit meiner praktischen Führerscheinprüfung nicht mehr."

***

Dahm hatte sich während der ganzen Zeit an die hintere Wand des Raumes angelehnt und gehofft, kein Zeichen zu bekommen. Sein Wunsch war in Erfüllung gegangen. Im Gegensatz Pfeiffle. Der hatte ja wirklich zuhören wollen, konnte es aber nicht, weil er noch einmal nach Reicherreute fahren mußte, um Goldmanns Haus genauer unter die Lupe zu nehmen.

Dahm ging zurück in sein Büro. Auf dem Weg dorthin traf er seine Kollegin Leinenweber, die gerade versuchte, einen Papierstau am Kopiergerät zu beseitigen.
„Ich würde Ihnen ja gerne helfen, Frau Leinenweber, aber wenn ich mich mit einem technischen Gerät beschäftige, endet das normalerweise mit einem Totalschaden."
„Kein Problem", gab sie lächelnd zurück. Dahm hatte den Eindruck, daß die Kollegin eine leichte Schwäche für ihn hatte. Irgendwann mußte er Pfeiffle fragen, ob er seine Ansicht teilte. Pfeiffle hörte in solchen Angelegenheiten das Gras wachsen.
„Die Gebrauchsanleitung ist sehr detailliert, allerdings nur, wenn man mit seinem Japanisch auf dem laufenden ist." Tatsächlich gelang es ihr, aus dem Inneren des Geräts ein Blatt herauszufischen. Obwohl es reichlich zerknüllt war, konnte Dahm noch erkennen, daß es ursprünglich die Einladung des Referats für Wirtschaftskriminalität zur alljährlichen Weihnachtsfeier gewesen war.
„Wissen Sie zufällig, ob unsere Fahndung schon etwas gebracht hat?" Er hätte gerne ein wenig mit ihr geflirtet, aber das ging im Moment einfach nicht. Er fand nicht den richtigen Ansatz.
„Nein, leider nicht. Immer noch keine Spur von ihm."
Dahm war nicht sonderlich überrascht. Es konnte lange dauern, einen Mann zu finden, der zu einer Gruppe gehört, die sich dadurch auszeichnet, daß eigentlich alle Mitglieder gleich aussehen. Der Kerl konnte mittlerweile in Görlitz, Braunau, Mölln, Solingen oder sonst wo sein.
„Immerhin wissen wir jetzt genaueres über ihn", hörte Dahm seine Kollegin sagen. Sie deutete auf die Akte, die sie offenbar gerade kopieren wollte.
„Der Mann heißt Heiner Müller. Spitzname Gestapo-Müller. Bisher viermal einschlägig aufgefallen. Zweimal war er in eine Wirtshausschlägerei verwickelt, einmal in einen Landfriedensbruch. Damals hat er mit ein paar Freunden versucht, mit Knallkörpern ein paar Asylbewerber aus ihren Containern zu treiben. Wahrscheinlich wollten sie sie verprügeln. Und einmal Störung der Totenruhe und Sachbeschädigung."
„Wie das?"
„Friedhofsschändung. Ein KZ-Friedhof."
„Scheint ein weitgereister Mann zu sein."
„Wie kommen Sie jetzt darauf, Herr Dahm?"
„Wenn er extra bis zum nächsten KZ-Friedhof gefahren ist. Ist doch bestimmt ziemlich weit weg von hier."
„Man merkt, daß Sie nicht aus der Gegend sind. Paßt zwar nicht

ins Welt- und Landschaftsbild, aber mit dem Auto ist es keine halbe Stunde von hier. Die gab's nicht nur irgendwo in Polen, die gab's auch hier."
Dahm ließ sich die Akte geben. „Paßt ganz gut, finden Sie nicht?"

Dahm setzte sich hinter seinen Schreibtisch und begann, Müllers Akte durchzulesen. Er wollte die Abwesenheit seines Kollegen nutzen. So unterhaltsam es war, einen Raum mit Pfeiffle zu teilen, an konzentriertes Arbeiten war in der Regel nicht zu denken. Er rief in der Telefonzentrale an und gab Anweisung, keine Gespräche an ihn durchzustellen.
Ganz besonders interessierte er sich für das Urteil wegen des Friedhofs. Er fischte die Abschrift aus dem Ordner, überflog kurz den Tenor und las dann die Urteilsgründe.
„Wiewohl nach der Überzeugung des Gerichts keine Zweifel an der Täterschaft der in dieser Hinsicht voll geständigen Angeklagten bestehen, waren ihre Einlassungen, daß es sich bei der Tat nicht um einen wohlvorbereiteten und geplanten Angriff handelte, sondern um eine spontane, von der Gruppendynamik und nicht unbeträchtlichem Alkoholgenuß geprägte Handlung, nicht zu widerlegen.
Aufgrund der Tatsache, daß es die Beamten, die die Festnahme durchführten, versäumt hatten, eine Blutentnahme durchführen zu lassen, um so den Grad der Alkoholisierung der Angeklagten zweifelsfrei festzustellen, sah sich das Gericht veranlaßt, hinsichtlich der Menge des verkonsumierten Alkohols den Angaben der Angeklagten zu folgen.
Alle drei Angeklagten gaben an, vor der Tat eine nicht unbeträchtliche Anzahl von Cola- Weizen, einem Gemisch aus Bier und koffeinhaltiger Limonade, zu sich genommen zu haben. Die genaue Zahl war nicht mehr festzustellen, doch die angegebene Größenordnung von 17 bis 20 wurde vom Zeugen Heß, er hatte sie in der aufgesuchten Gastwirtschaft bedient, bestätigt. Das Gericht folgt in der Bewertung dieser Alkoholmenge den Aussagen des Gutachters Dr. Weber, daß die Steuerungsfähigkeit der Angeklagten zum Tatzeitpunkt zwar erheblich eingeschränkt war, jedoch keinen Ausschluß der Schuldfähigkeit zur Folge hatte.
Dies auch aufgrund des Umstands, daß immerhin einer der Angeklagten, wer war leider nicht mehr festzustellen, noch in der Lage war, das KFZ des Angeklagten Hauer von Schussental bis zum Tatort zu fahren."
Dahm zündete sich in der Hoffnung, daß Pfeiffle nicht mehr zurückkommen würde, eine Zigarette an. Den nächsten Teil des

Urteils überflog er wieder. In aller Ausführlichkeit war beschrieben, wie sich die Friedhofsschändung nach der Überzeugung des Gerichts tatsächlich zugetragen hatte. Wie die drei vorfuhren, über den Zaun kletterten und jeden Grabstein umwarfen, den sie bewegen konnten.
Zu ihren Gunsten war sogar gewertet worden, daß sie die Steine nur umgeworfen und nicht auch noch beschmiert hatten. Das Gericht sah darin einen Beweis für die Spontanität der Aktion.
Dahm konnte sich die Szenerie gut vorstellen. Wie die betrunkenen Glatzköpfe über den Friedhof torkelten und jedes Mal in Jubel ausbrachen, wenn einer der Grabsteine zu Boden ging.
Er las wieder etwas sorgfältiger. „Die Einlassung der Angeklagten, daß ihnen nicht bekannt gewesen sei, um was für eine Art Friedhof es sich gehandelt hat, hält das Gericht für widerlegt. In der Wohnung des Angeklagten Müller wurde ein Flugblatt sichergestellt, als Urheber firmierte eine Kulturgruppe Florian Geyer, auf dem unter der Überschrift – Ausflugsziele in Oberschwaben für Nationalgesinnte – eine große Anzahl von Gedenkstätten und Asylbewerberunterkünften, so auch der geschändete Friedhof, verzeichnet waren."
Dahm hörte auf zu lesen und lehnte sich in seinem Stuhl zurück. „Soviel zu der These, daß Skinheads über keine überregionalen Organisationsstrukturen verfügen. Bestimmt kursieren dann auch irgendwelche Listen, auf denen nicht nur Sachen, sondern auch Personen, unerwünschte Personen, verzeichnet waren. Zum Beispiel Juden." Er beschloß, kurz zu Ende zu lesen. Das Gericht ging noch auf die Gefahren ein, die dem Ansehen der Bundesrepublik Deutschland durch derartige Vorfälle drohen und auf die alte Weisheit, daß es nicht die Aufgabe von Polizei und Justiz sein könne, die Versäumnisse von Politik und Gesellschaft zu kompensieren. Dahm nickte beifällig und las zu weiter.
Als er fertig war, schaute er noch einmal auf dem ersten Blatt nach, zu welcher Strafe die drei eigentlich verurteilt worden waren. Als er es gelesen hatte, wurde er wieder skeptisch. „Ob eine Geldstrafe wirklich der richtige Weg ist, um aus einem Antisemiten einen aufrechten Demokraten zu machen, das wage ich zu bezweifeln", war sein erster Gedanke.
Er blätterte dann weiter durch die Gesamtakte, um zu sehen, ob wegen des Wohncontainers ebenfalls ein Urteil ergangen war. Er fand allerdings nur eine Einstellungsverfügung der Staatsanwaltschaft. Die anfänglich aussagewilligen Zeugen hatten plötzlich alle an kollektivem Gedächtnisschwund gelitten. Irgendwo verstand er sie ja auch. Angst. Deutsche Zeugen hatte es keine gege-

ben. Angeblich. „Immerhin hatte auch niemand Beifall geklatscht. Darüber muß man sich heutzutage ja fast schon freuen."
Er schloß die Akte in seinem Schreibtisch ein und machte sich auf den Heimweg. Vorher lüftete er allerdings noch kräftig durch und ließ den Kronkorken verschwinden, den er als Aschenbecher benutzt hatte.

***

Dahm schloß die Haustür auf und bemühte sich, dies so leise wie möglich zu tun. Er hatte nicht vor, seiner Vermieterin in die Arme zu laufen. Eigentlich mochte er sie. Als er noch nicht richtig eingerichtet war, hatte sie ihn ab und zu zum Essen eingeladen und Kuchen brachte sie immer noch vorbei. Außerdem war er ihr prinzipiell dankbar, daß sie ihm die schöne Altbauwohnung überhaupt überlassen hatte.
Sie hatte ihn mehrfach wissen lassen, daß sie gerne auf ein paar Mark Miete verzichtete, wenn sie, in Zeiten wie diesen, einen Polizisten in ihrem Haus haben konnte. Sie fühlte sich dadurch sicherer.
Aber Frau Läpple war ungeheuer neugierig. Und wenn sie ihre Mitbewohner erst einmal in ein Gespräch verwickelt hatte, nicht mehr zu bremsen.
Normalerweise bereitete es ihm sogar ein gewisses Vergnügen, die Frau mit den neuesten Gemeinheiten ihrer Mitmenschen zu unterhalten. Heute war es allerdings etwas anders.
Er verzichtete darauf, die Treppenbeleuchtung einzuschalten, weil er wußte, daß sie das Geräusch selbst bei laufendem Fernseher noch hören konnte, und schlich sich nach oben.
Er hatte sogar kurz mit dem Gedanken gespielt, seine Schuhe auszuziehen. Der Steinboden im Treppenhaus hallte manchmal ein wenig. Er ließ es dann aber sein, weil er sich vor seinem geistigen Auge vorstellte, was für ein Bild er abgeben würde, wenn ihn jemand in Strümpfen, die Schuhe in der Hand, auf der Treppe erwischte.

In seiner Wohnung angekommen, ging er sofort ins Wohnzimmer. Er schaltete das Licht erst gar nicht ein, sondern legte sich sofort auf sein Sofa, eine Leihgabe von Frau Läpple, und streckte sich aus. Der Gedanke, aufgrund der außergewöhnlichen Umstände das selbst auferlegte Rauchverbot in der Wohnung zumindest zeitweise außer Kraft zu setzen, wurde so schnell verworfen, wie er aufgekommen war.

Es gab für Dahm zwei Arten von Fällen, die er besonders haßte. Fälle, in denen Kinder die Opfer waren und Fälle, die aus politischen Gründen das Interesse von Menschen weckten, die ihm nur Ärger bereiten konnten. Und genau so einen Fall hatte er jetzt am Hals. Er wußte, daß die Pressekonferenz nur der Anfang eines riesigen Medienrummels gewesen war. Vielleicht reichte die Sache sogar für eine Sondersendung im Fernsehen. Alleswisser würden dann vor einem Millionenpublikum Ursachenforschung betreiben und jede Menge Lösungen anbieten, je nachdem, ob sie beim Bayerischen Rundfunk beschäftigt waren oder bei Radio Bremen.
Politiker, weit weg in Stuttgart oder in Bonn, werden einer schockierten Öffentlichkeit gegenüber ihren Abscheu über dieses feige Verbrechen zum Ausdruck bringen und versichern, daß alles Erdenkliche getan würde, um derartige Vorfälle in Zukunft zu vermeiden. Dann werden sie am Telefon die richtigen Leute anrufen und Druck machen, und dann wird der Staffelstab nach unten gereicht, bis er, Dahm, ihn endlich von Halder in Empfang nehmen kann.
Er wird Leuten mit Einfluß, aber ohne jede Ahnung Rede und Antwort stehen müssen, endlose Berichte über irgendwelche tatsächlichen oder geschönten Fortschritte schreiben und so schnell wie möglich mit einer Festnahme aufwarten.
Immerhin hatte er ja schon jemanden, den er zur Festnahme ausschreiben konnte, und der kam als Täter sogar tatsächlich in Betracht.

Dahm hatte sich bereits Schreibzeug zurechtgelegt, um seine bisherigen Überlegungen festzuhalten, beschloß dann aber doch, den Fall erst einmal in Gedanken durchzugehen.
Er war von der Polizeidirektion aus nicht direkt nach Hause gelaufen, sondern hatte sich einen Dienstwagen besorgt und war zum Tatort hinausgefahren, um sich noch einmal in aller Ruhe umzusehen.
Als er dort angekommen war, konnte er nicht sofort ins Haus gehen. Vor dem Eingang zu dem parkähnlichen Garten, dessen Ausmaß ihm am Morgen gar nicht aufgefallen war, war zwar noch keine Mahnwache aufgezogen, aber ein einsames Fernsehteam war noch damit beschäftigt, ein paar Außenaufnahmen zu machen. Obwohl Halder nichts über das Opfer bekannt gegeben hatte, hatten sie natürlich keine Mühe gehabt, Namen und Adresse des Opfers herauszufinden.
Da er keine Lust darauf hatte, angesprochen zu werden, beschloß

er, im Wagen sitzen zu bleiben und zu warten, bis sie abgezogen waren.
Ein Mann mit einer Kamera auf der Schulter, dicht gefolgt von einer jungen Frau mit Handscheinwerfer, lief scheinbar ziellos durch die Gegend. Augenscheinlich versuchte er noch, den besten Blick auf das Gebäude auszumachen.
Dahm nahm an, daß sie vorher versucht hatten, in den Garten zu gelangen, aber von dem Posten, der das Haus bewachte, daran gehindert worden waren.
Neben einem VW-Bus, der die drei Buchstaben des Senders trug, wartete ein durchgefrorener Reporter in Lodenmantel und modischem Schal noch auf seinen Einsatz. Unwirsch schob er eine zweite Frau beiseite, die sich mit einem Tuch an seinem Gesicht zu schaffen machen wollte. Der Mann machte auf Dahm einen ziemlich gereizten Eindruck.
Der Kameramann schien mittlerweile eine Stelle gefunden zu haben, mit der er einigermaßen zufrieden war, denn er gab dem Reporter ein Zeichen. Der warf einen Pappbecher, den er in der Hand gehalten hatte, unter den Bus und setzte sich in Bewegung. Er stellte sich an der Stelle auf, die ihm der Kameramann gezeigt hatte. Jetzt ließ er sich auch anstandslos das Gesicht bearbeiten.
Dahm konnte von seiner Position aus leider nicht hören, was gesprochen wurde, aber er beobachtete, wie der bisher mürrisch dreinschauende Reporter plötzlich sympathisch, aber dem Anlaß entsprechend ernst und betroffen aussah und in die Kamera sprach. Ab und zu drehte er sich in Richtung Haus und deutete darauf, fixierte dann aber sofort wieder die Kamera.
Nach knapp fünf Minuten war der ganze Spuk vorbei. Die vier packten ihre Sachen in den Bus und fuhren davon. Dahm wartete vorsichtshalber noch ein paar Minuten, dann fuhr er zu dem großen schmiedeeisernen Tor und zeigte dem Posten seinen Ausweis.

Er betrat das Gebäude durch denselben Eingang wie am Morgen. Er hörte den Widerhall seiner Schritte. Im Haus herrschte eine unangenehme Stille.
Die Bibliothek war völlig unverändert. Lediglich an der Stelle, an der Goldmann gelegen hatte, war nur noch eine Silhouette aus weißem Klebstreifen zu sehen und einige Stellen in dem Raum waren mit kleinen Fähnchen markiert. Die Blutlache war noch vorhanden, hatte aber ihre Farbe deutlich verändert.
Danach ging er in die Küche. Das eingeschlagene Fenster war von irgend jemanden mit einer Plastikfolie abgedichtet worden. Auf

dem Spülbecken standen eine halb volle Weinflasche und ein Glas. Auf beiden Gegenständen konnte Dahm die Reste des feinen weißen Pulvers erkennen, das der Erkennungsdienst bei seiner Suche nach Fingerabdrücken hinterlassen hatte. Auf dem Küchentisch lag eine Zeitung. Er hob sie auf, um das Datum festzustellen. Sie war von heute. Er nahm an, daß die Haushälterin sie jeden Morgen mitbrachte, Goldmann konnte sie kaum geholt haben.
Anschließend sah er sich auch noch die übrigen Räume an. Bewohnt schienen ihm nur noch eine Art Arbeitszimmer, ein Salon und eines der zahlreichen Schlafzimmer. Alle anderen Räume waren entweder leer oder die Möbel waren mit Leintüchern abgedeckt. Im ganzen Haus war es erbärmlich kalt. Niemand hatte sich die Mühe gemacht, die alten Kachelöfen, die überall herumstanden, zu heizen.
Dahm hatte sich überlegt, wo Goldmann wohl gegessen hatte. Wahrscheinlich im Salon oder in der Küche. Groß genug war sie. Keller und Dachboden standen voll mit alten Möbeln und Kisten. Obwohl er neugierig war, schaute er nicht genauer nach. Wenn Pfeiffle seine Sache ordentlich gemacht hat, würde er sowieso eine vollständige Inventarliste erhalten. Und wenn nicht, konnte er immer noch zurückkommen und sich genauer umsehen.
Als er sich das Schlafzimmer ansah, nahm ein unangenehmes Gefühl von ihm Besitz. Sein Beruf brachte es zwar häufig mit sich, daß er sich in fremden Wohnungen oder Häusern umzusehen hatte, und in der Regel machte ihm das auch nichts aus, nur in Schlafzimmern, da kam er sich immer vor wie ein Eindringling.
Wer immer gestern nacht außer Goldmann in dem Haus gewesen war hatte dieses Zimmer mit Sicherheit nicht durchsucht. Alle Schränke und Schubladen waren geschlossen, und deren Inhalt ordentlich verstaut.
An den Wänden hingen einige Bilder, die Dahm für echt, alt und somit auch für wertvoll hielt. Er machte sich eine Notiz, die Bilder von einem Fachmann schätzen zu lassen.
Er benutzte immer noch einen Block für seine Notizen, obwohl seit Twin Peaks im Fernsehen gelaufen war, die meisten seiner Kollegen ein Diktiergerät vorzogen.
Er öffnete einige der Schubladen. Wie erwartet fand er keine persönlichen Unterlagen.
Wenn heute morgen irgendwelche vorhanden gewesen waren, dann hätten die Kollegen sie mitgenommen. Was er eigentlich suchte, wußte er selbst nicht.
Auf dem Nachttisch, der links neben dem, nach Dahms Ansicht äußerst geschmacklosen, Himmelbett stand, lagen eine kleine

Brille und eine ziemlich zerlesene Originalausgabe von Arnold Zweigs „Erziehung vor Verdun". Dahm hob das Buch vorsichtig hoch und drehte es mit dem Rücken nach oben. Außer einem Lesezeichen fiel aber nichts heraus.
Als er den Raum schließlich wieder verließ, schloß er die Tür so leise, als ob jemand drinnen schlafen würde.

Auf dem Weg zu seinem Wagen machte Dahm noch einen Abstecher zu dem alten Schuppen, der ihm schon morgens unangenehm aufgefallen war.
Das Tor, das mit einem alten Vorhängeschloß gesichert war, öffnete er mit Hilfe eines Dietrichs.
In dem Schuppen befand sich nichts, mit Ausnahme eines uralten Opel Admiral. Nicht einmal ein paar alte Werkzeuge. Der Wagen sah aus, als sei er erst gestern ausgeliefert worden. Dahm schaute auf dem Nummernschild nach, ob er noch zugelassen war. Er konnte sich zwar nicht vorstellen, daß Goldmann in seinem Alter noch Auto fuhr, aber neuerdings war er mit solchen Vermutungen etwas vorsichtiger geworden.
Seinem Vater gegenüber hatte er bei einem seiner letzten Besuche erklärt, daß das Autofahren für Leute über siebzig heutzutage einfach zu gefährlich geworden sei und dabei ganz vergessen, daß sein Vater, ein leidenschaftlicher Autofahrer, mittlerweile auch schon Ende sechzig war.
Der hatte damals mit gekränktem Schweigen reagiert, so wie er es immer tat, wenn er einen Angriff auf seine Person vermutete.
Die Garage brachte Dahm nicht weiter. Er versiegelte sie wieder und machte sich auf den Heimweg. Außer den Schmierereien schien es auf dem gesamten Anwesen nichts zu geben, was irgendwie auf den Täter hindeuten könnte.
Auf seiner Fahrt durch Reicherreute fuhr er an lauter hell erleuchteten Fenstern vorbei. Er fragte sich, was hinter diesen Fenstern wohl über den Mord gesprochen wurde, und ob vielleicht hinter einem der Fenster jemand saß, der mehr wußte als er.

Dahm kam früher als gewohnt in die Polizeidirektion. Obwohl er lange wach gelegen hatte, er war sogar mehrmals aufgestanden und hatte nur mit seinem Bademantel bekleidet, auf dem Balkon eine Zigarette geraucht war er so früh aufgewacht, daß sein Wecker keine Chance gehabt hatte, ihn aus dem Schlaf zu reißen.
Er hatte ein völlig mißlungenes Frühstück zu sich genommen. Sein Kaffee hatte abscheulich geschmeckt. Er hatte erst morgens bemerkt, daß ihm die Filtertüten ausgegangen waren. Da er so früh seine Nachbarn nicht belästigen wollte, hatte er beschlossen, die Tüte vom Vortag, die sich noch in der Maschine befand, wiederzuverwenden. Da ihm auch das Pulver zur Neige ging, ließ er das gleich drin und füllte den Filter mit seinem restlichen Kaffee auf.
Er hatte sich auf einiges gefaßt gemacht, aber der Geschmack des Gebräus übertraf seine schlimmsten Befürchtungen. Trotzdem hatte er die Tasse geleert.
An den Gummiüberschuhen, die auf seinem Papierkorb lagen, konnte er erkennen, daß Pfeiffle ebenfalls schon im Haus sein mußte. Bei dem Anblick schüttelte er mit dem Kopf. „Warum muß dieser Mensch die Dinger immer auf meinen Papierkorb legen? Der hat doch selber einen."
Als er gerade dabei war, seine Jacke an dem Kleiderbügel, den Pfeiffle mit seinem Namen versehen hatte, aufzuhängen, hörte er seinen Kollegen über den Flur kommen. Pfeiffle hatte eine gefüllte Kaffeetasse in der Hand und begrüßte ihn.
Obwohl Dahm einer der wenigen war, die nicht sofort nach Ankunft im Büro mit dem zweiten Frühstück begannen, schätzte er Halders Einstellung, derartiges zu dulden. In Stuttgart war es streng verboten gewesen, während der Arbeitszeit Kaffee zu trinken. Sein ehemaliger Chef hatte offensichtlich Angst gehabt, seine Leute würden von ihrer Arbeit abgehalten. Pfeiffle hatte ein Exemplar der Lokalzeitung mitgebracht. Er legte sie aufgeschlagen auf Dahms Schreibtisch und deutete auf die Titelseite. Obwohl er sie daheim schon gelesen hatte, ließ er Pfeiffle seinen Spaß.
„Haben Sie das gewußt, Dahm, wir sind jetzt schon eine Sonderkommision?"

„Ja, hab ich. Ich war doch gestern bei der Pressekonferenz."
„Wie hat Halder sich geschlagen?"
„Recht wacker, muß ich sagen. Er hat es ganz gut hingekriegt."
Was Dahm an dem Pressebericht erheblich mehr störte, als die Formulierungen seines Vorgesetzten, war, daß sich der Verfasser nicht lange damit aufgehalten hatte, über mögliche Täter und Motive zu spekulieren, sondern den Eindruck bei seinen Lesern erwecken wollte, daß es sich eindeutig um einen Anschlag von rechts handelte. Damit lag er in der Sache zwar wohl richtig, hilfreich war das aber nicht gerade.
Er wandte sich wieder Pfeiffle zu: „Gibt's was neues über Müller?"
„Immer noch verschwunden."
„Und unsere Kandidatenliste. Wie weit sind Sie mit der?"
„Die Leinenweber hat sich mächtig reingehängt. Soll angeblich bis nach elf hier gewesen sein. Die Liste ist jedenfalls fertig."
Dahm war angetan. „Und, wie sieht's aus?"
„Ohne diejenigen, die vor der Schatzinsel waren, bleiben siebzehn übrig, die wir noch überprüfen müssen."
„Hat der Pathologe sich noch mal wegen der Todeszeit gemeldet?"
„Hat er. Alle, die wir vorgestern nacht überprüft haben, können es nicht gewesen sein."
„Immerhin."
„Find ich auch. Die Leinenweber kommt heute etwas später, aber wenn sie da ist, fängt sie sofort mit der Überprüfung an."
„Will sie die etwa alle herkommen lassen?"
„Hat sie eigentlich vorgehabt. Halder hat es ihr ausgeredet. Jetzt besucht sie sie einzeln und läßt dann nur die ohne Alibi hier antanzen."
„Sonst noch was?"
„Ja. Ich sollte doch die Parteifunktionäre aus der Gegend überprüfen. Keiner ist jemals bei uns aufgefallen."
„Und die Vereine?"
„Genau dasselbe. Liegt aber wohl zum Großteil daran, daß es sich immer um die gleichen Leute handelt."
„Also gut. Dann stellen wir die erst mal zurück und warten, was die Leinenweber anbringt."

Dahm hatte sich für den Morgen vorgenommen, erst einmal mehr über diesen Müller in Erfahrung zu bringen. Er haßte es zwar, mit den Eltern von Tatverdächtigen zu reden, aber in diesem Fall ließ es sich nicht vermeiden.

Er ließ sich mit dem Polizeiposten in Reicherreute verbinden, um Namen und Anschrift der Leute zu erfahren. Zu seiner großen Erleichterung sprach am anderen Ende der Leitung nicht der Kollege, mit dem er am Vortag aneinandergeraten war.
„Dahm, Kripo Schussental. Morgen, Herr Kollege. Ich rufe wegen der Goldmannsache an."
Er hatte sich zu früh gefreut. Sein Gesprächspartner war demonstrativ unfreundlich, als er merkte, mit wem er es zu tun hatte. In Zukunft würde er derartige Anrufe Pfeiffle überlassen. Da er jedoch schon jemanden erreicht hatte, trug er sein Anliegen auch vor.
„Es geht um diesen Müller, Heiner Müller. Ich will mich mal mit seinen Eltern unterhalten, wenn ich ihn schon nicht persönlich kennenlernen kann. Können Sie mir da weiterhelfen?"
„Gehe ich recht in der Annahme, daß Sie seine Akten noch nicht gelesen haben?"
Dahm wußte zwar nicht, was das sollte, gab aber bereitwillig Antwort.
„Jein. Ich hab sie bisher nur überflogen. Warum?"
„Wenn Sie sich mit seiner Mutter unterhalten wollen, dann müssen Sie es auf dem Friedhof versuchen. Da liegt sie nämlich schon seit einigen Jahren. Und wenn ich wüßte, wer der Vater ist, dann wüßte ich mehr als der Heiner selbst. Der weiß es nämlich nicht."
Dahm wollte etwas sagen, aber es fiel ihm nichts ein.
„Sind Sie noch dran, Herr Dahm?"
„Ja. Entschuldigen Sie bitte. Ich habe nur gerade überlegt, was ich jetzt tun soll." Er hoffte freundlich und beherrscht zu klingen.
„Vielleicht versuchen Sie es mal mit unserem Ortsvorsteher."
Dahm wußte, daß auf dem Dorf die Dinge etwas anders abliefen, als in einer Großstadt, aber daß ein Ortsvorsteher so viel über seine Mitbewohner wußte, daß ein Gespräch sich lohnte, darüber mußte er sich doch ein wenig wundern.
„Wieso bei dem?"
„Bei dem arbeitet er. Wenn er arbeitet. Ihm, oder besser gesagt, seiner Frau gehört hier die Metzgerei. Er hat sich auch ein bißchen um ihn gekümmert, als ihm die Mutter weggestorben ist."
„Ist er dann so eine Art Ziehvater?"
„Nein, nein. Er hat ihm nur die Lehrstelle beschafft und das Zimmer, in dem er zur Zeit haust. Der Junge hatte ja nichts, die Alte hat alles versoffen, und als sie dann überfahren wurde hat die Versicherung nicht gezahlt, weil sie blau war wie ein Veilchen. Man munkelt, daß der Heiner heute noch an ihren Krankenhaus-

rechnungen abzahlt. Die war nicht mal krankenversichert. Hat ihr Geld lieber in die Linde getragen."
Dahm bedankte sich für die Auskunft und ließ sich die Telefonnummer des Ortsvorstehers geben. Dann legte er auf.
Zuerst wollte er nur anrufen, aber dann beschloß er, gleich hinzufahren und sich persönlich zu informieren. Im Gespräch mit Fremden tat er sich leichter, wenn er sie sehen konnte. Er wollte Pfeiffle fragen, ob er ihn begleiten wollte, aber der hatte irgendwann das Büro verlassen ohne zu sagen, wohin er ging. Da Dahm nicht warten wollte, beschloß er, alleine loszufahren. Er hoffte, daß die Straße nach Reicherreute einigermaßen gut zu befahren war.

Er parkte den Wagen genau vor dem Rathaus auf einem der Parkplätze, die mit einem Schild „Nur für Dienstfahrzeuge" gekennzeichnet waren. Schließlich fuhr er ja einen Dienstwagen.
Er stieg nicht sofort aus, sondern blieb sitzen und ging in Gedanken noch einmal kurz durch, was er fragen wollte. Er wollte so gut wie möglich vorbereitet sein. Dann ermahnte er sich noch einmal, seinem Gegenüber zumindest auf das linke Ohr zu schauen, oder, noch besser, auf seine Brille. Vorausgesetzt, der Mann war überhaupt Brillenträger.
Dahm hatte eine Unart, die sowohl seine Exfrau als auch seinen Vater fast zur Weißglut trieb. Er brachte es einfach nicht fertig, seinen Gesprächspartnern in die Augen zu schauen. Seine Frau hatte es ihm tausendmal gesagt, daß er sich damit blamiere, aber er konnte es einfach nicht, selbst dann nicht, wenn er bewußt versuchte, sich dazu zu zwingen.
Da er aber in diesem konkreten Fall einsah, daß seine Exfrau und sein Vater völlig recht hatten, wollte er wenigstens eine Stelle fixieren, die sich in der Nähe der Augen befand. Ihm war es lieber, die Leute dachten, er schielt, als daß sie ihn für neurotisch hielten.
Nach einigen Minuten stieg er aus, murmelte kurz „Ich schau dir auf die Ohren, Kleiner" und bewegte sich auf den Rathauseingang zu.

Nachdem er zweimal angeklopft hatte, ohne Antwort zu bekommen, betrat er eine Art Vorzimmer. Eine Tür, die mit dem Wort Ortsvorsteher gekennzeichnet war, war halb geöffnet. Dahm schaute sich gerade ein wenig um, als er eine Stimme hörte, die ihn hereinrief. Da Dahm annahm, die Stimme gehöre dem Ortsvorsteher, trat er durch die Tür.

Der Mann, ein großer bulliger Mann mit großen roten Händen, saß hinter einem Schreibtisch und machte keinerlei Anstalten aufzusehen. Mit einer kurzen Bewegung bot er Dahm einen Stuhl an, ohne von seinem Aktenstudium aufzuschauen. Genau hinter ihm an der Wand befand sich eine Fotografie, auf der ein Mann, von dem Dahm annahm, daß es sich um den Ortsvorsteher handelte, und ein ehemaliger Ministerpräsident, der in seiner Jugend auch schon als Marinerichter Karriere gemacht hatte, zu sehen waren. Dann, das Gesicht immer noch hinter einem braunen Aktendeckel versteckt, begann er doch noch zu sprechen: „Wie oft habe ich euch schon gesagt, daß ihr die Sprechzeiten einhalten sollt. Drunten an der Tür ist ein Riesenschild, auf dem steht, wann Sprechzeit ist und wann nicht."

Der Mann ging offensichtlich davon aus, daß es sich bei dem ungebetenen Besucher um einen seiner Mitbürger handelte. Dahm hatte das Schild am Eingang gesehen und schon befürchtet, daß er niemanden antreffen würde.

„Wenn Sie mir nur kurz Ihre Aufmerksamkeit schenken würden, dann könnte ich mich vorstellen und Ihnen den Grund meines Besuchs mitteilen. Sie werden dann sicher verstehen, daß ich nicht bis zum nächsten Sprechtag warten kann."

Nachdem er endlich eines Blickes gewürdigt wurde, fuhr Dahm fort: „Mein Name ist Günther Dahm. Ich bin von der Kriminalpolizei Schussental und hätte Ihnen gerne ein paar Fragen gestellt." Gleichzeitig schob er seinen Dienstausweis über den Schreibtisch.

„O, entschuldigen Sie mich tausendmal. Ich hatte ja keine Ahnung. Das ist mir jetzt richtig peinlich. Warum haben Sie denn nicht vorher angerufen?" Plötzlich hatte Dahm die ungeteilte Aufmerksamkeit des Mannes gewonnen.

„Sie brauchen sich nicht zu entschuldigen. Ich weiß, wie das ist, wenn man endlich einmal ungestört arbeiten will und dann gestört wird. Ich war nur gerade in der Nähe und hab mir gedacht, schau doch mal rein, vielleicht ist der Ortsvorsteher ja zufällig im Haus. Ich nehme an, Sie können sich denken, was mich herführt."

„Ja, Herr ... Jetzt hab ich Ihren Namen vergessen."

„Dahm."

„Ja, ich kann mir denken, warum Sie hier sind. Goldmann, stimmt es?"

„In der Tat, so ist es."

„Tja, ich weiß nicht, wie ausgerechnet ich Ihnen weiter helfen könnte." Er grinste. „Ich war den ganzen Abend daheim, meine Frau wird Ihnen das gerne bestätigen."

„Daß deine Frau alles tut, was du sagst, das glaub ich dir aufs Wort", dachte Dahm. Der Mann war ihm vom Fleck weg unsympathisch, aber da er ihn vielleicht noch brauchte, ging er auf den Scherz ein. „Wir werden das überprüfen. Nein, ganz im Ernst jetzt. Ich hab mir gedacht, wenn mich jemand über die Verhältnisse in Reicherreute informieren kann, dann Sie. Außerdem gehört es zu meinem Stil, bereits in einer frühen Phase der Ermittlungen mit den lokalen Behörden Kontakt aufzunehmen." Er schätzte den Ortsvorsteher als einen Mann ein, dessen Zunge man mit derartigen Schmeicheleien etwas lockern konnte. Ein Blick auf dessen Gesicht sagte ihm, daß er mit dieser Einschätzung auch richtig lag.

„Gut, Herr Dahm, schaun wir mal, was wir für Sie tun können."

„Zuerst wollte ich mit ihnen über Heiner Müller reden. Man hat mir gesagt, daß der bei Ihnen arbeiten soll. Nachdem seine Eltern offensichtlich nicht mehr am Leben sind, dachte ich, Sie könnten etwas über ihn sagen. Ich hätte ihn ja selbst gefragt, aber er ist ja im Moment leider nicht auffindbar."

Der Ortsvorsteher entpuppte sich als kläglicher Schauspieler, denn was er Dahm als überraschtes Gesicht vorführte, taugte allenfalls für eine Laienspielgruppe. Er wußte natürlich ganz genau, warum sich die Polizei für Müller interessierte und daß er verschwunden war. Dahm ließ ihn aber gewähren, um die Atmosphäre des Gesprächs nicht unnötig zu belasten.

„Sie haben sicher gelesen, daß wir nicht ausschließen können, daß die Sache unter Umständen einen politischen Hintergrund hat, oder?"

„Ja, natürlich, das ganze Dorf spricht ja über nichts anderes mehr."

„Nun, das war ein wenig geschwindelt. Was ich Ihnen jetzt sage ist natürlich streng vertraulich." Dahm stellte sich vor, wie in den nächsten Stunden die vertrauliche Information ihre Runde machen würde.

„Wir können das nicht nur nicht ausschließen. Wir müssen sogar davon ausgehen. Und uns liegen Erkenntnisse vor, daß Müller Kontakt zu derartigen Kreisen hat." Dahm bemühte sich, so vorsichtig wie möglich zu formulieren.

„Ich verstehe langsam", fiel ihm der Ortsvorsteher trotzdem gleich ins Wort, „und jetzt glauben Sie, daß der Heini, der Herr Müller meine ich, den Alten umgebracht hat."

Dahm hob zur Beschwichtigung beide Hände in die Höhe. „Aber nein. Ich bitte Sie. Keinesfalls. Es ist nur so, daß wir hoffen, daß uns sein Insiderwissen möglicherweise ein Stückchen weiter

bringt. Das ist alles. Allerdings, daß er seit gestern verschwunden ist, spricht nicht gerade für ihn. Oder?"
„Stimmt schon. Also, der Heini arbeitet bei mir, das stimmt."
„Stimmt nicht", dachte Dahm, „bei deiner Frau". „Ist eigentlich ein ganz anständiger Kerl, wenn man bedenkt, was der schon alles mitgemacht hat. Fleißig ist er, pünktlich, gab nie einen Grund zur Klage. Er hat da ein paar komische Freunde, keine Frage, aber jemand umbringen, der Heini, nie! Das ist eine Nummer zu groß für ihn."
„Aber Sie wissen, daß er einschlägig vorbestraft ist?"
„Ja, klar. Da ist er halt mit einer Meute Besoffener losgezogen und hat ein paar Grabsteine umgeschmissen. Ich will das nicht beschönigen, ich lehne so etwas natürlich ab, aber das war doch nur ein Dummerjungenstreich."
„Und der Überfall auf den Asylantencontainer. War das auch nur ein dummer Streich?"
„Überfall! So ein Quatsch. Das klingt ja gerade so, als wären die mit Sturmgewehren angerückt und hätten Jagd auf die armen Afrikaner gemacht. Ein paar Knallkörper haben sie geworfen, weiter nichts. Wenn überhaupt. Meines Wissens ist die Sache damals eingestellt worden."
„Äußerst verständnisvoll, der Herr", dachte Dahm, „vielleicht haben ein paar anständige Bürger die Jungs dafür auch noch bezahlt. Soll ja alles schon vorgekommen sein."
Dahm verzichtete darauf, einen Kommentar abzugeben. Es war ja doch sinnlos. Der Ortsvorsteher sprach weiter: „Sie haben allerdings recht. Er ist seit zwei Tagen nicht zur Arbeit gekommen. Wir haben uns schon Sorgen gemacht, daß er vielleicht krank ist. Ich wollte sogar heute noch kurz bei ihm vorbeischauen."
„Den Weg können Sie sich sparen. Daheim ist er auch nicht. Wissen Sie, wo er sein könnte? Hat er irgendwelche Freunde?"
„Er hat schon Freunde, klar. Aber wie die heißen, das kann ich ihnen auch nicht sagen."
„Wann haben Sie ihn eigentlich das letzte Mal gesehen?"
„Das müßte am Freitag gewesen sein. In der Metzgerei."
„Und, ist er ihnen irgendwie anders vorgekommen. Vielleicht nervös oder aufgekratzt?"
„Nein, nicht, daß ich mich erinnern kann. Er war so wie immer. Denk ich."
Dahm stand auf, um sich zu verabschieden. Hier würde er wohl nichts in Erfahrung bringen können, was ihn wirklich weiter bringen könnte. Außerdem ging ihm sein Gesprächspartner allmählich auf die Nerven.

„Ich will Ihre Zeit nicht länger in Anspruch nehmen. Wenn er sich bei Ihnen melden sollte, dann sagen Sie ihm doch bitte, daß er sich mit uns in Verbindung setzen soll."
„Selbstverständlich, Herr Dahm."
Dahm überlegte sich noch schnell einen Satz, mit dem er das Gespräch zu einem versöhnlichen Abschluß bringen konnte.
„Muß ja ein ziemlicher Schock für Ihre Gemeinde gewesen sein, was da passiert ist."
„Ja, natürlich. Alle sind total entsetzt. Das ist ja bald fünfzig Jahre her, daß hier mal so etwas ähnliches passiert ist."
Dahm wurde neugierig und nahm unaufgefordert noch einmal Platz. „Hier ist schon mal so etwas passiert?"
Der Ortsvorsteher nickte. „Na ja. So etwas ähnliches. Oder auch nicht. Weiß keiner genau. Hier ist jedenfalls mal ein Kind verschwunden und nie mehr aufgetaucht. Viele hier glauben, daß es umgebracht wurde und in irgendeinem der Moore hier gelandet ist."
„Würden Sie mir die Geschichte erzählen? So etwas interessiert mich. Berufskrankheit sozusagen."
„Ja, natürlich. Ich hab sowieso keine Lust mehr, in diesen Akten zu lesen. Wen interessiert schon die neue Hackfleischverordnung. Also, der Kerl hieß Albrecht. War so alt wie ich, wer weiß, vielleicht ist er es immer noch. Jedenfalls war er ein äußerst unangenehmer Kerl. Ein richtiges Scheusal. Einer von denen, die niemand mag, die Eltern ausgenommen, und selbst da bin ich mir nicht ganz sicher. Es gibt ja fast in jeder Klasse einen, den niemand leiden kann, und bei uns war das eben der Albrecht."
Dahm mußte grinsen. Der Ortsvorsteher hatte absolut recht. Sein Kindheitsalbrecht hieß Cord. Cord saß immer in der ersten Reihe, wußte immer die richtige Antwort, hatte immer alle Hausaufgaben gemacht, war eine Niete im Sport und trug immer noch einen Schal und lange Hosen, wenn alle anderen schon in kurzen kamen. Einmal hatte Cord den kleinen Günther nicht abschreiben lassen, weil er Angst hatte, der könnte dann die bessere Note bekommen. „Was aus dem wohl geworden ist?", ging Dahm ihm durch den Kopf.
„Eigentlich darf man über Tote ja nichts Schlechtes sagen, aber ich glaube, im Fall von Albrecht kann man da eine Ausnahme machen. Albrecht war sozusagen ein Produkt seiner Zeit. Der perfekte Jungscharler. Ich war damals auch dabei. Wollte natürlich nicht, aber mein Vater hat mir keine andere Wahl gelassen. Wegen dem Geschäft."
„Natürlich", dachte Dahm, „nur deshalb".

„Wir waren die einzigen aus dem ganzen Dorf. Deshalb hatte ich auch gezwungenermaßen etwas mehr mit ihm zu tun. Albrecht war immer darauf aus, seinem Führer, und allen, die in der Organisation zwischen ihm und seinem Führer standen, einen Dienst zu erweisen. Der Junge war ein leidenschaftlicher Spitzel und Denunziant. Sozusagen der perfekte IM. Die Leute hatten regelrecht Angst vor ihm. Das ging teilweise so weit, daß die Gespräche abgebrochen wurden, sobald er einen Raum betrat. Und er war damals noch keine zwölf Jahre alt."
Dahm konnte sich das Früchtchen lebhaft vorstellen. Er fragte nach, ob auch etwas darüber bekannt sei, wie der Junge eigentlich verschwunden ist.
„Sicher, nicht viel. Aber wenn einer was weiß, dann ich", sagte der Bürgermeister, „ich bin derjenige aus dem Ort, der ihn als letzter gesehen hat. Ich kann mich sogar noch ziemlich genau erinnern. An dem Tag waren wir beide bei einem großen Jungschartreffen in Schussental. Kleidersammlung oder so was. Auf dem Heimweg im Bus hat er ein paar Andeutungen gemacht. Er sei einer großen Sache auf der Spur, und wenn stimmte, was er vermutet, dann würde er sicher ein Held sein. Ich hab ihn damals nicht besonders ernst genommen, weil er eigentlich immer irgendwelchen großen Sachen auf der Spur war. Ich hab ihn natürlich gefragt, was los ist, aber er hat mir nichts gesagt. Er sagte mir sogar, er wollte den Ruhm mit niemanden teilen. War typisch für ihn."
„Wie mein alter Freund Cord", dachte Dahm.
„Wir haben uns getrennt. Ich mußte gleich heim, weil es schon spät war. Sonst wäre ich ihm vielleicht sogar heimlich nachgegangen. Und am nächsten Tag war er dann verschwunden. Das gab einen Riesenwirbel. Die Polizei ist gekommen und hat zusammen mit den Kadetten von einer Offiziersschule, die damals hier in der Gegend war, alles abgesucht. Keine Spur von ihm. Absolut nichts. Kein Mensch hat ihn an dem Abend gesehen.
Seine Mutter ist dann gleich danach weggezogen. Sie ist nie über die Sache weggekommen. Hat immer gesagt, ihr kleiner Albrecht lebt noch und kommt zurück.
Und jetzt müssen Sie mich entschuldigen, ich muß rüber in die Metzgerei. Außer, Sie haben noch etwas Wichtiges, versteht sich."
„Nein, nein. Gehen Sie ruhig. Ich habe mich bei Ihnen zu bedanken. Interessante Geschichte. Schade, daß ich nicht die Zeit habe, mich mehr damit zu beschäftigen."
„Lassen Sie die Toten ruhen, Herr Dahm, zumindest die, die schon kalt sind. Finden Sie lieber den Kerl, der Goldmann erschlagen hat."

Dahm war überrascht. Der Ortsvorsteher schien es tatsächlich so zu meinen, trotz des Verständnisses, das er für Müllers bisherige Ausfälle gezeigt hatte. „Der glaubt tatsächlich, daß Müller es nicht getan hat."

Er verließ das Rathaus durch einen Hintereingang, den ihm der Ortsvorsteher aufgeschlossen hatte. Er zündete sich eine Zigarette an und rauchte sie genüßlich. Dann schaute er auf seine Uhr und überlegte, ob er die Haushälterin aufsuchen sollte, nachdem er nun schon einmal in Reicherreute war. Den Ortsvorsteher hatte er erst gar nicht nach Goldmann gefragt, weil er sicher war, daß sie mehr zu erzählen hatte als der.
Auf dem Weg zu ihrem Haus dachte Dahm immer noch an das soeben geführte Gespräch. Er ärgerte sich ein bißchen, weil er vergessen hatte nachzufragen, ob Müller eine Tätowierung trägt. Er hatte sich sagen lassen, daß Skinheads oft ziemlich auffällige Tätowierungen hätten. Wenn das auch bei Müller der Fall war, dann könnte das die Fahndung erleichtern.
Er beschloß, seinen Besuch bei der Haushälterin zumindest telefonisch kurz anzukündigen, damit sie nicht erschreckt. Da die Post bereits geschlossen hatte, machte er sich auf die Suche nach einer Telefonzelle. Er brauchte fast zehn Minuten, bis er eine fand, weil sein Gehirn darauf geeicht war, daß Telefonzellen gelb sind und nicht grau-rosa. Er griff sich das Telefonbuch und suchte nach dem Namen der Haushälterin. Pfeiffle hatte ihn am Morgen auf einen kleinen Zettel geschrieben. Er konnte ihn aber nicht finden. Dann blätterte er noch einmal zurück, um Goldmanns Namen zu suchen. Das hatte er zwar schon einmal vergeblich getan aber er dachte sicher ist sicher. Auch diesen Namen fand er nicht. Er war sich aber sicher, in Goldmanns Eingangshalle ein Telefon gesehen zu haben. Entweder es war nur Dekoration oder die Nummer war nicht registriert. Er hatte den Hörer leider nicht abgenommen, um dies zu testen.
Er beschloß, die Dame trotzdem zu besuchen, auch auf die Gefahr hin, daß er ihr einen kleinen Schrecken einjagen würde.

Er klingelte und wartete, bis ihm jemand die Türe öffnete. Er konnte bereits Schritte im Inneren des kleinen Haus hören. Als die Tür aufging stand eine kleine Frau vor ihm. Sie trocknete sich die Hände gerade an ihre Schürze ab und forderte ihn auf einzutreten. Die Wohnung war so überheizt und die Luft so abgestanden, daß Dahm Mühe hatte, zu atmen. „Typische Alte-Leute-Wohnung" dachte er sich. „Wie früher". Mit früher meinte er die allsonntäg-

lichen Pflichtbesuche, die er zusammen mit seinem Bruder in schöner Regelmäßigkeit seiner Großmutter abstatten mußte. Jedesmal, wenn er ihre Wohnung betrat wurde ihm fast übel von dem Geruch der Wohnung, einer Mischung aus Essensdüften und Kölnisch Wasser, immer bei achtundzwanzig Grad und garantiert ohne Frischluftzufuhr.
„Wenigstens scheint sie gut zu hören", dachte er weiter, „auch noch gegen ein überlautes Radio anzuschreien, wäre zu viel."
Sie sah genau so aus, wie er sich eine Haushälterin vorgestellt hatte: klein, dünn, schlohweiße Haare, ein leicht gebeugter Gang und eine leise Stimme.
Er stellte sich kurz vor, zeigte seinen Dienstausweis und fragte, ob sie sich schon soweit erholt hätte, daß sie ihm ein paar Fragen beantworten könnte. Sie nickte nur und bot ihm einen Platz an ihrem Wohnzimmertisch an.
Dahm legte seine Jacke ab und setzte sich auf den angebotenen Stuhl. Er hatte sich auf einen längeren Aufenthalt bei der alten Dame eingestellt. Er zog es vor, ältere Menschen nicht mit irgendwelchen vorbereiteten Fragen nach Details zu belästigen, sondern sie einfach erzählen zu lassen. Er würde das Gespräch dann schon in die richtige Richtung lenken und erfahren, was ihn interessierte. Auf diese Weise erfuhr er meistens sogar mehr, als er erwartete.
Er war auch nicht mit der Absicht hergekommen, die Frau heute schon nach den Ereignissen des Vortags zu fragen. Dafür war später immer noch Zeit. Heute wollte er sich ein Bild von dem Opfer machen.
Sie machte auf ihn einen etwas eingeschüchterten Eindruck, aber das war keine besonders außergewöhnliche Reaktion für sogenannte anständige Leute, die plötzlich Besuch von der Polizei bekamen. Er sah ihr an, daß sie etwas sagen wollte und lächelte sie ermutigend an.
„Darf ich Ihnen einen Tee anbieten?" fragte sie schließlich. „Ich habe mir um diese Zeit oben auch immer einen Tee gemacht."
„Ja, sehr gerne, ich trinke gerne eine Tasse mit." Sie stand auf und ging in ihre Küche. „Interessant", dachte Dahm, „dort wo die Reichen wohnen ist immer oben."
Nach ein paar Minuten kam sie mit einem Tablett zurück und setzte sich. Dahm war während der ganzen Zeit an seinem Platz geblieben. Er hätte sich zwar gerne etwas umgeschaut, wollte aber keinen allzu neugierigen Eindruck machen.
„Also, Herr Dahm, richtig?" Er nickte.
„Was möchten Sie von mir wissen?"
„Erzählen Sie einfach ein bißchen. Von sich. Von Goldmann, was

für ein Mensch er war, wie Sie überhaupt zu ihm gekommen sind. Wissen Sie, ich muß mir ein Bild von ihm machen, und ich glaube, niemand kannte ihn besser als Sie. Am besten, Sie erzählen mir einfach zuerst, wie Sie zu ihm in sein Haus gekommen sind."
Die Frau begann zu erzählen. Erst etwas stockend, dann legte sie ihre Nervosität schnell ab.
„Ich hab's damals nicht leicht gehabt. Sie müssen wissen, daß ich ein lediges Kind war. Heutzutage ist so etwas Gott sei Dank keine große Sache mehr, aber früher, hier auf dem Land, war das anders. Niemand wollte mich haben. Ich war eine Schande. Meine Verwandtschaft hat mich von einem Hof auf den nächsten geschickt, sobald ich laufen konnte. Dort durfte ich als Magd arbeiten, und alle haben mich behandelt wie den letzten Dreck." Nach all den Jahren klang die Frau immer noch sehr verbittert. „Das heißt, bis auf einen Onkel, aber der war selber so arm, daß er mich beim besten Willen nicht bei sich behalten konnte.
Als ich ungefähr siebzehn war, ist dann der Goldmann ins Dorf gezogen. In das Haus. Sein Vater hatte es kurz vorher gekauft und ist dann ums Leben gekommen. Und er hat eine Haushälterin gesucht. Gefunden hat er natürlich keine. Er war ja Jude und beim Juden hat man damals nicht gearbeitet. Zuerst wollte ich auch nicht, aber dann habe ich mir gedacht, besser, als bis an mein Lebensende von einem Hof zum nächsten geschickt zu werden ist das allemal. Das war es dann auch. Er hat mich gut behandelt."
Sie unterbrach ihre Erzählung und fragte, ob sie noch etwas Tee nachschenken dürfte. Dahm bejahte und hielt ihr seine Tasse hin.
„Das war 1936, das Jahr der Olympiade, das weiß ich noch. Damals, also vor dem Krieg, hab ich sogar noch oben gewohnt. Irgendwann achtunddreißig hat er dann gemerkt, daß es für ihn Zeit war, das Land zu verlassen. Wo genau er hingegangen ist, weiß ich bis heute nicht. Wahrscheinlich in die Schweiz. Ist ja nicht weit von hier."
Dahm unterbrach sie kurz. „Und was ist aus dem Haus geworden?"
„Das war komisch. Das hat ihm der Roth abgekauft, sein Schachkumpan. Woher der das Geld gehabt hat,weiß ich nicht. Er hatte nicht viel, und ein Krüppel war er damals auch schon. Jedenfalls hat der mich weggeschickt, und ich bin wieder als Magd gegangen."
„Und im Krieg. Wo waren Sie da?"
„Auf einem Hof. Aber da ist es mir erheblich besser gegangen als vorher. War ja Arbeitskräftemangel. Aber irgendwelche Freunde hatte ich natürlich nicht. Als Bastard und Judenliebchen. So haben

sie mich nämlich immer genannt. Außer dem kleinen Marjan."
Obwohl die Erzählung mittlerweile vom eigentlichen Thema ein ziemliches Stück abgekommen war, ermutigte er sie, weiter zu sprechen. Es interessierte ihn. Es war nun schon das zweite Mal an einem Tag, daß ihm etwas über Reicherreute im Dritten Reich erzählt würde.
„Marjan hat mir leid getan. Er hatte immer solches Heimweh. Marjan war aus Polen hergekommen. Eigentlich hatte sein älterer Bruder einen Vertrag als Landarbeiter unterschrieben, aber als der Vater krank wurde, mußte der die kleine Landwirtschaft übernehmen. Weil das Deutsche Reich damals keine Kündigungen akzeptiert hat, haben sie eben den kleinen Marjan anstatt geschickt."
„Freiwillige Landarbeiter aus Polen?", dachte Dahm. Daß es die auch gab hatte er nicht gewußt. Er hatte immer geglaubt, es hätte nur Zwangsarbeiter gegeben.
„Jedes Jahr hat einen Urlaubsantrag gestellt, er wäre bestimmt wiedergekommen, sogar unser Bauer hat den Antrag befürwortet, aber alle sind abgelehnt worden.
Als der Krieg dann langsam zu Ende ging, hat er mir eines Morgens gesagt, daß er jetzt heimgehen würde. Ich hab ihm noch gesagt, er soll das sein lassen. Man würde ihn einfangen und bestrafen. In ein paar Wochen ist eh alles vorbei, hab ich ihm noch gesagt. Schließlich war schon April '45. Aber er ließ sich nicht abbringen. Er lachte nur und sagte, daß er doch nichts Unrechtes tue. Dann hat er seinen Rucksack gepackt und ist losmarschiert. Als der Bauer das gemerkt hat, hat er ihn gemeldet. Er konnte ja nicht wissen, was er damit anrichtet. Er hat immer wieder gesagt, wenn er das gewußt hätte, hätte er den Mund gehalten.
Der Ortsgruppenleiter ist jedenfalls sofort mit zwei Mann vom Volkssturm auf seinem Traktor losgefahren. Er war der einzige, der zu der Zeit noch so ein Ding hatte. Sie haben ihn sofort erwischt, weil er ganz offen die Hauptstraße nach Schussental entlang marschiert ist.
Er wurde ins Dorf zurückgebracht und ins alte Backhaus gesperrt. Die große Jagd war vorbei, und keiner wußte genau, was mit dem armen Kerl jetzt geschehen sollte.
Und dann kam die SS. Die sind damals durchs ganze Land gezogen und haben Deserteure gesucht und die dann aufgehängt. Zwei total verängstigte Buben haben sie dabeigehabt. Beide noch keine achtzehn und in viel zu großen Wehrmachtsuniformen. Ihr Kommandeur wußte schon, daß im Dorf ein polnischer Dieb war. Wer es ihm gesagt hat, weiß man bis heute nicht. Jedenfalls hat er nur gefragt, wo der Pole ist. Dann haben sie ihn mitgenommen und

mit den beiden Buben ein paar hundert Meter von hier aufgehängt. An einem alten Baum."

Sie schaute auf und bemerkte, daß Dahm sie fragend anschaute, dann lächelte sie sogar ein wenig.
„Nein, ein Verhältnis hatte ich nicht mit ihm. Er war ja viel jünger als ich. Obwohl viele Leute im Dorf das heute noch behaupten. Viele sagen sogar, daß meine Tochter von ihm gewesen sei. Ich habe ihn nur gern gehabt. Aber selbst unsere Freundschaft haben wir so gut es ging geheimgehalten. So etwas konnte einen damals ins Zuchthaus bringen."
Verhältnis war ein Stichwort für Dahm. „Und Goldmann, wie war es bei dem? Hatte der irgendwelche Frauen. Ich meine, kannte der welche?"
„Vor dem Krieg ist er ab und zu nach Berlin gefahren. Er nannte es immer die Puppen tanzen lassen. Aber nachher. Nicht, daß ich mich erinnern könnte. Hat mich immer ein wenig gewundert. Er war ja ein ziemlich gut aussehender Mann, damals... Vielleicht konnte er nicht mehr. Ach, ich weiß nicht. Warum fragen Sie mich das alles? Es ist mir peinlich."
Dahm entschuldigte sich mit der Standardformel, daß er im Rahmen seiner Arbeit manchmal gezwungen war, auch unangenehme Fragen zu stellen. So peinlich fand er die Frage auch nicht, ließ es aber gut sein, da er glaubte, vorerst genug zu diesem Thema erfahren zu haben. Er nahm sich vor, gleich nach seiner Rückkehr in der Pathologie anzurufen und die Sache endgültig zu klären.
Die Gedanken der Frau schienen mittlerweile von Goldmann wieder zu ihrem unglücklichen Jugendfreund zurückgewandert zu sein, denn sie hatte feuchte Augen bekommen. Sie griff nach dem Tablett und ging in die Küche. Sie schien sich zu schämen, daß sie weinen mußte. Oder vielleicht schämte sie sich, daß sie über Marjan und nicht über Goldmann Tränen vergoß.
Als sie wieder zurückkam, schien sie sich ein wenig erholt zu haben.
„Aber das interessiert Sie ja alles nicht, Sie wollen etwas über Goldmann wissen. Also im Frühjahr '47 stand er plötzlich wieder da und hat gefragt, ob ich wieder bei ihm arbeiten will. Roth hat ihm das Haus wieder verkauft und ist ausgezogen. Ich habe sofort ja gesagt, weil nach und nach die Männer aus der Gefangenschaft zurückkamen und wieder auf den Höfen arbeiteten. Außerdem war das mit dem Kind viel einfacher. Ich bin aber nicht mehr ins Haus gezogen, ich habe mir selber etwas gemietet. Er wollte keine

Kinder im Haus. Außerdem wollte ich den Leuten nicht noch mehr zum Reden geben.
Und dann bin ich bei ihm geblieben. Bis zum Schluß. Aber ich hätte ja sowieso bald bei ihm aufhören müssen."
„Wieso denn das. Hatten Sie Streit?"
„Nein, er wollte wieder weg. Wußten Sie das nicht?"
„Nein, ich hatte keine Ahnung."
„Er ist auf seine alten Tage noch religiös geworden. Hat zum Glauben seiner Väter zurückgefunden, wie er das nannte. Vor ein paar Tagen hat er mir gesagt, daß er alles verkaufen wollte, um sich seinen letzten Wunsch zu erfüllen."
„Und was für ein Wunsch war das?"
„In Palästina zu sterben", sagte sie, „und natürlich dort begraben werden."

Da sie offensichtlich mit ihrer Erzählung geendet hatte, begann Dahm, Fragen zu stellen.
„Und wie hat er gelebt. Ich meine, wie hat er so seine Tage hier verbracht. Hat er irgendwelche Hobbys gehabt? Gab es Freunde, die ihn ab und zu besuchten?"
Die Frau lächelte zum zweiten Mal während des Gesprächs. „Freunde? Goldmann? Ich glaube, der hat in seinem ganzen Leben keinen richtigen Freund gehabt. Außer vielleicht den alten Roth. Das ist der, der im Krieg das Haus gehabt hat. Mit dem hat er Schach gespielt. Das hab ich Ihnen doch erzählt. Und gerne gelesen hat er auch. Die Bibliothek haben Sie ja sicher gesehen."
Dahm nickte. „Und sonst? Ist er abends mal ausgegangen? Ins Theater oder so."
„So gut wie nie. Sie haben auch immer im Haus gespielt, nie bei Roth daheim.
Alte Weine hat er noch gesammelt. Leidenschaftlich gern. Wenn er irgendwo wieder eine seltene Flasche aufgetrieben hat, das waren eigentlich die einzigen Augenblicke, in denen man in seinem Gesicht so etwas wie Freude entdecken konnte. Im Keller hat er dafür ein richtiges Gewölbe, mit gewachsenem Boden. Oh Gott, ich müßte eigentlich „hatte" sagen, aber ich kann es immer noch nicht fassen." Zum ersten Mal zeigte sie auch für Goldmann so etwas wie Anteilnahme. Dahm war schon während des ganzen Gesprächs erstaunt gewesen, wie wenig ihr der Tod des Mannes auszumachen schien, mit dem sie ihr ganzes Leben zu tun gehabt hatte.
Dahm erinnerte sich an den Keller. Er hatte am Abend vorher kurz hineingeschaut. Daß der Boden nicht befestigt war, war ihm aber

bei der schwachen Beleuchtung nicht aufgefallen.
„Den Keller durfte niemand betreten. Ab und zu hat er eine Flasche geholt und aufgemacht. Immer, wenn Roth da war, und am 30. April. Er sagte immer, wenn jetzt wieder Leute des Führers Geburtstag feiern, dann muß wenigstens einer seinen Todestag begießen."
Dahm konnte sich nicht daran erinnern, ob der Weinkeller abgeschlossen gewesen war.
„Der Keller. Sie sagten, niemand durfte ihn betreten. War er immer abgeschlossen?"
„Das weiß ich nicht. Ich habe die Tür nie angefaßt."
Dahm bemerkte, daß sie jetzt immer öfter gegen ihre Tränen ankämpfen mußte. Er beschloß, sich zu verabschieden und das Gespräch an einem anderen Tag fortzusetzen. Er griff nach seinem Mantel, bedankte sich für den Tee und kündigte an, sie am nächsten Tag noch einmal zu besuchen. Er konnte ihr ansehen, wie erleichtert sie darüber war, daß er sie zumindest für den heutigen Tag in Ruhe lassen würde. Trotzdem sagte sie noch: „Kommen Sie, wann immer Sie Lust haben. Ich mache uns dann wieder einen Tee."
Als er in Richtung Rathaus davon ging, drehte er sich noch einmal um. Sie stand in der Tür und schaute ihm nach.

***

Er lieferte den Wagenschlüssel bei der Fahrbereitschaft ab und machte sich auf den Weg in sein Büro.
Als er dort ankam, stand Pfeiffle gerade von seinem Schreibtischstuhl auf, ging zum Waschbecken und spülte seine Tasse aus. Dahm wußte genau, was geschehen würde. Pfeiffle würde die Tasse am Waschbecken abstellen, zum Fenstersims laufen und seine Zimmerpflanzen mustern. Dann würde er seine kleine Messingkanne füllen und die Pflanzen vorsichtig gießen und anschließend ein paar freundliche Worte an sie richten.
Obwohl Dahm wußte, wie wenig Pfeiffle es mochte, wenn man ihn bei seinen Ritualen unterbrach, räusperte er sich, um dessen Aufmerksamkeit zu gewinnen. Pfeiffle ließ sich jedoch nicht stören und sagte erst, als er die Kanne wieder auf das Waschbecken gestellt hatte: „Ja bitte?" Dahm wollte ihm eine Frage stellen, die ihn nun schon seit einigen Wochen stark beschäftigte.
„Sagen Sie mal, Herr Pfeiffle, in der Kiste unter unserem Kleiderschrank. In der sind doch lauter Kronkorken."
„Ja, sicher. Kronkorken von der Staatsforst-Brauerei."

„Können Sie mir mal verraten, warum ein einigermaßen normaler deutscher Beamter ungefähr zweihundert Kronkorken unter seinem Kleiderschrank aufbewahrt?"
„Dreihundert Kronkorken. Um exakt zu sein, sogar dreihundertsiebzehn. Außerdem handelt es sich nicht um normale Kronkorken, sondern um Staatsforsttaler."
„Und wo liegt da der Unterschied?"
„Die Brauerei hatte vor einiger Zeit eine Aktion laufen. Man konnte die Dinger sammeln und wenn man genug beieinander gehabt hat, dann konnte man sie gegen allerlei nützliches Zeug eintauschen. Ich war damals hinter einem Handstaubsauger her. Hätte dreihundertfünfzig gebraucht. Aber die Aktion wurde leider beendet, bevor ich so weit war."
Dahm konnte die Enttäuschung seines Kollegen nachfühlen. „Und warum haben Sie die Dinger nicht weggeschmissen? Jetzt sind sie doch wertlos."
„Ganz einfach. Vielleicht wird die Aktion irgendwann noch mal wiederholt. Dann hab ich schon über dreihundert, wenn die anderen bei Null anfangen. Dann krieg ich den Handstaubsauger ganz bestimmt."
Dahm war fasziniert, zu fasziniert, um noch irgend etwas sagen zu können.

Pfeiffle war dann auch derjenige, der das Gespräch wieder auf ihre Arbeit lenkte.
„Sie wollten doch, daß ich die Notare abklappere und nach einem Testament suche."
„Und. Was gefunden?"
„Ja. Er hatte tatsächlich ein Testament hinterlegt. Ich hab mal drin rumgelesen."
„Bringt uns das weiter?"
„Glaub ich nicht. Es tauchen jedenfalls keine Verwandten darin auf, von denen wir bisher nichts gewußt haben."
„Also bleibt's dabei. Ein politisches Verbrechen. Scheiße."
„Sieht so aus. Alleinerbe ist die jüdische Gemeinde in Berlin. Die dürftens kaum gewesen sein. Die einzigen hier aus der Gegend, die auch was abbekommen, sind die Haushälterin und ein Karl Roth."
„Kenn ich. Das heißt, den Namen habe ich heute schon einmal gehört. Von der Haushälterin. Der muß so etwas wie ein Freund von ihm gewesen sein. Was kriegen sie?"
„Die Frau kriegt 50 000 Mark und dieser Roth ein Schachspiel und den Nießbrauch an dem Haus. Was immer das ist." Dahm

erinnerte sich. Das Schachspiel war ihm am Tatort aufgefallen.
„Ein Nutzungsrecht, Pfeiffle. Das Haus gehört ihm zwar nicht, aber er darf es nutzen, wie er will. Drin wohnen oder vermieten. Nur verkaufen oder abreißen, das darf er nicht. Und wenn er stirbt, dann wird es gelöscht."
„Jedenfalls wohl kein Grund, ihn umzubringen."
„Wohl kaum. Und 50 000 Mark auch nicht. Außer, die Dame hat Schulden. Aber das kann ich mir bei ihrem Lebenswandel nicht vorstellen. Sonst noch etwas?"
„Ja, der Notar hatte noch eine interessante Neuigkeit. Offensichtlich war Goldmann dabei, das Haus zu verkaufen. Es soll ein paar ernsthafte Interessenten gegeben haben."
Pfeiffle wollte Dahm mit dieser Nachricht offensichtlich überraschen und war erstaunt, daß er so gelassen reagierte.
„Paßt zu dem, was die Haushälterin erzählt hat", dachte Dahm. „Ich weiß, vielmehr, ich hab so etwas vermutet. Goldmann wollte auswandern. Schätze, dieses Mal hat er Deutschland nicht mehr rechtzeitig verlassen."
„Sieht fast so aus. Der Notar hat auch noch etwas von einem Schließfach erzählt. Bei der Schussentaler Volksbank. Ich hab schon alles in die Wege geleitet. Morgen machen wir es auf."
„Gut gemacht. Und das LKA? Haben die schon etwas von sich hören lassen?"
„Ja, hätte ich fast vergessen. Negativ. Keine V-Leute in der Neonaziszene. Der Kollege hat gesagt, daß sie sich auch nicht um alles kümmern könnten."
Dahm war nicht sehr überrascht. Das Dogma, daß Gefahren für die innere Sicherheit grundsätzlich von links kommen zu haben, war nach seiner Ansicht von den dafür Verantwortlichen so verinnerlicht worden, daß sie auf dem rechten Auge total blind waren. Und wer das Gegenteil behauptete, der konnte sich allenfalls unbeliebt machen.

Dahm erinnerte sich noch einmal an das vorhergehende Gespräch und rief in der Pathologie an.
Er ließ sich mit dem diensthabenden Arzt verbinden.
„Hier Dr. Mehn. Mit wem spreche ich bitte?"
„Dahm, Kripo Schussental. Ich rufe an wegen der Leiche von gestern morgen. Goldmann. Wissen sie über den Bescheid?"
Der Pathologe lachte. „Den kenn ich sozusagen in- und auswendig. Wie kann ich ihnen helfen?"
„Nun, wir sind gerade dabei, uns ein Bild von ihm zu machen. Und uns ist aufgefallen, daß in seinem Leben Frauen offensicht-

lich keine Rolle gespielt haben. Jetzt würde uns natürlich interessieren, ob es dafür irgendwelche medizinischen Gründe gibt, oder ob er vielleicht..."
„... schwul war. Richtig?"
„Wäre wohl eine Erklärung."
„ Ob er homosexuell war, läßt sich natürlich nicht sagen, aber sicher ist, daß er irgendwann einmal einen ziemlich schweren Unfall gehabt hat. Mit ziemlich schwerwiegenden Folgen."
„Will heißen", Dahm geriet bei seinem Formulierungsversuch etwas ins Stocken," daß er aufgrund eines Unfalls nicht mehr in der Lage war, Geschlechtsverkehr zu haben."
Der Mediziner, dem Dahms Unsicherheit nicht verborgen geblieben war, gab lachend zurück.
„Ich hätte es selbst nicht treffender formulieren können."
„Noch etwas. Unfall im Sinne von unvorhergesehenem Ereignis oder könnte die Verletzung auch wissentlich verursacht worden sein?"
Dr. Mehn schien das Lachen vergangen zu sein. „Wissentlich?"
„Der Mann war Jude, und wir wissen im Moment noch nicht, wo er zwischen 38 und 47 war. Wäre ja möglich, daß an ihm experimentiert wurde." Dahm schämte sich, daß ihm keine andere Formulierung eingefallen war, seinen Verdacht in Worte zu fassen.
„Völlig neuer Aspekt. Glaube ich zwar nicht, aber ich schau ihn noch mal an. Wenn Ihre Vermutung stimmt, dann rufe ich Sie an."
Dahm hatte den Eindruck, daß es dem Mediziner nicht sehr gefiel, wenn dieser Punkt in der Vergangenheit der deutschen Ärzteschaft vielleicht wieder ans Licht gezogen wurde.
Er bedankte sich und legte auf. Dann wandte er sich wieder Pfeiffle zu.
„Sieht fast so aus, als könnten wir alle in Frage kommenden Motive vergessen. Außer dem von uns vermuteten natürlich. Gehen Sie mit in die Kantine auf einen Kaffee?"
„Keine Zeit. Ich wollt zum JK rausfahren und mit dem Notarzt reden. Wollen sie nicht mitkommen?"
„Geht leider nicht, ich muß zur Pressekonferenz."

Pfeiffle betrat das Krankenhaus, in dem der Notarzt arbeitete, der die Haushälterin am Vortag mitgenommen hatte.
Er hatte einen schlechten Start seines Besuchs erwischt. Als Mensch, der nur dann zu Fuß ging, wenn es sich absolut nicht vermeiden ließ, hatte er es gewagt, nicht auf dem Besucherparkplatz zu parken, der sich in einiger Entfernung vom Eingang befand, sondern auf dem Platz für Personal im Schichtdienst. Er hatte

gehofft, daß ihn niemand sehen würde oder daß zumindest die dienstliche Natur seines Besuchs ihm dies gestattete. Er hatte sich geirrt. Kaum war er ausgestiegen und hatte seinen Wagen abgeschlossen, kam schon eine resolute junge Frau auf ihn zugeeilt. Ob Ärztin oder Krankenschwester, hat er nie erfahren. Er hatte sogar den Verdacht, daß sie sich irgendwo versteckt und nur darauf gewartet hatte, daß wieder einen Parkplatzfrevler auftauchen zu sehen, den sie zurechtweisen konnte.
Form und Inhalt der Abreibung, die Pfeiffle erhielt, erinnerte ihn unvermittelt an die ersten Tage seiner Grundausbildung bei den Fallschirmjägern in Nagold.
Er gab klein bei und stellte seinen Wagen auf den Besucherparkplatz.
Auf dem Weg zum Haupteingang fielen ihm dann alle möglichen brillanten und schlagfertigen Erwiderungen ein, die er ihr hätte geben können, aber es war zu spät. Wie immer fielen ihm die guten Antworten erst ein, wenn er sie nicht mehr brauchen konnte.

Pfeiffle haßte Krankenhäuser. Das fing mit dem charakteristischen Geruch an, der jedem Besucher sofort nach Betreten eines solchen Gebäudes in die Nase stieg. Auf den Gängen sah er etliche bedauernswerte Menschen, die in Morgenmänteln und Badeschlappen durch die Gegend schlurften, um sich irgendwie die Zeit zu vertreiben, am Kiosk etwas einzukaufen oder heimlich vor dem Eingang eine Zigarette zu rauchen.
Am Eingang zur Inneren Abteilung kam ihm ein älterer Herr entgegen. Er zog einen fahrbaren Tropf hinter sich her, der durch einen Schlauch direkt mit seinem Unterarm verbunden war. Pfeiffle war bei diesem Anblick drauf und dran, wieder umzukehren.
Vor dem Arztzimmer traf er auf eine hübsche junge Ärztin in einer orangefarbenen Jacke. Er sprach sie an, zeigte ihr seinen Dienstausweis und fragte, ob sie zufällig ein Notarzt sei. Sie lächelte und drehte sich um. Auf ihrem Rücken stand deutlich lesbar das Wort „Notarzt".
„In der Nacht vom 27. auf den 28. wurde der Notarzt nach Reicherreute gerufen. Dort ist ein Mann erschlagen worden. Waren Sie das? „
„Die den Mann erschlagen hat?"
„Nein. Der Notarzt. Oder besser, die Notärztin."
„Nein, war ich nicht. Ich habe frei gehabt. Bin erst seit heute wieder hier. Wenn Sie wollen, dann schau ich aber gerne nach, wer

das gewesen ist. Irgendwo im Arztzimmer muß ein Dienstplan liegen."
Pfeiffle bedankte sich und folgte ihr in das Zimmer. Der Raum war klein und mit vier Schreibtischen und den dazugehörigen Stühlen vollgestellt. Zielstrebig bewegte sie sich auf den Schreibtisch mit der größten Unordnung zu und förderte nach kurzer Suche aus einem Berg von losen Blättern einen grünen Zettel hervor. Sichtlich stolz, so schnell fündig geworden zu sein, hob sie den Zettel in die Höhe.
„Am 28. hatten sie gesagt. Also nach dem Plan war an dem fraglichen Tag Dr. Mauser dran. Wenn er nicht getauscht hat, war er bei der Leiche."
Pfeiffle notierte sich den Namen. „Ist der heute da?"
Die Frau schaute auf die Uhr. „Normalerweise hätte er heute seinen freien Mittag. Wenn er noch ein paar Briefe zu diktieren hätte, dann würde er hier sitzen." Sie deutete auf einen der Schreibtische. „Es wäre aber möglich, daß er noch im Sonoraum ist und ein paar Aufnahmen ordnet."
Pfeiffle ärgerte sich über die vergeudete Zeit, beschloß aber dann, den angebotenen Strohhalm zu ergreifen. „Sonoraum? Was und wo ist das?"
„Ultraschall", bekam er zur Antwort, „Sie wissen schon. Diese kleinen Bilder, die werdende Eltern immer ganz stolz herumzeigen und auf denen man nichts als ein paar schwarze und weiße Flecken erkennen kann." Pfeiffle wußte Bescheid. „Zimmer 302 im dritten Stock. Ich würde Sie ja hinbringen, aber ich habe noch zwei Zugänge. Oder ich ruf kurz an."
„Danke, das ist sehr nett, aber ich glaube, ich finde es schon. Vielen Dank für ihre Hilfe."
Als er das Zimmer mit der Nummer 302 gefunden hatte, klopfte er an, bekam aber keine Antwort. Sicherheitshalber trat er ein, aber der Raum war völlig dunkel. Sogar die Läden waren geschlossen. Als er sich gerade wieder umdrehen wollte, hörte er ein Geräusch. Er ertastete den Lichtschalter und drückte ihn. Auf einer Liege erkannte er eine ganz in weiß gekleidete Frau, über sie gebeugt, ein Mann.
Pfeiffle war die ganze Angelegenheit peinlich. Er räusperte sich und versuchte, die Situation so gut es ging zu überspielen.
„Entschuldigen Sie die Störung. Ich wollte eigentlich nicht so hereinplatzen, aber ihre Kollegin hat mir gesagt, daß ich Sie unter Umständen hier finden könnte. Sie sind doch Dr. Mauser?,,
„Der bin ich. In der Tat. Und mit wem habe ich das Vergnügen?"
„ Pfeiffle. Kripo Schussental."

„ Sie haben nicht gestört. Ich habe der Kollegin nur gezeigt, wie man richtig perkutiert. Sie famuliert bei uns."
Pfeiffle wurde neugierig. „Perkutiert?"
„So nennt man das Untersuchen des Körpers durch Abklopfen."
„Ohne Licht?"
„Ohne Licht. Die besten Resultate erzielt man, wenn man sich nur auf die Geräusche konzentriert und sich nicht von optischen Eindrücken ablenken läßt. Aber um das zu erfahren sind sie sicher nicht hergekommen. Was kann ich für Sie tun?"
Pfeiffle stellte erfreut fest, daß der Arzt die Situation ausgezeichnet gemeistert hatte.
„Es geht um die Nacht vom 28. Sie sind als Notarzt zu einer Leiche gerufen worden. Erschlagen."
„Ja das stimmt. Ich war gerade aufgestanden, als der Alarm runterging. Wir schlafen hier im Haus, wenn wir Dienst haben. Unterwegs kam dann die Nachricht, daß es keine Eile mehr hätte, aber wir sind dann trotzdem rausgefahren. Als ich den Mann gesehen hab, war mir gleich klar, daß der keinen Arzt mehr braucht. Hat wirklich übel ausgesehen."
„Dann war die ganze Mühe umsonst?"
„Das würde ich nicht sagen. Dem Mann war zwar nicht mehr zu helfen, aber vor dem Haus saß eine alte Frau auf der Treppe. Die hatte einen Schock."
„Vor dem Haus, sagten Sie?"
„Ja. Hat mich noch gewundert. Die hat da ganz allein gesessen und keiner hat sich um sie gekümmert."
„Das ist komisch."
„Was?"
„Daß sie vor dem Haus saß. Angeblich hat sie die Leiche gefunden."
„So ungewöhnlich ist das gar nicht für jemand mit einem Schock. Die Leute machen die tollsten Sachen."
„In dem Zimmer, wo die Leiche lag, ist Ihnen da irgend etwas aufgefallen?"
„Nein, ich habe mich aber auch nicht besonders umgeschaut. Als ich gesehen hab, daß da nichts mehr zu machen ist, hab ich die Frau eingepackt und bin wieder zurückgefahren."
„Hat die Frau auf dem Weg ins Krankenhaus etwas gesagt?"
„Keinen Ton."
„Sie sagten, die Frau hatte einen Schock. Kann man so etwas auch simulieren?"
„Haben Sie die Frau etwa im Verdacht?"
„Wir prüfen einfach alle Eventualitäten."

„Also simuliert war das nicht. Aber das sagt ja noch lange nichts über die Ursache des Schocks."

***

Während Pfeiffle sich auf den Heimweg machte, war Dahm zur Pressekonferenz gegangen. Er hatte wieder seinen Platz an der hinteren Wand eingenommen. Um nicht aufzufallen, hatte er dieses Mal seinen kleinen Notizblock mitgenommen. Im großen und ganzen hatten sich dieselben Leute wie am Vortag versammelt.
Die Verantwortlichen hatten vermeiden wollen, daß die Veranstaltung aus Mangel an Neuigkeiten ein Mißerfolg wurde. Da sich das leicht absehen ließ – es gab nichts, was sie der Presse unbedingt mitteilen wollten – waren sie mit einem Vertreter der Lokalzeitung, der Wert auf gute Verbindungen legte, übereingekommen, daß der beim Auftreten längerer Pausen ein paar vorbereitete Fragen stellen sollte. Eine der Fragen sollte zum Beispiel lauten: „Wie entwickeln sich rechtsradikale Ausschreitungen im Raum Schussental zahlenmäßig und auch in ihrer Qualität." Die vorbereitete Antwort konnte dann, je nach Bedarf, in ihrer Länge variiert werden.
Als Halder mit seiner Erklärung geendet hatte und noch bekanntgab, daß für die Ergreifung der Täter eine Belohnung von insgesamt 50 000 DM ausgesetzt worden war und einige eher überflüssige Fragen mit mehr oder weniger nichtssagenden Antworten bedient wurden, trat dann tatsächlich eine längere Pause ein. Der Schussentaler wollte gerade eine seiner abgesprochenen Fragen anbringen, als die Kollegin, die auch schon am Vortag die aktivste gewesen war, sich zu Wort meldete.
„Meine Herren, unserer Redaktion liegen Informationen vor, die darauf hindeuten, daß der Täter auch um Homosexuellenmilieu zu finden sein könnte." Plötzlich geriet Bewegung in die bis zu diesem Zeitpunkt ziemlich gelangweilte Zuhörerschaft. In diese Richtung hatte bisher überhaupt nichts gedeutet.
Der leitende Oberstaatsanwalt, der das Mikrofon zu diesem Zeitpunkt vor sich stehen hatte, hielt seine Hand auf das Gerät. Er beugte sich zu Halder und flüsterte ihm etwas ins Ohr. Der zuckte mit der Schulter und schaute so unauffällig wie möglich in Richtung Dahm.
Der zeigte, ebenso unauffällig, mit dem Daumen nach unten.
„Sedelmayer-Syndrom. Die hats also auch. Erschlagene alte Männer sind immer schwul, die Täter sind immer irgendwelche geldgeilen Stricher."

Halder griff sich das Mikrofon und bat um Aufmerksamkeit. „Meine Damen und Herren. Etwas Ruhe bitte. Also ich weiß nicht, woher Sie, oder besser gesagt ihre Redaktion ihre Informationen beziehen, aber aus unserem Haus jedenfalls nicht. Ich weise mit allem Nachdruck darauf hin, daß es absolut keine Hinweise in diese Richtung gibt. Diese Methode der Nachrichtenproduktion möchte ich auch überhaupt nicht kommentieren. Da im Moment keine weiteren Wortmeldungen vorliegen, beende ich die heutige Pressekonferenz und danke für Ihre Aufmerksamkeit."
So überrascht wie er war, war Halder doch geistesgegenwärtig genug, sich diese Chance, die Veranstaltung zu beenden, nicht nehmen zu lassen.
Dahm schickte sich an, den Raum zu verlassen, dann drehte er sich noch einmal nach der Journalistin um. „Schade", dachte er, „so hübsch und verdient ihr Geld mit Leichenfledderei."

Gleich im Anschluß an die Konferenz rief Halder sämtliche Mitarbeiter in seinem Büro zusammen.
„Meine Herren, Frau Leinenweber, ich mache es kurz. Ich gehe davon aus, daß sich die kleine Kröte die Geschichte ausgedacht hat, um ein bißchen Auflage zu machen. Sollte sich aber herausstellen, daß irgend ein Mitarbeiter dieser Behörde, aus welchen Gründen auch immer, solche Scheißhausparolen an die Presse weitergibt, dann wird das Konsequenzen haben. Danke, Sie können wieder an ihre Arbeit gehen."
Dahm war schon durch die Tür, da hörte er Halder seinen Namen rufen.
„Herr Dahm. Sie bleiben bitte noch einen Moment." Als alle anderen gegangen waren, stellte er ihm eine Frage. „Ist es absolut sicher, daß die Frau unrecht hat. Ich muß gestehen, daß mir der Gedanke auch schon gekommen ist."
„Ziemlich", sagte Dahm, „es ist medizinisch völlig ausgeschlossen, daß er irgendwelchen sexuellen Neigungen nachgegangen ist. Das hab ich vom Pathologen."
„Was hat er gehabt?"
„Irgend einen Unfall wahrscheinlich."
„Wann?"
„Wissen wir nicht. Das Problem ist, wir haben immer noch keine Ahnung wo der Mann von 38 bis 47 gesteckt hat. Wir wissen nicht einmal, ob er in einem Lager war. Wir haben bei den schweizer Kollegen angefragt, ob die irgend etwas wissen, wir haben uns sogar mit der amerikanischen Einwanderungsbehörde in Verbindung gesetzt. Aber keiner weiß etwas über ihn."

Halder dachte nach. Er massierte sich die Nasenwurzel. Er überlegte, ob er die Redaktion der Frau anrufen und Krach schlagen sollte. Wenn er das aber tun wollte, dann mußte er sich zuerst Rückendeckung aus Stuttgart holen. Schließlich entschied er, die Sache vorerst auf sich beruhen zu lassen. Ohne Not macht sich niemand die Presse zum Feind. Außerdem stand zu befürchten, daß er je nach Fortgang der Ermittlungen noch auf eine wohlwollende Behandlung angewiesen war. Mißerfolg macht schließlich verwundbar und eine schlechte Presse schadet der Karriere. Er wandte sich lieber wieder seinem Mitarbeiter zu.
„Alles schön und gut. Ich bin sicherlich der letzte, der bestreitet, daß der Verbleib von Herrn Goldmann unter gewissen Umständen von historischem Interesse sein kann, aber glauben Sie nicht, daß wir im Moment andere Sorgen haben. Warum verschwenden Sie Zeit und Ressourcen damit, in seiner Vergangenheit herumzuwühlen. Das bringt uns doch nicht weiter."
„Vielleicht doch. Vielleicht gehört das ja zu dem Fall. Bis jetzt haben wir ein Opfer. Das Opfer war Jude. Wir haben keine Ahnung, womit er seinen Lebensunterhalt verdient hat. Gearbeitet hat er nicht. Er hat nie irgendeine Rente bekommen oder wenigstens beantragt. Trotzdem hat er gelebt wie ein Fürst. Mit Haushälterin und allem drum und dran."
Halder wurde neugierig. „Ja, was glauben Sie denn, mit wem wir es da zu tun haben. Mit einem über achtzigjährigen Bankräuber oder Erpresser?"
„Weiß ich eben nicht. Vielleicht Erpresser. Solange ich nichts weiß, gehe ich eben allem nach. Ich gestehe Ihnen gerne zu, daß als Motiv höchstwahrscheinlich der reine Haß von irgendeinem Fanatiker in Frage kommt. Ohne einen Hintergrund, der in der Person Goldmann liegt, außer seiner Religion vielleicht. Aber ich bin nicht bereit, von vornherein jedes andere Motiv auszuschließen. Ich muß über ihn Bescheid wissen. Erst wenn ich das tue, dann kann ich sagen, jawohl, es gab keinen anderen Grund um ihn zu töten. Außerdem, solange wir diesen Müller noch gar nicht haben, kann ich eh nicht viel unternehmen. Also, lassen Sie mich in Ruhe weitermachen. Wenn Sie mich nicht mehr brauchen, dann gehe ich jetzt zurück ins Büro."
„Moment noch. Heißt das, daß wir diesen Müller immer noch nicht haben?"
„Noch keine Spur von ihm. Er ist jetzt aber bundesweit ausgeschrieben. Irgendwann kriegen wir ihn schon."
„Sonst noch irgendwelche Spuren?"
„Wir sind gerade dabei, die Typen zu verhören, mit denen er seine

anderen Dinger gedreht hat, aber bis jetzt hat keiner etwas rausgelassen."
„Das macht mich ganz krank. Wir haben nichts außer diesem Kerl. Und daß der es war, ist ja alles andere als erwiesen. Wenn ich der Presse morgen nichts Neues bieten kann, dann kriegen wir Gegenwind."
„Dann deuten sie morgen eben kurz an, daß wir einen dringend Tatverdächtigen haben und jederzeit mit einer Festnahme rechnen können. Das bringt uns wenigstens ein paar Tage."
„Ja, vielleicht. Außerdem wissen sie schon, daß wir hinter ihm her sind. Heute morgen sollen schon ein paar von den Reportern vor seiner Wohnung rumgelungert haben. Würde mich mal interessieren, woher die so etwas immer gleich wissen?"
„Vielleicht von uns."

Dahm hatte gerade seinen Schreibtisch abgeschlossen und wollte sich auf den Heimweg machen, als sein Telefon klingelte.
Wäre es ein normaler Tag gewesen, dann hätte er mit Sicherheit nicht mehr abgenommen. Für derartige Fälle gab es schließlich eine Zentrale, aber unter den gegebenen Umständen konnte er sich das natürlich nicht erlauben.
„Dahm."
„Sie wollen mich wohl fertig machen, Sie Spinner. Was hab ich Ihnen getan, daß Sie mich um meinen Job bringen wollen." Die Stimme am anderen Ende der Leitung war zweifelsfrei weiblich und ziemlich aufgebracht.
Er konnte sich beim besten Willen nicht vorstellen, wen er in den letzten Tagen um seinen Job gebracht haben könnte und war völlig ratlos.
„Hier liegt offensichtlich eine Verwechslung vor", gab er schließlich zur Antwort," hier spricht Günther Dahm von der Polizeidirektion Schussental. Sie müssen sich verwählt haben."
„Ich weiß ganz genau, wer Sie sind. Schließlich haben wir gestern abend schon einmal miteinander telefoniert. Ich hätte Sie verpfeifen sollen."
Dahm durchforstete sein Gedächtnis, mit wem er telefoniert hatte, aber die Frau konnte er beim besten Willen nicht unterbringen.
„Vielleicht sagen Sie mir erst einmal, wer Sie sind, dann können wir die Sache vielleicht aufklären." Er bemühte sich freundlich zu bleiben, obwohl er sich durch seine Anruferin doch ziemlich belästigt fühlte.
„Mein Name ist Conny Groß von der Stuttgarter Redaktion der Bild Zeitung."

Langsam begann er zu verstehen. Offenbar war sie die Frau, die bei der Pressekonferenz diesen Flop fabriziert hatte.
„Sagen Sie mir nur eins. Wieso rufen Sie mich mitten in der Nacht an und sagen, sie hätten einen Tip für mich, wenn das alles Quatsch ist?"
Offenbar hatte die Frau sich die Geschichte gar nicht aus den Fingern gesogen, sondern war von irgend jemand aufs falsche Gleis gelockt worden.
„Jetzt mal langsam. Also Sie behaupten, daß gestern ein Herr Dahm von der Polizei bei ihnen angerufen hat und Ihnen diese Schwulengeschichte gesteckt hat?"
„Genau. Nur, daß Sie Ihren Namen nicht genannt haben. Sie haben gesagt, daß sie derjenige sind, der die Ermittlungen durchführt. Ihren Namen habe ich erst vorhin erfahren. Von einem Kollegen."
„Wie?"
„Sie glauben doch nicht im Ernst, daß wir nicht bemerkt haben, wer Halder bei der Konferenz ein Zeichen gegeben hat."
„Haben Sie das Gespräch aufgezeichnet."
„Natürlich nicht. Ist doch verboten, oder?"
„Man wird ja wohl noch fragen dürfen. Haben Sie wenigstens zurückgerufen? Das tut man doch normalerweise, um so eine Information zu bestätigen."
„Hatte ich natürlich vor, aber der Anrufer hat gesagt, er wäre in einer Telefonzelle, weil der Dienstapparat zu heiß sei. Was halten Sie davon, wenn wir uns irgendwo treffen und die Sache in Ruhe besprechen. Sie scheinen mich ja tatsächlich nicht angerufen zu haben."
Dahm überlegte kurz. Wenn er sich jetzt in der Öffentlichkeit mit einer Bildreporterin zeigen würde, dann würde der Tanz wahrscheinlich erst richtig losgehen.
„Nein, das geht leider nicht. Ich habe noch einen Termin, der sich nicht mehr verschieben läßt. Vielleicht ein anderes Mal. Haben Sie eine Ahnung, wie der Anrufer auf Sie gekommen ist?"
„Hab ich schon nachgeprüft. Er hat bei der Redaktion angerufen und gefragt, wer für uns die Sache hier bearbeitet. Die haben ihm meinen Namen und mein Hotel genannt."
Sie tat Dahm leid. So eine Ente dürfte sogar den Chefs ihrer Zeitung sauer aufgestoßen sein.
Er hoffte für sie, daß die Geschichte nicht in Druck gegangen war. Selbst diese Zeitung konnte es sich kaum leisten, einen unbescholtenen jüdischen Mitbürger in eine derart unpopuläre Ecke zu stellen.

„Frau Groß, warum haben Sie bei der Pressekonferenz eigentlich nicht gesagt, von wem der Tip stammt? Sie müssen sich doch ziemlich gelinkt gefühlt haben."
„Berufsethos. Informanten gibt man nicht preis, auch in solchen Fällen nicht. Wenn sich das rumgesprochen hätte, dann hätte ich nie mehr einen Tip bekommen und wahrscheinlich umschulen müssen."
„Berufsethos bei der Bildzeitung", dachte Dahm, „man lernt nie aus."
„Frau Groß, es tut mir leid für Sie, aber Sie sind reingelegt worden. Ich habe Sie wirklich nicht angerufen."
„Schon okay. Ich glaub's ja. Aber wenn Sie wegen des persönlichen Gesprächs noch einmal ihre Meinung ändern, ich wohne im Jagdhorn und bin jeden Abend an der Bar."
„Ich werde dran denken, aber ich glaube nicht, daß ich kommen kann. Auf Wiederhörn."
„Wiederhörn."

Er beschloß, sofort Halder zu informieren. Erstens würde das Gespräch ihn interessieren und zweitens war es nicht schlecht, einem Ranghöheren Kenntnis von der Sache zu geben, dann würde der auch in die Verantwortung kommen.
Da er ihn in der Polizeidirektion nicht mehr antraf, rief er ihn unter seiner Privatnummer an.
„Ja bitte!" „Wieder so einer, der seinen Namen am Telefon nicht verrät!" dachte Dahm. „Also Auge um Auge, Zahn um Zahn."
„Ich bin's."
„Hallo ich. Wie läuft's denn so?"
Dahm gab auf. Sein Chef war erheblich schlagfertiger, als er vermutet hatte.
„Dahm am Apparat. Ich habe gerade einen Anruf von Ihrer Freundin aus der Bildredaktion erhalten."
„Sie ist nicht meine Freundin. Was hat Sie denn von Ihnen gewollt?"
„Sie hat mich mächtig zur Sau gemacht, weil ich ihr den Tip mit den Schwulen gegeben habe."
„Sie haben was?"
„Hab ich natürlich nicht, aber sie hat steif und fest behauptet, daß ich sie gestern nacht angerufen hätte. Ich hab aber nicht."
„Komisch. Was halten Sie von der Sache?"
„Ich weiß auch nicht so recht. Ich hab drüber nachgedacht und bin auf ein paar Erklärungen gekommen."
„Die wären?"

„Vielleicht hat sie sich das Ganze nur ausgedacht, um an eine Art Exklusivinterview zu kommen. Sie hat mir nämlich den Vorschlag gemacht, mich mit ihr zu treffen. Halte ich aber für eher unwahrscheinlich."
„Was Sie hoffentlich abgelehnt haben."
„Ja, sicher, ich bin doch nicht blöd. Obwohl, schlecht aussehen tut sie ja nicht gerade." In Stuttgart hätte er für diese Bemerkung wahrscheinlich fünf Mark in die Chauvikasse einzahlen müssen.
„Was halten Sie denn für wahrscheinlicher?"
„Nun, entweder die Jungs vom rechten Flügel wollen von sich ablenken, weil sie im Moment keinen großen Wert auf derartige Publicity legen oder man versucht uns zu verwirren, um Zeit zu gewinnen."
„Zeit für Müller?"
„Zum Beispiel."
„Jetzt mal langsam. Also wenn die organisierte Rechte keinen Wert auf Publicity legt, dann hat sie mit der ganzen Geschichte wahrscheinlich auch nichts zu tun. Dann müssen wir wohl einen Einzeltäter suchen. Oder es ist genau umgekehrt. Daß der Täter zu einer so großen und gut organisierten Gruppe gehört, die sich sogar zutraut, die Polizei mit Desinformationen zu verwirren, um ihrem Mann die Flucht zu ermöglichen."
„Richtig."
„Und wie finden wir raus, welche Vermutung stimmt?"
„Tja. Entweder wir ermitteln den Anrufer, was völlig ausgeschlossen zu sein scheint, oder wir warten, bis wir Müller haben. Sobald wir seinen Fluchtweg rekonstruieren können, wissen wir auch, ob er Hilfe gehabt hat oder nicht."
„Mir wird übel bei dem Gedanken, daß das kein Einzeltäter war."
Dahm hörte im Hintergrund ein Klingeln, dann wieder die Stimme von Halder. „Hören sie, ich muß Schluß machen. Bei mir hat's geklingelt und meine Frau ist in der Gymnastik. Wir reden morgen weiter. Bis dahin, kein Wort. Auch nicht zu Pfeiffle."
Dahm bestätigte, daß er verstanden hatte. Er wünschte Halder noch eine gute Nacht, dann legte er auf.
Als er seinen Mantel schon angezogen hatte, fiel ihm noch etwas ein. Er würde noch nicht nach Hause gehen. Er hatte eine bessere Idee.

Er schaute auf seine Uhr, griff sich das Telefon und rief Pfeiffle an. Er meldete sich selbst. Mit vollem Namen, wie Dahm wohlwollend zur Kenntnis nahm.
„Dahm hier. Hätten Sie Lust, mit mir noch irgendwo ein Bier trin-

ken zu gehen? Ich will noch nicht heim." Pfeiffle war von dem Angebot ziemlich überrascht. Es war bisher nicht die Art seines Kollegen gewesen, Gesellschaft zu suchen. Ganz im Gegenteil. Die Kollegen lästerten in der Kantine schon über den Neuen, der nicht einmal mit zum Kegeln ging. Pfeiffle hatte sogar Mühe gehabt, Dahm zu überzeugen, daß die Teilnahme an der alljährlichen Weihnachtsfeier so etwas wie ein Muß war, vor dem man sich unmöglich drücken konnte.
Dahms Idee war aber gut. Seine Frau war ebenfalls in der Gymnastik und die Kinder hatten sie zu ihrer Großmutter gebracht. Eigentlich hatte er noch ein paar Stunden an seinem Neubau arbeiten wollen, aber dann war ihm das Wetter doch zu schlecht gewesen.
„Also gut", sagte er schließlich," „aber nicht allzu lang. Ja?"
„Klar. Nur ein, zwei Bier."
Pfeiffle wohnte mitten in der Stadt, so daß er bei der Auswahl der Kneipe die freie Auswahl hatte. „Letztes Jahr hätte ich noch das Gumpis vorgeschlagen, aber das gibt's ja leider nicht mehr."

„Pfeiffle, zerbrechen sie sich nicht den Kopf. Ich weiß was Nettes, wo wir hinkönnen. Können Sie in zwanzig Minuten am Brunnen sein?"
„Nein", lautete die überraschende Antwort. „Treffen wir uns lieber vor der Stadtbücherei. Wenn ich den Brunnen sehe, dann bekomme ich einen Anfall."

Als Dahm am verabredeten Treffpunkt ankam, war Pfeiffle schon da. Er hatte eine blau-weiße Wollmütze auf dem Kopf und die Hände in den Taschen seines Mantels vergraben. Dahm überlegte, ob seine Frau für ihn die Kleidung einkaufte, denn der Mantel war ausgesprochen elegant und paßte überhaupt nicht zu der Mütze.
Pfeiffle hob seine Hand zu einem kurzen Gruß und steckte sie sofort wieder in die Tasche. Es war empfindlich kalt. Dahm nickte nur kurz zurück.
„Wo haben Sie heute nachmittag eigentlich gesteckt? Ich hab Sie im ganzen Haus gesucht."
„Ich war doch im Krankenhaus. Und dann bin ich noch nach Reicherreute gefahren und hab mir Müllers Behausung angeschaut. Wo gehen wir eigentlich hin?"
„Folgen Sie mir unauffällig und erzählen sie mir von Müllers Wohnung."
Sie setzten sich in Bewegung. Es ging leicht bergauf, und Pfeiffle atmete schon etwas schwerer, da er gleichzeitig erzählen mußte.

„Die Wohnung ist ein Saustall. Jede Menge Nazi-Scheiß vom alten Wehrmachtshelm über ein paar Dolche bis zu irgendwelchen Büchern. Aber nichts, das aus Goldmanns Haus stammen könnte. Mein Bericht ist gerade beim Tippen. Den können Sie morgen lesen, aber ich rate Ihnen, schauen Sie es sich selbst an. Es lohnt sich."
„Hatte ich sowieso noch vor. Ich glaube, wir sind da."
Pfeiffle hob den Kopf. Er hatte ihn wegen der Kälte so weit wie möglich eingezogen. Er schaute sich erst das Kneipenschild an, dann seinen Kollegen.
„Das ist doch wohl nicht Ihr Ernst! Sie wollen da doch nicht reingehen."
„Doch", antwortete Dahm unschuldig, „genau das will ich."
„Da geh ich nicht mit rein. Und meine Waffe hab ich auch nicht dabei."
„Jetzt seien Sie mal nicht albern und kommen Sie mit. Es reicht ja wohl, wenn ich bis an die Zähne bewaffnet bin. Ich bezahle auch die Zeche."
Pfeiffle schaute sich noch kurz um, murmelte das Wort „Scheiße" und folgte Dahm ins Frontroad.

Der Raum, den sie betraten war so dunkel, daß sie nichts erkennen konnten, bis sich ihre Augen an die Dunkelheit gewöhnt hatten. Sie konnten anfangs nicht einmal sagen, wieviele Leute sich außer ihnen noch in dem Lokal befanden. An der Wand hingen zwar zwei Geldspielautomaten, aber die waren abgeschaltet, so daß auch sie nichts zur Beleuchtung beitragen konnten.
Als sie sich an die Lichtverhältnisse gewöhnt hatten, konnten sie sehen, daß alle Tische leer waren. Nur an der Theke saßen zwei einsame Gestalten und tranken ein braunes Gemisch, von dem Dahm annahm, daß es das legendäre Colaweizen war. Ihm wurde fast übel bei dem Gedanken, so etwas trinken zu müssen.
Als Dahm und Pfeiffle sich auf zwei Hockern neben den beiden Typen niederließen, griffen die nach ihren Gläsern und setzten sich an einen der Tische.
Aus der Küche kam ein Mann. Offenbar der Wirt.
„Was darf's denn sein, meine Herren?"
„Ein Pils", sagte Pfeiffle. Dahm deutete an, daß er ebenfalls eins bestellen wollte.
„Zwei Pils. Sehr wohl, kommt sofort. Dann sind Sie ja wohl nicht im Dienst."
Dahm ignorierte den Scherz. „Sind Sie der Chef hier?" Der Wirt nickte. „Kennen Sie Müller?"

„Natürlich kenn ich den. Ist immerhin der beste Mittelstürmer aller Zeiten." Die beiden anderen Gästen begannen zu kichern.
„Den mein ich nicht. Heiner Müller. Skinhead aus Reicherreute. Kennen sie den?" Der Wirt schüttelte nur den Kopf.
„Sollten Sie aber. Er ist immerhin einer ihrer Stammgäste."
„Wissen Sie, ich kann meine Stammgäste gar nicht mehr auseinanderhalten. Sie sehen ja alle gleich aus."
Die beiden anderen brachen jetzt in ein schallendes Gelächter aus und fuhren sich mit den flachen Händen über ihre rasierten Schädel.
Pfeiffle fühlte sich provoziert und beschloß, es mit einer Drohung zu versuchen. „Jetzt hören Sie mir mal zu, Mann. Wenn Sie uns hier verarschen wollen, dann kriegen Sie jede Menge Ärger. Dann sorgen wir dafür, daß ihre Konzession ganz schnell weg ist."
Der Wirt, der die zwei Pils inzwischen vor ihnen abgestellt hatte, schien wenig beeindruckt.
„Tod, wo ist dein Stachel", sagte er nur.
Jetzt war Dahm wieder am Zug. „Und wie darf ich diesen Anflug klassischer Bildung deuten?"
„Mein Pachtvertrag ist nicht verlängert worden. An Silvester ist für mich Schluß. Ende Banane. Irgend so ein Scheißtürke hat mehr geboten und dann muß ich als Deutscher natürlich meine Sachen packen. So ist das heutzutage, meine Herren." Die beiden anderen Gäste signalisierten durch heftiges Gemurmel ihre Zustimmung.
„Scheint aber eh nicht besonders gut zu laufen, Ihr Laden. Ziemlich leer."
„Um diese Zeit immer. Ist noch zu früh. Aber später sollten Sie mal kommen. Da ist hier immer ordentlich was los. Und am Wochenende erst. Ich kann Ihnen sagen..."
Dahm konnte sich gut vorstellen, wie es hier aussah, wenn der Laden voll war, alle Gäste genug getrunken hatten und mit heiseren Stimmen das deutsche Liedgut pflegten.
„Um noch mal auf Müller zurückzukommen. Denken Sie mal nach. Sie könnten ihm vielleicht helfen."
„Würde ich sofort tun, wenn er mein Stammkunde ist. Aber der Name sagt mir jetzt gar nichts." Er schaute die anderen an. „Wie sieht's bei euch aus. Kennt ihr einen Herrn Müller?"
Beide schüttelten mit dem Kopf.
„Darf ich Sie mal was Persönliches fragen Herr, jetzt weiß ich nicht mal ihren Namen."
Dahm hatte tatsächlich vergessen zu fragen.
„Heß. Ich heiße Heß."

„Sie machen Witze." Er erinnerte sich an das Urteil, das er gelesen hatte. Heß war einer der Zeugen gewesen.
„Nein. Und ich bin stolz auf meinen Namen. Also, Sie wollten noch etwas fragen."
„Richtig. Sind Sie eigentlich politisch organisiert hier?"
„Aber, meine Herren. Ich muß doch sehr bitten. Sie kommen hier herein, als Polizisten wohlgemerkt, und fragen einen unbescholtenen Bürger nach seiner Parteizugehörigkeit. Ich bin erstaunt. Dürfen Sie das überhaupt?"
„Wir dürfen so ziemlich alles fragen. Sie brauchen ja nicht unbedingt zu antworten. Hatten wir das nicht erwähnt?"
„Wie auch immer, ich bin überhaupt nicht organisiert. Ich bin sozusagen ein gänzlich unpolitischer Mensch. Wollen Sie vielleicht noch wissen, wie ich letztes Mal gewählt habe?"
„Nein, lieber nicht. Die zwei Pils. Was macht das?"
„Geht aufs Haus, meine Freunde und Helfer."
Dahm nahm einen Zehnmarkschein aus seiner Tasche und legte ihn auf die Theke. „Das dürfte wohl reichen."
Dann verließen sie das Lokal.
Als sie wieder auf der Straße waren, war Pfeiffle wütend.
„Wenn Sie das nächste Mal so etwas vorhaben, dann sagen sie mir vorher Bescheid. Dann kann ich mich darauf einstellen. Mental, Sie verstehen?"
Dahm gelobte Besserung. „Was halten Sie von dem Mann?"
„Nicht viel. Komische Type. Der hat doch einen französischen Akzent gehabt. Betreibt eine Skinkneipe, hat einen ausländischen Akzent und heißt obendrein noch Heß."
„Darüber hab ich auch schon nachgedacht. Vielleicht ist er gar kein Franzose, sondern war nur lange in Frankreich."
Pfeiffle konnte offensichtlich nicht folgen und schaute Dahm verblüfft an. Der bemerkte das. „Haben Sie nicht das Bild an der Wand gesehen? Die Soldaten. Das war nicht die Bundeswehr. Die haben alle so komische Käppis aufgehabt, wie die schweizer Zöllner. Ich schätze unser Freund war bei der Fremdenlegion."
„Mm. Guter Gedanke. Und diese zwei anderen Figuren. Unglaublich. Ich hör sie schon singen: heute gehört uns Deutschland und morgen die ganze Welt."
„Da hört."
„Wie?"
„Da hört, muß das heißen. Heute, da hört uns Deutschland."
„Hab ich nicht gewußt."
„Spricht für Sie, Pfeiffle, spricht für Sie."

Es war erst kurz nach halb zehn, als Dahm wieder in seiner Wohnung ankam. Nachdem er zum zweiten Mal in Folge erfolgreich an Frau Läpples Wohnungstür vorbeigeschlichen war, hängte er seine Jacke auf und ging ins Wohnzimmer. Er machte es sich auf seinem Sofa bequem und dachte über seine möglichen Täter nach. Ein Skinhead, offensichtlich gewaltbereit und seit der Tat verschwunden. Eine Haushälterin, die 50 000 Mark zu erwarten hatte und ein alter Schachspieler, der nun Anrecht auf ein altes Haus hatte. „Nicht viel", dachte er sich.
Er erinnerte sich an Müllers Spitznamen. Er war gespannt, von wem er diesen Künstlernamen wohl entliehen hatte. Er ging zu seinem Bücherregal und zog ein Taschenbuch heraus. „Wer war wer im Dritten Reich". Dann suchte er unter Müller. Und er fand eine Eintragung: Müller, Heinrich. Amtschef im Reichssicherheitshauptamt und eigentlicher Chef der Gestapo.
„Langsam glaub ich, daß es keinen Sinn macht, nach einem anderen Motiv zu suchen".
Dahm grübelte weiter. Sicher war der Zeitpunkt des Todes 23.00 Uhr. Das stand mittlerweile fest. Sicher war, daß der Täter durch die Küche gekommen war. Und sicher war auch die Tatwaffe. Aber sonst? Er wußte nicht, wer Ernst ist, er wußte nicht einmal, ob irgend etwas aus der Wohnung verschwunden war und ob er einen Täter suchen mußte oder mehrere.

Er wollte weiter nicht mehr über den Fall nachdenken. Zum Lesen war er zu unkonzentriert, und zum Fernsehen hatte er keine Lust.
Dann fiel ihm ein, daß ihm seine Exfrau zum Abschied ein Geschenk gemacht hatte. Um sich zu beweisen, daß sie ohne Groll auseinandergegangen waren, waren sie am Tag vor seiner Abreise nach Schussental noch einmal gemeinsam zum Essen gewesen. Er hatte sie einfach angerufen und eingeladen.
Der Abend war sehr harmonisch verlaufen und sie hatten sich mehrfach gegenseitig versichert, daß sie die richtige Entscheidung getroffen hätten und wie schön es sei, daß sie jetzt so freundschaftlich miteinander umgingen.
Als er sie anschließend zum Taxi gebracht hatte, hatte sie ihn noch herzlich auf die Stirn geküßt und ihm ein kleines Päckchen in die Hand gedrückt. Der Kuß auf die Stirn war nach seinem Geschmack ein wenig zu pathetisch gewesen.
Das Päckchen hatte er bisher noch gar nicht geöffnet, aber er hatte die Karte gelesen, die sie ihm dazu in die Hand gedrückt hatte.
„Lieber Günther, dies kleine Geschenk soll Dir die Möglichkeit

geben, Dich etwas zu entspannen, wenn Du es einmal wirklich nötig hast."

Er war davon ausgegangen, daß sie in Erinnerung an alte Zeiten irgendwo ein bißchen Gras aufgetrieben hatte, das er dann in einer Mußestunde rauchen konnte. Er kam zu dem Schluß, daß er wohl kaum einen geeigneteren Zeitpunkt finden würde, als den heutigen Abend.

Wegen des vermuteten Inhalts hatte er das Päckchen in seinem Schlafzimmer versteckt. Jetzt stand er auf und holte es.

Obwohl er nicht davon ausging, daß sie den zu erwartenden Duft erkennen würde, beschloß er, einige Sicherheitsmaßnahmen für den Fall, daß Frau Läpple unvermutet bei ihm auftauchen sollte, zu ergreifen.

Er schnitt ein paar Speckwürfel klein und ließ sie in seiner Eisenpfanne aus. Vorsichtshalber setzte er dann noch sein Weihnachtskarussell aus dem Erzgebirge samt Räucherhütchen in Marsch.

Dann legte er sich wieder auf sein Sofa und öffnete das Päckchen. Das dauerte einige Zeit, da er erst einige Lagen Geschenkpapier entfernen mußte. Schließlich hielt er einen Karton mit der Aufschrift „Mind Machine" in der Hand. Langsam machte sich bei ihm Enttäuschung breit, aber er gab die Hoffnung noch nicht auf. Schließlich konnte es sich bei der Aufschrift auch um eine gewitzte Andeutung handeln.

Er ging dann aber doch zuerst in die Küche und holte seine Speckwürfel vom Herd. Die Wohnung duftete mittlerweile stark genug und er wollte auch kein Großfeuer verursachen.

Als er den kleinen Karton dann endlich geöffnet hatte, war die Enttäuschung komplett. In der Schachtel befand sich eine Art Walkman und ein brillenartiges Gerät, das der Benutzer sich offensichtlich über den Kopf stülpen mußte.

Als er die Brille aus der Schachtel nahm, fiel eine Gebrauchsanweisung zu Boden. Da sein Schulenglisch etwas eingerostet war und die deutsche Übersetzung von einer Person erstellt worden sein mußte, die mit Sicherheit kein Wort deutsch konnte und das Werk nur durch eine direkte Übersetzung aus einem Wörterbuch vollbracht haben konnte, dauerte es einige Zeit, bis ihm die Funktion der Maschine klar wurde.

Es ging darum, das Bewußtsein mit Hilfe von aufeinander abgestimmten optischen und akustischen Reizen zu erweitern und sich in einen tranceartigen Zustand zu versetzen. Da er so etwas auch vorgehabt hatte, mit etwas konventionelleren Mitteln, las Dahm weiter. In der Kopfbedeckung waren Lämpchen angebracht, die im Rhythmus der Töne aus dem Walkman an- und ausgingen.

Dahm wurde neugierig. Natürlich hatte er keine Batterien im Haus. Die waren aber nötig. Schließlich kam ihm die Idee, die Fernsteuerungen für seinen Videorekorder auszuschlachten.
Nach zwei Minuten riß er sich das Gerät entsetzt vom Kopf. Er war weiter davon entfernt, sein Bewußtsein zu erweitern, als jemals zuvor in seinem Leben.
Die Lichtblitze und der dazugehörende Lärm vermittelten ihm eher das Gefühl einer Ratte in einem Versuchslabor.
Er packte alles wieder in die Schachtel und verstaute sie in irgendeiner Schublade.
Er beschloß, ins Bett zu gehen. Vielleicht sollte er es doch mit einem Buch versuchen.
Wenigstens hatte er jetzt einen Walkman. Jetzt mußte er nur noch jemanden auftreiben, der ihm zu Weihnachten ein paar Kassetten schenkte.

Während Dahm zum Frühstück ein Glas Milch trank, etwas anderes konnte er in seiner Küche mittlerweile nicht mehr finden, überlegte er, was für den heutigen Tag am dringendsten zu erledigen war.
Er kam zu dem Schluß, daß es, nachdem er durch die Haushälterin einiges über Goldmann wußte, Zeit war, etwas über sie zu erfahren. Über sie und ihr Verhältnis zu ihrem ehemaligen Arbeitgeber. Zuerst hatte er beabsichtigt, den Pfarrer von Reicherreute aufzusuchen. Der Gedanke schien ihm als nicht gerade religiösem Menschen und ehemaligem Protestanten naheliegend. Er hatte natürlich nicht vor, ihn direkt nach der Haushälterin zu befragen, sondern mit ihm über die ganze Gemeinde zu sprechen.
Als er in der Direktion angekommen war, rief er beim Polizeiposten an, um Namen und Telefonnummer des Kirchenmannes zu erfahren. Zu seiner großen Überraschung konnten die Kollegen ihm nur mitteilen, daß es in Reicherreute überhaupt keinen Pfarrer mehr gab. Die Gemeinde wurde aus dem Nachbarort mitbetreut, seit der letzte Amtsinhaber aus Altersgründen ausgeschieden war und seinen Lebensabend in einem Kloster verbrachte.
Der Neue würde ihm kaum etwas mitteilen können, sagte der Kollege noch, der kannte die Leute wahrscheinlich überhaupt nicht.
Dahm, der sich nur an Hochzeiten und Kindstaufen in einer Kirche sehen ließ, war überrascht. Ausgerechnet in dieser Gegend, wo die katholische Kirche nun wirklich noch eine bedeutende Rolle im Leben der Menschen spielte, wo die Kapellen und Wegekreuze noch liebevoll gepflegt wurden, ausgerechnet dort wurden die Pfarrer nicht mehr ersetzt.
Pfeiffle hatte ihm noch vor ein paar Tagen erzählt, daß in der Gegend sogar noch richtige Prozessionen veranstaltet wurden. Er bedauerte es, daß auf diese Art und Weise die alten Traditionen in der Gegend nach und nach ausstarben, weil sich niemand mehr fand, der sie pflegte.

Obwohl ihm der Gedanke alles andere als sympathisch war beschloß er, sich noch einmal an den Ortsvorsteher zu wenden. Er schien derjenige zu sein, der am meisten über die Leute im Ort wußte oder zumindest bereit war, über sie zu berichten.

Dahm beschloß, sich wenigstens etwas Gutes zu tun und das Gespräch telefonisch hinter sich zu bringen. Er telefonierte in dienstlichen Angelegenheiten zwar nicht besonders gerne, aber im Fall des Ortsvorstehers war er bereit, eine Ausnahme zu machen. Er wählte die Nummer des Rathauses, aber dort nahm niemand den Hörer ab. Nach kurzem Nachdenken versuchte er es in der Metzgerei. Dort hatte er mehr Glück. Am anderen Ende meldete sich zwar nicht der Ortsvorsteher, aber eine Frau, die versprach, ihn zu suchen.

Der Mann schien bei etwas Wichtigem unterbrochen worden zu sein, denn er war äußerst unfreundlich und kurz angebunden und änderte seinen Tonfall erst, als Dahm seinen Namen nannte. Offensichtlich hatte der am Vortag einen guten Eindruck auf den Ortsvorsteher gemacht. Die Freundlichkeit, die er plötzlich an den Tag legte, schien echt zu sein.

„Entschuldigen Sie, daß ich Sie schon wieder störe, aber ich habe da ein kleines Problem. Haben Sie kurz Zeit?"

„Ja, sicher, Herr Dahm. Warten Sie einen Moment, ich wasche mir nur eben die Hände."

Nach ein paar Sekunden war er wieder zurück. Dahm nahm an, daß er eigentlich gar keine Zeit hatte, aber das war ihm in dem Moment völlig gleichgültig. Hauptsache, er bekam seine Antworten.

„Jetzt. Was gibt's?"

„Es geht mir vor allem um Goldmanns Haushälterin. Ich habe mich gestern noch eine Weile mit ihr unterhalten und bin irgendwie nicht ganz schlau aus ihr geworden." Offensichtlich hatte Dahm ihn etwas überrascht, denn entgegen allen Erfahrungen, die er mit ihm gemacht hatte, blieb der Ortsvorsteher für einen Augenblick sprachlos. Schließlich antwortete er dann aber doch.

„Tja, ich weiß nicht, wie ich Ihnen da helfen soll. Ich hab Ihnen doch gesagt, daß Goldmann ein Eigenbrötler war, und mit der Lina ist das auch nicht viel anders. Wie der Herr, so's Gschärr, sagt man bei uns."

Dahm bemerkte mal wieder, daß Dienstboten und Gastarbeiter immer nur Vornamen zu haben scheinen.

„War sie loyal als Angestellte. Hat sie sich je über ihn beklagt? Ist im Dorf jemals etwas über einen Streit zwischen den beiden bekannt geworden?"

„Ich glaube nicht, daß sie etwas an ihm auszusetzen hatte. Schließlich war sie fast sein ganzes Leben bei ihm. Soll sogar mal dort gewohnt haben."

„Dann hat sie ihn gemocht?"

„So weit würde ich dann auch nicht gehen. Sie hat für ihn gearbeitet, weil sie keine andere Stelle gefunden hat, und er hat sie eingestellt, weil sonst niemand für ihn arbeiten wollte. Da gab's mal eine Geschichte mit einem Polen. Wissen Sie darüber Bescheid?"
„Ja, sie hat mir gestern davon erzählt."
„Irgendwie hat sie dem Goldmann immer zum Vorwurf gemacht, daß dieser Kerl so arm war, daß er nach Deutschland kommen mußte um sich dort aufhängen zu lassen, und daß Goldmann so reich war, daß er es sich leisten konnte abzuhauen. Aber das ist weiß Gott eine uralte Geschichte. Sie sagte immer, das sei ungerecht."
„Immerhin" dachte Dahm, „immerhin ist sicher, daß sie ihn nicht erschlagen hat, weil er sie verlassen wollte. Die Rache einer enttäuschten Geliebten scheint ihn nicht das Leben gekostet zu haben."
Dieser Gedanke war ihm zwar bisher nicht gekommen, aber jetzt konnte er ihn abhaken.
„Und daß er dann 47 sogar wieder zurückgekommen ist, das hat sie überhaupt nicht begriffen."
„Und trotzdem hat sie sofort wieder für ihn gearbeitet."
„Von dem Tag an, an dem er wieder da war. Blieb ihr auch nichts anderes übrig. Sie hatte sich mittlerweile ja auch noch ein Kind eingefangen."
„Ja, ich erinnere mich. Sie erwähnte eine Tochter. Haben Sie eine Ahnung, warum er eigentlich zurückgekommen ist. Ich meine, seine Eltern waren beide schon tot, und was er vor dem Krieg an Verwandtschaft in Deutschland gehabt hat, dürfte das Dritte Reich auch nicht überlebt haben."
„Keine Ahnung. Wissen Sie, das war ein eigentümlicher Kerl. Der hat mit niemanden geredet, mit mir schon gar nicht. Guten Tag und auf Wiedersehen, wenn er hier mal im Laden war. Meistens hat ja die Lina für ihn eingekauft. Und in letzter Zeit er ja überhaupt nicht mehr zu mir gekommen, weil bei mir ja nicht koscher geschlachtet wird. Von mir aus hätte er nach dem Krieg gerne bleiben können, wo er war. Wäre sicher für alle besser gewesen."
Dahm konnte sich denken, was der Ortsvorsteher meinte. Der Jude als wandelndes schlechtes Gewissen des Dorfes.
„Vielleicht können Sie mir ja doch weiterhelfen. Gibt es außer dieser Lina noch jemanden, von dem ich ein bißchen über Goldmann erfahren kann?"
„Wenn überhaupt jemand, dann beim alten Roth. Der ist der einzige, der ihn regelmäßig gesehen hat. Sprechen sie den mal an."

„Das hatte ich sowieso vor. Ich bedanke mich trotzdem. Hoffentlich habe ich Sie nicht zu lange von ihrer Arbeit abgehalten."
„Nein, nein. Keineswegs. Und wenn Sie irgendwas Neues wissen, dann rufen Sie mich an. Die Sache interessiert mich natürlich brennend. Den Heiner haben Sie noch nicht, oder?"
„Natürlich, so bald wir etwas rausfinden, melde ich mich bei Ihnen."
Dann legte er auf. „Bevor ich dir etwas freiwillig erzähle, reiß ich mir die Zunge aus", dachte Dahm. Der Mann wurde ihm immer unsympathischer, obwohl er sich alle Mühe zu geben schien, ihm weiterzuhelfen.

Auf seinem Schreibtisch fand er Pfeiffles Protokoll über die Hausdurchsuchung bei Müller und eine Zusammenfassung des Gesprächs, das er mit dem Notarzt geführt hatte. Pfeiffle hatte besonders darauf hingewiesen, daß der Mediziner über die Ursachen des Schocks, den die Haushälterin davongetragen hatte, keine Angaben machen konnte.
Dahm kam zu demselben Schluß, zu dem Pfeiffle offenbar auch gekommen war. Auslöser mußte nicht zwingend der Fund der Leiche gewesen sein. Auslöser konnte auch die Tat selbst gewesen sein.
Er mußte sich irgendwo kundig machen, ob ein Schock von einer solchen Dauer medizinisch überhaupt möglich war.
Er hatte den Bericht gerade zur Seite gelegt und wollte eine kleine Zusammenfassung für Halder anfertigen, als sein Telefon klingelte. Am anderen Ende der Leitung war noch einmal der Ortsvorsteher.
„Ich habe gerade mit meiner Frau über unsere Unterhaltung gesprochen, und die hat mich an was erinnert, was ich in der Aufregung total vergessen habe."
„Und?" Dahm war ein wenig ungeduldig. Er fühlte sich durch den Anruf gestört.
„Der Heiner und die Lina sind miteinander verwandt. Rein biologisch aber nur. Kontakt hatten sie keinen."
Das war allerdings eine Neuigkeit, die wichtig sein konnte.
„Sie ist seine Großmutter." Dann legte er wieder auf.

Dahm kam ins Grübeln. Hatte der Ortsvorsteher das vorhin wirklich vergessen zu erwähnen, oder hatte er es verschwiegen und dann Manschetten bekommen? Eigentlich war das keine Sache, die man einfach so vergißt. Wenn ja, warum rückte er jetzt plötz-

lich damit heraus? So liebenswürdig die Haushälterin bei ihrem Gespräch auch gewesen war, er konnte sich des Eindrucks nicht erwehren, daß er ihre Angaben in Zukunft erheblich kritischer würde betrachten müssen.
Und warum hatte sie ihm nichts gesagt? Sie wußte doch ganz genau, daß die Polizei ihren Enkel suchte. Dahm hielt es für ausgeschlossen, daß sie die einzige im Dorf war, die das nicht wußte. Vorsichtshalber legte er Pfeiffle einen Zettel auf den Tisch mit der Bitte, sich über die Verwandtschaftsverhältnisse der Frau zu erkundigen. Dann machte er sich auf den Weg in die Garage.

Während Dahm schon in seinem Wagen saß, fand wieder eine der Pressekonferenzen statt.
Das Interesse an den Veranstaltungen hatte stark nachgelassen. Der Zuhörerraum war zwar immer noch recht gut gefüllt, aber lange nicht so voll, wie an den Tagen zuvor.
Vor allem die Vertreter der überregionalen Presse waren teilweise schon abgereist. Sie hatten ihre große Story gehabt und würden erst wieder in Schussental einfallen, wenn irgend jemand verhaftet wurde.
Auch die Bildzeitung war nicht mehr vertreten. Zumindest nicht durch Conny Groß.
Eigentlich wollten sie heute keine Pressekonferenz abhalten, aber Halder und Dahm hatten beschlossen, bekanntzugeben, was der Täter an die Wand geschrieben hatte. Sie hofften auf diesem Weg in Erfahrung bringen zu können, wer dieser Ernst ist.
Am Ende gab Halder, der alleine auf dem Podium Platz genommen hatte, noch bekannt, daß man in Zukunft keine regelmäßigen Pressekonferenzen mehr abhalten würde. Die Presse würde benachrichtigt, wenn es tatsächlich etwas Neues geben würde. Das Echo auf diese Ankündigung war äußerst positiv.

Die Hoffnung, in der Frage, wer Ernst war, weiter zu kommen, wurde erfüllt. Eine knappe Stunde nach Ende der Konferenz ging in der Polizeidirektion ein Fax ein. Als Absender war die Redaktion des Stern in Hamburg angegeben.
„ – Röhm, Ernst: 28.11.87 – 02.07.34; Stabschef der SA –"
Unterschrieben war das Fax mit „Gruß, Haldemann." Zumindest was die Unterschrift betraf, hatte sich nach Halders Ansicht jemand einen Scherz erlaubt. Und keinen schlechten.

Halder hatte an diesem Tag, außer dem Fax und den üblichen Bekennerschreiben, noch mehr Post erhalten. Da er immer bei den

Pressekonferenzen aufgetreten war, war er überregional bekannt geworden und der geborene Adressat für anonyme Briefe.
Obwohl in einem Brief auch seine Frau und seine Kinder bedroht wurden, ließ Halder sich nicht sonderlich beeindrucken. Der Schreiber hatte schlecht recherchiert. Er hatte zwar ein Kind, einen Sohn, aber der studierte in Berlin und nicht einmal Halder kannte seine Adresse.
Sein Sohn hatte vor über zwei Jahren jeglichen Kontakt zu seiner Familie abgebrochen, um sich von dem Beruf seines Vaters sichtbar zu distanzieren.
Halder beschloß vorsichtshalber sein Haus bewachen zu lassen, schon um seine Frau zu beruhigen, und ansonsten die Sache auf sich beruhen zu lassen.
Was ihn erheblich mehr beunruhigte war die telefonische Mitteilung, daß man im Innenministerium mit dem Fortgang der Ermittlungen nicht ganz glücklich war. Er war lange genug im Geschäft um zu wissen, was wirklich gemeint war. Man war unzufrieden mit ihm.
Er konnte schließlich nichts dafür, daß seine Leute nicht weiterkamen. Und die eigentlich auch nicht. Der Täter hatte zwar eine Visitenkarte hinterlassen, aber er hatte ihnen eben nicht den Gefallen getan, am Tatort zu warten, bis sie ihn abholten. Außerdem ermittelten sie erst den dritten Tag.
Er schaute sich noch einmal den Drohbrief an. Die Buchstaben waren in mühevoller Kleinarbeit ausgeschnitten und auf das Blatt geklebt worden. Er wurde in dem Brief davor gewarnt, weiter nach einem wahren Patrioten zu suchen. Der Brief war in Schussental abgestempelt.
Halder war von der Effizienz der Post einigermaßen erstaunt. Der Brief war anstandslos gestempelt und zugestellt worden, obwohl auch die Anschrift aus einzelnen Buchstaben zusammengeklebt war. Der Gedanke, daß es sich um denselben Urheber handeln konnte, der auch die Bildreporterin auf eine falsche Fährte locken wollte, ging ihm nicht aus dem Kopf. Er würde eine kriminaltechnische Untersuchung durchführen lassen, vermutete allerdings, daß außer der Klebstoffmarke und der Zeitschrift, aus der die Buchstaben ausgeschnitten waren, nichts herauskommen würde. Vielleicht noch der genetische Fingerabdruck des Absenders. Vorausgesetzt, daß er die Briefmarke auch selber abgeleckt hatte.
Dann rief Halder seine Frau an und sagte ihr, sie solle auf keinen Fall die Post öffnen. Er wollte nicht, daß sie so etwas liest und sich dann aufregt. Außerdem hatte er eine panische Angst vor Brief-

bomben. Neuerdings war es ja sogar möglich, Bauanleitungen über Mailboxes zu beziehen.
Er ließ Dahm und Pfeiffle rufen, um sich mit ihnen, wie sein Anrufer aus dem Ministerium es ausgedrückt hatte, über den Fortgang der Ermittlungen zu unterhalten.
Pfeiffle kam alleine. Als Halder nach Dahm fragte, versuchte Pfeiffle, ihm eine kleine Freude zu machen. Er sagte: „Der geht gerade einer heißen Spur nach."

Dahm war schon wieder in Reicherreute. Er wollte sich mit Goldmanns Freund Roth unterhalten. Er hatte ihn vorher angerufen und seinen Besuch angekündigt. Eine freundliche Stimme am anderen Ende der Leitung hatte ihm gesagt, daß er jederzeit vorbeikommen könne.

Roth wohnte in einem umgebauten Stall. Nachdem mehr und mehr Landwirte in der Gegend ihre Höfe nicht mehr halten konnten, waren sie dazu übergegangen, ihre nicht mehr benötigten Ställe zu Wohngebäuden umzubauen. Viele dienten jetzt wohlhabenden Städtern als Feriendomizil, einige wurden aber auch von Einheimischen bewohnt.
Pfeiffle hatte einmal im Scherz gesagt, daß in oberschwäbischen Bauernhöfen inzwischen die Wahrscheinlichkeit, einen Lehrer als Bewohner anzutreffen größer sei, als die, einen Bauern zu treffen.
Dahm klingelte und wartete, bis die Tür aufging. Er war gespannt. Die Haushälterin hatte gesagt, Roth sei ein Krüppel. Er war neugierig auf die Art der Behinderung.
Als der Mann die Tür öffnete, bemerkte Dahm eine Krücke.
Roth hielt ihm zur Begrüßung die rechte Hand entgegen. Die Fingerspitzen waren blau. Die Spurensicherung hatte seine Fingerabdrücke genommen.
Er führte Dahm in eine gemütliche Wohnküche und bot ihm einen Platz an. Der bedankte sich und setzte sich auf einen Stuhl.
„Ich wollte mir gerade einen Kaffee aufbrühen. Trinken Sie einen mit?"
Dahm freute sich über das Angebot. Nachdem er den Tag mit einem Glas Milch begonnen hatte, hatte er richtig Lust auf Kaffee.
„Wenn es keine Umstände macht, gern." Dahm konnte sehen, daß Roth das Gehen Mühe machte. Irgend etwas mit seinem rechten Bein schien nicht in Ordnung zu sein. Deshalb benötigte er die Krücke. Er bewegte sich in seiner Küche wie John Silver auf der Esmeralda.
Als er Dahm gesagt hatte, er würde einen Kaffee aufbrühen, war

das durchaus ernst gemeint. Er besaß keine Kaffeemaschine. Überhaupt war die ganze Küche eher kärglich eingerichtet, aber nicht ungemütlich.

„Sie haben vorhin am Telefon gesagt, Sie wollten mit mir reden. Über Goldmann,
stimmt's?"
Roth hatte sich mittlerweile Dahm gegenübergesetzt und seine Krücke an den Tisch gelehnt.
Dahm war erstaunt. Goldmann hatte er gesagt. Nicht Samuel, nicht Herr Goldmann, nicht der arme Goldmann, nur Goldmann. Eine erstaunliche Anrede für einen Mann, den man sein ganzes Leben gekannt hat und der erst vor drei Tagen totgeschlagen wurde.
Bevor er mit Roth über den Toten sprach, wollte Dahm noch kurz ein Detail abklären. „Hübsche Wohnung haben Sie hier. Bißchen klein allerdings."
Roth lächelte. „Wenn ich wollte, dann könnte ich das ganze Haus bewohnen. Der Hof gehört mir. Aber was soll ein alter Mann wie ich mit so einem großen Haus. Ich hab' eine Küche, ein Schlafzimmer und eine Stube. Mehr brauch ich nicht."
„Dann würdest du wohl auch kaum einen Mann erschlagen, nur um in ein größeres Haus ziehen zu können", dachte Dahm. „Frage beantwortet."
„Sie haben recht. Geht mich auch nichts an. Sie sollen mit Goldmann befreundet gewesen sein. Ist das richtig?"
„Jein. Es stimmt schon, daß wir uns kennen, oder kannten, seit wir beide noch um einiges jünger waren, aber eine richtige Freundschaft war das nicht. Uns haben immer mehr gemeinsame Interessen verbunden, als irgendwelche freundschaftlichen Gefühle."
„Würden Sie mir das erklären? Das versteh ich nicht."
„Ja, sicher. Daß Goldmann Jude war, das wissen Sie sicher. Und ich, ich bin Kommunist. Das ist zwar heutzutage eine Seltenheit, aber ein paar von uns Unbelehrbaren gibt es immer noch." Als er das sagte, lächelte er.
Dahm wollte ihn unterbrechen, aber Roth sprach schon weiter.
„Als wir beide uns damals kennengelernt haben, waren wir beide regelrechte Unpersonen im Dorf. Uns hätte es gar nicht geben dürfen. Damals. Schon als Kind hat mich mein Vater jeden 1. Mai zu den Aufmärschen mitgenommen. Meine Mutter hat immer gesagt, der Junge ist doch viel zu klein für Politik, aber mein Vater war der Ansicht, daß man zum Lernen nie zu jung war.
Lange Rede, kurzer Sinn. Als die Partei verboten wurde haben wir

im Untergrund weitergemacht, Flugblätter verteilt, na ja, Sie wissen schon. Wir sind aber schon Mitte 33 aufgeflogen und alle zur Umerziehung ins KZ gekommen. Ich habe Glück gehabt, ich hab dort nur mein Bein verloren. 35 bin ich dann zurückgekommen. Einige Leute hat fast der Schlag getroffen, aber mir ist nichts besseres eingefallen. Mit einem Bein und ohne Geld ist schlecht emigrieren. Und da hab ich dann den Goldmann kennengelernt. Sie sehen, wir waren so etwas wie natürliche Verbündete. Ein Jude und ein Kommunist. Und das mitten in Deutschland".
Dahm begriff jetzt, warum Roth ihm seine Jugendgeschichte erzählte.
„Er hat mich aus Mitleid ein paarmal seinen Wagen reparieren lassen, nachdem ich wieder da war. Ich habe mich schon immer gut auf Maschinen verstanden und konnte das Geld natürlich gut gebrauchen. Zumindest dachte ich damals, es sei Mitleid gewesen. Ich kannte ihn ja noch nicht so gut."
„Wie meinen Sie das?"
„Goldmann hat wahrscheinlich in seinem ganzen Leben nichts aus Mitleid getan. Hinter allem, was er tat, stand irgend eine Überlegung, und zwar eine, die ihm was eingebracht hat."
„Verraten Sie mir auch, welche Überlegungen er damals schon mit Ihnen angestellt hat?"
„Wenn Sie das unbedingt wollen."
„Sehr gern, aber zuerst noch ein paar kurze Fragen. Wann haben Sie ihn zum letzten Mal gesehen?"
„Genau weiß ich das nicht. Vielleicht vor einer Woche."
„Aber Sie haben doch regelmäßig mit ihm Schach gespielt. Hatten Sie da keine festen Termine?"
„Nein. Das war ganz unterschiedlich. Manchmal haben wir fast jeden Abend gespielt, dann wieder wochenlang nicht. In letzter Zeit eher seltener. Er hatte sich in den letzten Monaten etwas verändert. Wurde plötzlich religiös."
„Ich weiß. Seine Haushälterin hat mir davon erzählt. Wußten Sie, daß er wieder auswandern wollte?"
„Der? Auswandern? Das ist mir neu. Wo hätte der schon hinwollen?"
„Seine Haushälterin sagt, nach Palästina."
Roth dachte nach. „Jetzt wo sie das sagen. Haut schon irgendwie hin."
„Hat er Ihnen gegenüber irgendwann einmal angedeutet, daß er sich bedroht fühlte?"
„Nicht direkt. Er hat natürlich öfter darüber gesprochen, daß die Zeiten für Juden wieder schlechter würden, aber bedroht hat ihn

wohl niemand. Die Nazis haben ihm Angst gemacht. Sogar hier im Dorf gibt's wieder einen. Er hat einmal zu mir gesagt: Gott sei Dank bin ich so alt, daß ich wahrscheinlich nicht mehr lebe, wenn sich die Geschichte hier wiederholt."
„Wenn er sich da mal nicht getäuscht hat. Ich weiß von dem Skinhead. Heiner Müller. Kennen Sie den?"
„Vom Sehen. Ist ja nicht zu übersehen. Aber nicht persönlich. Mit solchen Kerlen möchte ich nichts zu tun haben."
„Gab es außer Ihnen noch jemanden, mit dem Goldmann sich regelmäßig getroffen hat?"
„Also hier nicht. Aber ungefähr alle sechs Monate war er ein, zwei Tage weg. Was er gemacht hat und wo er hin ist, das weiß ich allerdings nicht."
Dahm war erstaunt. Warum hatte ihm die Haushälterin davon nichts gesagt.
„Wußte diese Lina über die Ausflüge Bescheid?"
„Ja, sicher."
„Wissen Sie zufällig, womit er seinen Lebensunterhalt verdient hat. Wir haben keine Ahnung."
„Ich bin immer davon ausgegangen, daß er eine Rente kriegt. Als Jude."
„Haben wir nachgeprüft. Er hat nie eine beantragt."
„Dann hat er wahrscheinlich von seinem Erbe gelebt. Seine Eltern sollen ziemlich reich gewesen sein."
„Vielleicht. Jetzt. Warum hat er Sie sein Auto damals reparieren lassen?"
„Zuerst dachte ich, weil er einen Schachpartner sucht. Er spielte leidenschaftlich gern. Ich habe ihm irgendwann erzählt, wie sehr mir das Spiel im Lager geholfen hat. Wenn ich Talent zum Schreiben hätte, hätte ich wahrscheinlich die Schachnovelle vor Stefan Zweig geschrieben. Aber das war ein Irrtum. Er brauchte nur einen Arier, und da bin ich ihm gerade recht gekommen."
Dahm konnte langsam nicht mehr folgen. „Und wie darf ich das verstehen?"
„Kurz nachdem die Österreicher noch auf das sinkende Schiff aufgesprungen sind hat er mir einen Vorschlag gemacht. Ich sollte ihm sein Haus abkaufen. Der Vorschlag war natürlich völlig absurd. Ich hatte damals nicht mal genug Geld, um das Haus zu heizen, geschweige denn zu kaufen. Das hab ich ihm auch gesagt. Darauf hat er nur gelacht und gesagt, daß er mir das nötige Geld schenkt. Sie können sich vorstellen, daß ich völlig durcheinander war. Goldmann und schenken. Das hat überhaupt nicht zusammengepaßt."

Dahm konnte sich das gut vorstellen. Wahrscheinlich war Roth damals so durcheinander, wie er selbst im Moment.
„Um ganz sicher zu gehen, hab ich ihn nochmal gefragt, ob er mir Geld schenken wollte, damit ich ihm sein Haus abkaufen konnte. Und genau das wollte er."
„Und warum?" Dahm wurde neugierig.
„Roth, hat er zu mir gesagt, die Nazis lassen mich sicher nicht mein Geld mitnehmen, wenn ich das Land verlasse, und genau das habe ich vor, und mein Haus nehmen sie mir obendrein auch noch weg und schustern es irgendeinem PG zu. Nicht mit mir. Ich verkauf mein Haus, liefere den Erlös brav ab und mach mich dünn. Und wenn der Spuk vorbei ist, dann komm ich wieder, und du verkaufst mir aus Dankbarkeit das Haus zurück. Er hat nie daran gezweifelt, daß die Nazis irgendwann so schnell von der Bildfläche verschwinden würden, wie sie aufgetaucht sind.
Tja. Er war ein schlauer Fuchs, der Goldmann. Hat den Plan wahrscheinlich von Anfang an gehabt. Auf diese Weise hat er sich für relativ wenig Geld die Ausreise erkauft und dafür gesorgt, daß er sein Haus nicht auf ewig abschreiben mußte. Außerdem hatte er noch einen Platz, wo er all das verstecken konnte, was er nicht mitnehmen wollte. Und als alles über die Bühne war, da ist er dann abgehauen. Gerade noch rechtzeitig."

Dahm war fasziniert. Die Idee war absolut genial und zeigte, was für ein weitsichtiger Mensch dieser Goldmann gewesen sein mußte.
Er versuchte, sich vorzustellen, wie die beiden vor fünfzig Jahren in dem Haus saßen, wahrscheinlich in der Bibliothek, und die Geschichte austüftelten. Eine Frage beschäftigte ihn allerdings noch.
„Hat er eigentlich keine Angst gehabt, daß Sie das Haus einfach behalten? Das muß doch damals schon einiges wert gewesen sein."
Roth hatte diese Frage erwartet. „Der hat vor nichts Angst gehabt. Zumindest hat er's niemanden gezeigt. Aber erstens hatte er ja gar keine andere Wahl, sonst wär das Haus auf jeden Fall weg gewesen, und außerdem hat er mich einen Schuldschein über eine aberwitzige Summe unterschreiben lassen. Den wollte er mir zur Not vorlegen."
„Der dürfte doch aber nach der Währungsreform nichts mehr wert gewesen sein."
„Ich hab doch gesagt, Goldmann war schlau. Der Schuldschein war natürlich in Dollar ausgestellt."
„Hat diese Lina Bescheid gewußt?"

„Kein Mensch hat das gewußt, außer uns."
„Wissen Sie zufällig, ob Goldmann ein Testament hinterlassen hat? Wir sind noch am suchen, bisher leider ohne Erfolg." Dahm wollte einen kleinen Test mit ihm machen.
„Glaub schon. Er hat mal etwas darüber gesagt, daß ich das Schachspiel bekommen soll, mit dem wir immer gespielt haben."
„Hab's gesehen. Ein wunderschönes Stück."
„Und daß für die Lina auch etwas vorgesehen ist. Also muß es auch ein Testament geben."
„Aber mehr wissen Sie auch nicht, oder?"
„Nein. Interessiert mich auch nicht. Ich bin zu alt um zu erben."
„Wie war das, wenn Sie gespielt haben. Sind Sie einfach vorbeigekommen, wenn sie Lust gehabt haben?"
„Nein, nie. Er hat mich immer angerufen und gefragt, ob ich Lust hätte."
Dahm überlegte, was er noch fragen konnte. „Freunde, haben Sie gesagt, hat er keine gehabt. Wie sieht's mit Feinden aus?"
„Weiß ich nicht. Ich weiß nur, daß er keine Freunde gehabt hat."
Es entstand eine kleine Pause. Dahm schenkte sich noch etwas Kaffee nach. Der Zucker war ausgegangen, aber er wollte nicht, daß der alte Mann seinetwegen durch die Küche humpelte. Deshalb sagte er nichts.
„Haben Sie noch ein bißchen Zeit oder halte ich Sie von etwas ab?"
Roth reagierte auf die Frage ziemlich überrascht. „Nein, Sie halten mich von nichts ab. In meinem Alter ist Zeit das, von dem man am meisten zur Verfügung hat. Warum?"
„Ich wollte Sie noch ein, zwei Dinge fragen, die vielleicht nicht ganz so zu dem Fall gehören. Also, ich hab mich heute morgen mit Ihrem Ortsvorsteher unterhalten." Dahm sah, wie Roth das Gesicht verzog. „Sie mögen ihn nicht besonders?"
„Nicht sehr. Der ist einer von denen, die sich freuen können."
„Wieso? Ist er Antisemit?"
„Das wahrscheinlich auch. Aber Goldmann hat seit Jahren verhindert, daß der seine Metzgerei ausbauen kann. Vielleicht hat er mit dem neuen Eigentümer mehr Glück."
„Das bist du"; dachte Dahm und machte sich eine gedankliche Notiz, das später nachzuprüfen." Auf jeden Fall hat der mir erzählt, daß die Haushälterin auf Goldmann nicht so gut zu sprechen war. Und zwar wegen dieser Geschichte mit dem Polen."
„Sie glauben doch wohl nicht, daß Lina..."
„Ich glaube erst mal gar nichts, deshalb stell ich ja dauernd Fragen."

„Also das ist völliger Blödsinn. Ich kenne die Geschichte und weiß natürlich auch, daß Lina neidisch war, daß Goldmann damals abhauen konnte, aber daß sie deswegen... Also nein. Und dann erst nach fünfzig Jahren. Da hätte sie ihn doch besser schon vor Jahren umgebracht, finden Sie nicht? „

Dahm entschuldigte sich. „ Ich muß halt über alle Möglichkeiten nachdenken. Das bringt mein Beruf so mit sich. Kannten sie eigentlich den kleinen Albrecht? „

„Albrecht? Der Name sagt mir im Moment gar nichts. Wer soll das denn sein?"

„Den Namen hab ich auch vom Ortsvorsteher. Das ist der Name eines Jungen, der vor dem Krieg hier verschwunden ist."

„Ach der. Natürlich erinnere ich mich an den. Suchen Sie dem seinen Mörder etwa auch? „

„Nein, die Geschichte hat mich nur am Rande interessiert."

„Gekannt hab ich ihn nicht, aber jede Menge Ärger hat er mir gemacht. Als Exsträfling war ich für die Polizei damals natürlich die erste Adresse. Gut für Goldmann, daß der damals schon weg war."

Dahm war noch etwas eingefallen. „Hat Goldmann eigentlich jemals von einem Unfall erzählt?"

„Von einem Unfall? Nein. Wie gesagt, er hat eigentlich nicht viel über sich selbst erzählt."

Dahm schaute auf seine Uhr um anzuzeigen, daß er das Gespräch beenden wollte. Roth verstand und erhob sich.

„Bitte, bleiben Sie sitzen, Herr Roth, ich finde den Weg. Ich hoffe, Sie erlauben mir, daß ich nochmal wiederkomme, wenn mir noch etwas einfällt."

„Ja, natürlich, Herr Dahm. Wie gesagt, ich habe jede Menge Zeit. Darf ich Sie vielleicht noch etwas fragen, Herr Dahm?"

„Natürlich. Fragen sie nur."

„Wissen Sie, wie das mit seiner Beerdigung ist?"

„Gute Frage. Der Staatsanwalt hat die Leiche zwar freigegeben, aber es gibt im Moment noch niemand, der sie uns abnimmt."

„Wenn sich's einrichten läßt, dann übernehme ich das. Das Begräbnis meine ich."

Dahm ging zurück zu seinem Wagen. Aus einiger Entfernung konnte er sehen, wie sich ein paar Jugendliche die Nummer seines Wagens notierten. Er war sich aber nicht ganz sicher. Er überlegte kurz, ob er die Kerle, alle irgendwo zwischen zwölf und sechzehn Jahre alt, fragen sollte, was sie da machen. Er ließ es sein. Schließlich hatte er Wichtigeres zu tun.

Als er zurückkam, traf er Pfeiffle im Büro. Er fragte ihn, ob es etwas Neues gibt.
„Wir haben das Schließfach aufgemacht."
„Und?"
„Ein paar persönliche Unterlagen, ein paar Goldmünzen und raten Sie was noch."
Dahm war nicht in der Stimmung zu raten und reagierte gereizt.
„Sagen Sie schon."
„Einen Schließfachschlüssel. Wie diese russischen Holzpuppen, finden Sie nicht? Man öffnet ein Schließfach und findet den Schlüssel zum nächsten."
„Sehr komisch. Wissen Sie schon, zu welchem Fach er gehört?"
„Fehlanzeige. Aber es muß wohl ein ausländisches sein."
„Scheiße. Und wie können wir das rausfinden. Warten sie mal. Ich habe vorhin erfahren, daß Goldmann ab und zu ein paar Tage verschwunden ist. Mit seinem Auto ist er sicher nicht gefahren. Das hab ich mir vorgestern angeschaut. Vielleicht ist er mit dem Zug gefahren. Dann hat er vielleicht reserviert und es gibt Unterlagen darüber."
„Oder er ist geflogen", warf Pfeiffle ein. „Zum Beispiel ab Friedrichshafen. Wir haben hier nämlich auch einen richtigen Flugplatz."
„Gute Idee. Klären Sie das ab. Gibt's sonst noch was?"
„Unter Umständen. Ich habe mich ein bißchen über unseren Freund Heß kundig gemacht. Er ist weder der Pächter der Kneipe, noch läuft die Konzession auf ihn. Und raten Sie mal, warum?"
Diese Raterei ging Dahm allmählich auf die Nerven, aber dieses Mal glaubte er, wenigstens die Antwort zu kennen: „Weil er vorbestraft ist."
„Genau. Und jetzt raten Sie noch, weshalb."
„Pfeiffle, Sie gehen mir auf die Nerven. Wegen Unzucht mit Minderjährigen."
„Falsch. Wegen Hehlerei. Er hat früher seinen Lebensunterhalt damit verdient, daß er die Beute aus kleinen Einbrüchen unter die Leute gebracht hat."
„Paßt gut. Wenn wir jetzt noch nachweisen könnten, daß aus dem Haus was verschwunden ist, dann könnten wir ihn vielleicht ein bißchen unter Druck setzen. Münzen, Bilder, Geld, irgend etwas."
„Und die Fremdenlegion. War er dort?"
„Die Franzosen verweigern natürlich jede Auskunft. Aber in seinem Lebenslauf fehlen sechs Jahre. Das könnte schon hinhauen."
„Immerhin Neuigkeiten. Vielleicht sollten wir bei dem Mann mal

eine Hausdurchsuchung machen. Ich geh zu Halder und frag ihn."
„Wenn Sie wollen, mach ich das nachher. Ich hab eh einen Termin bei ihm. Frau Leinenweber trägt vor."
„Okay", sagte Dahm, „dann erledigen Sie das."
„Es gibt noch etwas. Halder hat angeblich einen Drohbrief erhalten. Er selbst hat natürlich nichts erzählt, aber ich habs aus der Poststelle."
„Ich weiß schon, Datenschutz – kein Problem." Pfeiffle mußte grinsen.
„Und Müller fehlt immer noch?"
„Müller fehlt immer noch."
„Was haben Sie denn vor, Pfeiffle?" Dahm war aufgefallen, daß er ständig auf die Uhr schaute.
„Ich erwarte einen Gast. Einen von den Kerlen, die mit Müller damals auf dem Friedhof waren."
Dahm hatte Pfeiffle darum gebeten, die beiden Mittäter zu verhören. Er konnte sich nicht vorstellen, daß Müller, wenn er den Alten erschlagen hat, dies allein getan hat.
Pfeiffle wollte gerade gehen, als er sich noch einmal umdrehte.
„Da ist übrigens noch etwas. Wir wissen, wer mit Ernst gemeint war. Zumindest glauben wir es. Ernst Röhm. Am 27. ist sein Geburtstag."
Dahm beschloß, Pfeiffle zu folgen und bei dem Verhör ein bißchen reinzuhören. Anschließend mußte er noch einmal nach Reicherreute. Diesmal war er mit der Haushälterin verabredet.
Er nahm sich vor, seine Termine in Zukunft ein bißchen besser aufeinander abzustimmen. Dann würde er nicht immer in der Gegend rumfahren müssen. Und vor allem, nicht immer diese Strecke, die ihm langsam verhaßt war.

Als Dahm das Vernehmungszimmer betrat, wartete auf ihn eine Überraschung. Seinem Kollegen gegenüber saß einer der Skinheads, die noch gestern Abend im Frontroad Herrn Heß so bereitwillig als Claqueure gedient hatten.
Es war unschwer zu erkennen, daß auch Pfeiffle den Jungen wiedererkannt hatte. Die beiden befanden sich schon mitten im Gespräch.
„Also, Herr Lumer, noch einmal." Pfeiffle sprach lauter als sonst.
„Sie behaupten also, daß Sie den ganzen Abend des 27. mit Heiner Müller zusammen waren. Richtig?"
„Richtig."
„Und warum haben Sie uns gestern abend noch erzählt, daß Sie überhaupt keinen Heiner Müller kennen?"

„Tja." Der Junge war äußerst selbstbewußt. „Da hab ich ja auch noch nicht gewußt, welchen Heiner Müller sie meinen. Den, den Sie meinen, nennen wir bei uns nämlich immer Gestapo-Müller. Deshalb bin ich nicht gleich drauf gekommen, wen Sie meinen. Sie waren noch keine Minute draußen, da ist es mir wieder eingefallen. Ehrlich."

Dahm mischte sich ein: „Sie haben gestern abend mit Herrn Heß kein kleines Gespräch darüber gehabt, was Sie heute sagen?"

„Nein. Herr Heß hat mich nur ermahnt, immer schön die Wahrheit zu sagen."

Pfeiffle ergriff wieder das Wort: „Wie erklären Sie sich dann, daß wir genau an dem Abend vor Ihrer Stammkneipe Ihre Personalien aufgenommen haben und auch die von zwanzig ihrer sauberen Freunde, aber weit und breit kein Müller."

Lumer war bemüht, seinen selbstbewußten Eindruck aufrechtzuerhalten, obwohl ihm deutlich anzusehen war, daß er von Pfeiffles Vorhalt überrascht worden war. Er gab in einem aggressiven Ton zurück: „Das war ja sowieso das Letzte. Wie in der DDR. Ich weiß, wovon ich rede. Ich war politischer Gefangener. Zwölf Monate Bautzen, bis ich endlich freigekauft worden bin."

„Das Geld hätte man bei Gott besser anlegen können", dachte Dahm. Lumer hatte sich in Fahrt geredet. „Die reinsten Stasimethoden. Harmlose Spaziergänger einfach so zu belästigen."

Dahm wunderte sich darüber, daß ausgerechnet Kerle wie Lumer, die damit nun ja wirklich nichts am Hut hatten, sich immer sofort auf irgendwelche Freiheitsrechte berufen, wenn es ihnen nur irgendwie in den Kram paßte. „Bestimmt hat er auch gleich noch ein paar Ostmark als IM nebenher verdient."

Pfeiffle wurde langsam ungeduldig. „Also. Jetzt noch einmal. Die Frage ist wirklich ganz einfach. Hören Sie nur genau hin, und geben Sie dann eine Antwort: Waren Sie am Abend des 27. November mit Heiner Müller, auch genannt Gestapo-Müller, gegen 23.00 Uhr zusammen oder nicht. Sie sehen, ich habe die Frage so umformuliert, daß Sie nur entweder mit ja oder mit nein antworten müssen."

Obwohl er noch immer um ein forsches Auftreten bemüht war, merkten Pfeiffle und Dahm, daß Lumer durch den Vorhalt mit den Personalien noch ziemlich irritiert war. Er hatte an die ganze Angelegenheit offenbar überhaupt nicht mehr gedacht und schien jetzt einen Ausweg aus seiner Situation zu suchen.

Eines war Dahm jedenfalls klar: wenn die beiden ein Alibi für Müller konstruieren wollten, dann haben sie nicht viel Zeit mit Nachdenken verschwendet. Und sie haben es sicherlich erst nach

der Tat getan. Im anderen Fall wäre nicht mal ein Typ wie Lumer so einfältig gewesen, sich fast verhaften zu lassen.
Schließlich redete Lumer wieder weiter: „Also ehrlich, Herr Kommissar, jetzt haben Sie mich ganz durcheinander gebracht. Vielleicht war es ja doch der 26., als ich mit ihm zusammen war. Außerdem achtet man einfach nicht so genau darauf, wer bei so einem Abendspaziergang alles dabei ist. Wir sind dann immer eine recht große Gruppe."
„Er läßt ihn fallen", dachte Dahm, „sauber."
„Ich hätte wetten können, daß der Gestapo am Sonntag dabei war, aber wenn Sie sagen, das kann nicht stimmen, dann werden Sie schon recht haben. Tut mir echt leid. Ich hätte wahnsinnig gern geholfen."
„Dem Müller?"
„Nein, Ihnen. Meinen Freunden und Helfern."
Pfeiffle stand auf und öffnete Lumer die Tür. Beim Hinausgehen hielt er ihn am Ärmel seiner Bomberjacke fest. „So, mein Junge. Jetzt gehn Sie schnell nach Hause und besorgen sich irgendwo ein Wörterbuch. Dort suchen Sie unter S das Wort Strafvereitelung, und wenn Sie das getan haben, dann rufen sie hier noch mal an."

„Was halten Sie davon, Dahm?"
„Auf jeden Fall war das Alibi nicht abgesprochen. Hat eher den Eindruck einer spontanen Rettungsaktion gemacht. Wenn die ganze Aktion geplant war, dann war Lumer jedenfalls kein Teil davon. Was ist mit dem anderen, der damals dabei war?"
„Der hat ein einwandfreies Alibi. Der ist gerade beim Bund und macht seinen ersten Unteroffizierslehrgang."
„Sie machen Witze! Der ist doch vorbestraft."
„Ist er nicht. Er ist damals freigesprochen worden, weil die anderen ausgesagt haben, er sei nur zufällig dabei gewesen und hätte überhaupt nichts getan." Dahm hatte wieder einmal nicht aufmerksam genug gelesen.
„Irgendwie gefällt mir die Sache nicht. Auf dem Friedhof waren sie zusammen, den Wohncontainer haben sie zusammen besucht und jetzt soll der Müller plötzlich alleine so ein Ding drehen. Das paßt doch nicht zusammen."
„Und wenn er noch mehr solche Kumpels hat. Außer Lumer und dem anderen?"
„Natürlich. Aber wenn man so etwas macht, dann doch nur mit Leuten, denen man absolut vertraut. Und so viele von dieser Sorte wird es in Müllers Leben auch nicht geben."
„Und Heß?"

„War den ganzen Abend in seiner Kneipe. Den können wir vergessen."
„Und wenn er es doch alleine getan hat? Spontan losgezogen und keine Zeit mehr gehabt, seine Freunde zusammenzutrommeln."
„Hätte ich bis heute morgen auch für möglich gehalten, aber wenn mit Ernst tatsächlich Röhm gemeint war und das Ganze eine makabre Geburtstagsfeier werden sollte, dann muß das doch geplant gewesen sein. Nicht einmal diese Kerle haben die Geburtstage sämtlicher Nazigrößen im Kopf. Und noch was. Warum ausgerechnet Röhm?"
„Warum nicht", sagte Pfeiffle, „den Namen kenn ich sogar. Der ist doch ziemlich bekannt. Laut Fax ein hohes Tier bei der SA."
„Schon richtig. Aber das ist doch kaum der Mann, den diese Kerle verehren. Hitler war Ausländer, Göbbels behindert und Göring drogensüchtig, alles Eigenschaften, die Nazis normalerweise nicht sehr schätzten, aber Röhm war schwul. So einen suchen die sich doch nicht als Idol aus. Außerdem ist er angeblich vom Führer persönlich liquidiert worden."
„Vielleicht wissen die das alles nicht. Oder sie glauben's nicht. Die glauben doch nicht einmal, daß es im Dritten Reich Gaskammern gegeben hat."
„Wahrscheinlich haben Sie Recht. Vielleicht sind sie auch nur toleranter, als wir immer annehmen. Schließlich ist Kühnen auch an AIDS gestorben, und der war bei denen ein wichtiger Mann."
„Wieder was dazugelernt. Ich danke, Herr Dahm."

Pfeiffle ging vom Vernehmungszimmer direkt in Halders Büro. Der hatte inzwischen irgendwo im Haus eine alte Schultafel aufgetrieben und in seinem Zimmer aufstellen lassen. Auf der Tafel waren die Namen aller Beteiligten zu lesen und ein paar Bemerkungen dazu. Einige der Namen, zum Beispiel der von Müller und der Haushälterin, waren mit Pfeilen untereinander verbunden und mit Fragezeichen versehen.
Halder bot Pfeiffle einen Stuhl an und bat Frau Leinenweber, ihre Ergebnisse vorzutragen.
„Also. Ich habe zuerst mit Hilfe von ein paar Kollegen eine Liste mit den Personen aufgestellt, die in unserem Zuständigkeitsbereich schon einmal wegen rechter Gewalttaten aufgefallen sind."
Halder unterbrach sie. „Welche Art Delikte haben zur Aufnahme in Ihre Liste geführt?"
„Wir haben uns auf Körperverletzung, Sachbeschädigung, Nötigung und Bedrohung beschränkt. Wobei bei der Sachbeschädigung Dinge wie Brandstiftung natürlich dabei sind."

Halder unterbrach wieder. „Also, sämtliche Delikte aus der Abteilung Gefährdung des demokratischen Rechtsstaats haben Sie weggelassen? „
Frau Leinenweber wurde nervös. Halder schien mit ihrer Arbeit nicht so zufrieden, wie sie sich das vorgestellt hatte.
„Ja, haben wir. Wir haben entscheidend auf das Merkmal Gewalt abgehoben, als wir den Katalog zusammengestellt haben."
„Das war auch völlig richtig so", sagte Halder zu ihrer großen Erleichterung, „bitte fahren Sie fort."
„Danke. Wir haben sämtliche Leute auf dieser Liste aufgesucht oder herkommen lassen und ihre Alibis überprüft. Nach unserer Überzeugung kommt keiner als Täter oder unmittelbarer Mittäter in Frage. Keiner der Befragten hat uns irgendwelche Hinweise gegeben oder in irgend einer Form weitergebracht. Alle, ohne Ausnahme, waren unkooperativ. Einige haben sogar aus ihrer Sympathie für die Tat keinen Hehl gemacht. Außerdem hatte ich den Eindruck, daß den letzten unser Besuch angekündigt worden ist. Sie waren alle ausgezeichnet vorbereitet."
„Danke, Frau Leinenweber. Also, im Klartext, entweder Müller war alleine oder er hatte Hilfe von Leuten, die bisher nicht aufgefallen sind."
„Oder von Auswärtigen", warf Pfeiffle ein.
„Oder von Auswärtigen. Richtig. Oder er war's gar nicht. Herr Pfeiffle, was haben Sie zu vermelden?"
„Müller ist immer noch flüchtig. Wir haben aber eine Spur von ihm zu einem Hehler. Wir würden dem gern nachgehen und die Wohnung von dem Mann durchsuchen."
„Sehr gut, Pfeiffle. Schreiben Sie mir Namen und Adresse auf einen Zettel, dann kümmere ich mich darum. Noch was?"
„Ja, ich komme gerade von einer Vernehmung. Mein Kunde hat behauptet, am Tatabend mit Müller zusammen gewesen zu sein."
Halders Miene verfinsterte sich. „Wir haben ihm aber nachgewiesen, daß er lügt." Halder war erleichtert, daß sein Hauptverdächtiger kein Alibi hatte. „Sehr gut, ausgezeichnet", sagte er schließlich, „scheint alles auf diesen Müller hinauszulaufen. Jetzt müssen wir ihn nur noch fangen." Dann entließ er seine Mitarbeiter und las noch einmal seinen Drohbrief durch.
Dahm schaute auf seine Uhr, um zu sehen, wieviel Zeit ihm bis zu seiner Verabredung noch blieb. Er haßte es, wenn Verabredungen nicht eingehalten wurden, deshalb war er auch selbst immer bemüht, möglichst pünktlich zu sein.
Er hatte noch genügend Zeit und konnte es sich sogar leisten, sich in der verkehrsberuhigten Innenstadt zu verfahren.

Obwohl er Pfeiffle gesagt hatte, daß er noch nach Reicherreute fahren wollte, legte er ihm doch vorsichtshalber einen Zettel auf den Schreibtisch mit der Nachricht, wo er zu finden war.
Er stieg in den Wagen und öffnete den Aschenbecher um zu sehen, ob es ein Raucherwagen war.
Während der Fahrt zwang er sich, nicht an den Fall zu denken. Er grübelte schon zu viel darüber nach und begann, Denkfehler zu machen.
Heute morgen, bei Roth, war ihm zum Beispiel der Gedanke gekommen, daß Goldmanns Telefon vielleicht Wahlwiederholung hatte und er vergessen hatte nachzuprüfen, welche Nummer zuletzt gewählt worden war. Erst als er sich gründlich über sich selbst und sein Versäumnis geärgert hatte, war ihm aufgegangen, daß die Haushälterin die Polizei gerufen hatte und deshalb deren Nummer gespeichert war. Wenn überhaupt eine Nummer gespeichert war. Dahm beschloß, ein wenig über seine gescheiterte Ehe nachzudenken. Das hatte er am Anfang seiner Schussentaler Zeit häufiger getan, besonders auf dem Weg zur Arbeit, aber seit der Sache mit Goldmann kam er nicht mehr dazu. Derartige Gedanken-spiele waren für ihn die zuverlässigste Methode, sich abzulenken.

Dahm kam am Ortsschild von Reicherreute vorbei und bemerkte, daß er schon fast am Ziel war. Er schaute aus dem Seitenfenster und suchte das Haus, in dem die Haushälterin lebte. Als er das kleine, etwas zurückversetzte Häuschen ausmachte, parkte er seinen Wagen, hob den Hörer seines Funktelefons ab und meldete der Zentrale, daß er sein Fahrziel erreicht hatte.
Er stieg aus, schaute sich noch einmal kurz um und ging auf den Eingang zu. An den sich bewegenden Vorhängen an einem der Fenster konnte er sehen, daß seine Gastgeberin bereits auf ihn wartete.
Dahm betrat das überheizte Haus zum zweiten Mal und mußte wieder an seine Großmutter denken. Er begrüßte sie. „Es tut mir ausgesprochen leid, daß ich Sie schon wieder belästigen muß, aber nach unserem letzten Gespräch sind doch ein paar Punkte offen geblieben, die ich noch mit Ihnen besprechen muß."
„Ja, natürlich", antwortete sie. Sie machte einen erschöpften Eindruck. Er vermutete, daß sie die letzten Nächte nicht oder zumindest nicht viel geschlafen hatte.
Ohne ihn zu fragen, ging sie in die Küche und machte Tee. Geduldig wartete Dahm darauf, daß sie zurückkam. Das tat sie dann auch. Mit ihrem großen Tablett in der Hand. Nachdem sie

sich gesetzt und eingeschenkt hatte, begann Dahm vorsichtig, Fragen an sie zu richten.

„Wußten Sie, daß Sie von Goldmann etwas erben werden?" Er hatte lange überlegt, ob er sie das überhaupt fragen sollte. Er wollte eigentlich vermeiden, daß sie das Gefühl bekommen könnte, von der Polizei mit dem Verbrechen irgendwie in Verbindung gebracht zu werden.

„Das habe ich schon gewußt. 50 000 Mark soll ich bekommen. Das hat er mir irgendwann einmal erzählt. Gerechter Lohn für lebenslange Dienste." Ihre Stimme klang verbittert. Dahm hatte den Eindruck, daß sie mehr erwartet hatte und sich ungerecht behandelt fühlte.

„Nicht allzuviel", bestätigte sie ungewollt Dahms Vermutung. Die Ansicht des Ortsvorstehers, daß sie ihrem ehemaligen Arbeitgeber gegenüber erheblich weniger Zuneigung empfunden hatte, als ihre lange gemeinsame Zeit vermuten ließ, schien zuzutreffen. Immerhin gab sie offen zu, daß sie wußte, welchen Wert Goldmanns Leben, oder vielmehr sein Tod für sie hatte.

„Wissen Sie, wer sonst noch was von seinem Erbe abkriegt?"

„Keine Ahnung. Ist mir auch egal. Wahrscheinlich kriegt dieser Roth wieder alles. Hat ja schon mal alles gehabt. Ich hab das Haus mein ganzes Leben lang in Ordnung gehalten und der kriegt's dann wieder."

Dahm wollte das Gespräch in eine andere Richtung lenken.

„Wußten Sie, daß er kurz davor war, das Haus zu verkaufen?"

„Gewußt habe ich das nicht, aber ich kann es mir denken. Mitnehmen nach Palästina geht ja nicht."

„Glauben Sie, dem Roth hätte das was ausgemacht, wenn er das erfahren hätte? Immerhin ein schönes Haus, das ihm da durch die Lappen geht."

„Sie meinen, ob Roth ihm den Schädel eingeschlagen hat, damit er das Haus bekommt? Unmöglich. Ich kann den Roth nicht besonders gut leiden, aber eins muß man ihm lassen, wegen Geld oder Besitz würde der keiner Fliege was zuleide tun. So ein Typ ist er einfach nicht. Außerdem, wenn er so scharf auf das Haus gewesen wäre, dann hätte er es ja damals behalten können, als es ihm noch gehört hat."

Dahm überlegte, ob Roth mit seiner Annahme, daß sie von dem Handel nichts gewußt hat, recht hatte, oder ob sie nicht vielleicht doch mehr gewußt hat.

„Keine Macht der Welt hätte ihn doch damals zwingen können, das Haus wieder zu verkaufen."

Dahm unterbrach sie. „Der Hauskauf. Sie haben gestern gesagt,

Roth hätte zu dieser Zeit überhaupt kein Geld gehabt. Haben Sie eine Ahnung, wie die Sache über die Bühne gegangen ist?"
„Was genau war, weiß ich natürlich nicht. Aber daß die zwei etwas ausgetüftelt haben, um die Nazis auszutricksen, das ist doch klar."
„Jetzt ja. Da stimme ich Ihnen zu", sagte Dahm, „aber damals, hat da niemand Verdacht geschöpft?"
„Natürlich gab's Gerede. Aber eigentlich hat das niemand interessiert. Hauptsache der Jude war weg. Da konnte es schon keinen Ärger geben. Und 47, als er zurückgekommen ist, da haben die Leute hier oben weiß Gott andere Sorgen gehabt."
„Was ganz anderes. Sie haben gestern gesagt, daß er auswandern wollte. Hatte er dafür nur religiöse Gründe, oder hat er auch Angst gehabt?"
„Angst? Wovor soll der Angst gehabt haben?"
„Zum Beispiel vor Ihrem Enkel."
Dahm sah, wie sie zusammenzuckte. Sie fing an, an einem Fingerring zu drehen.
„Was hat der Heiner damit zu tun?"
„Der Heiner ist Skinhead. Und Goldmann war Jude. Das weiß der Heiner doch, oder?"
„Das weiß jeder hier im Ort."
„Also. Hat Goldmann je was gesagt?"
„Zu mir nicht. Außerdem ist der Heiner nicht so richtig mein Enkel. Er haßt mich. Für ihn bin ich nur die Polenhure und die Judenmagd. Er redet nicht mit mir. Er schämt sich meinetwegen vor seinen Freunden."
„Dann war er auch nie mit Ihnen oben im Haus?"
„Als Kind schon. Da hab ich ihn ein paarmal mitgenommen. Aber das ist schon Jahre her."
„Also hat er sich im Haus ausgekannt", dachte Dahm, „zumindest ein bißchen."
„Warum haben Sie mir gestern nicht gesagt, daß der Heiner Ihr Enkel ist? Sie haben doch gewußt, daß wir ihn suchen."
„Hab ich nicht. Außerdem dachte ich nicht, daß das wichtig ist."
Dahm ließ die Sache auf sich beruhen. Er glaubte zwar, daß sie log, aber das war im Moment nicht von Bedeutung.
„Roth hat mir erzählt, daß Goldmann ab und zu mal ein paar Tage verreist ist. Wissen Sie etwas darüber? Ich meine zum Beispiel, wohin und weshalb."
„Also, wohin er immer gefahren ist, das weiß ich nicht. Aber weshalb, das kann ich mir gut vorstellen." Dahm wartete, aber sie sprach nicht weiter. „Und? Weshalb?"

„Zum Verkaufen. Er hat Briefmarken verkauft. Seltene Briefmarken."
„Hat er davon gelebt?"
„Nehme ich an. Ich weiß es nicht."
„Und wo hat er die hergehabt, diese Briefmarken?"
„Weiß ich auch nicht. Vielleicht geerbt."
„Hat er die im Haus aufbewahrt? Wir haben nämlich keine gefunden. Die könnten gestohlen worden sein."
„Das weiß ich nicht. Ich hab sie nie gesehen."
Dahm dachte spontan an den Weinkeller. Vielleicht waren sie dort versteckt. Ihm kam eine Idee.
„Darf ich mal kurz ihr Telefon benutzen?"
„Ja natürlich. Es steht im Flur." Dahm wußte Bescheid und entschuldigte sich. Er rief Pfeiffle an.
„Pfeiffle, ich bin's, Dahm. Haben Sie schon den Durchsuchungsbefehl für Heß?"
„Ja haben wir. Die Leinenweber will gleich losfahren."
„Gut. Fahren Sie mit und suchen Sie Briefmarken."
„Briefmarken?"
„Ja genau. Ich erklär's Ihnen später. Ich muß jetzt aufhören."
„Moment noch, ich hab noch was wichtiges."
„Keine Zeit, Pfeiffle."
„Es geht aber um Müller."
„Haben wir ihn endlich?"
„Nein, aber..."
„Tut mir leid. Sagen Sie's mir, wenn ich zurück bin. Ich muß wirklich aufhören."
Er ging zurück ins Wohnzimmer und entschuldigte sich für die Unterbrechung. Diese nette ältere Dame machte ihn langsam mißtrauisch. Das mit den Briefmarken war schon wieder etwas, was sie ihm eigentlich schon am Vortag hätte erzählen müssen. Er gewann langsam den Eindruck, daß sie freiwillig immer nur die Dinge erzählte, die mit der Sache nichts zu tun hatten, zum Beispiel die Geschichte von dem Polen, oder die Dinge, der er sowieso schon wußte.
Alles was mit der Sache zu tun hatte, mußte er ihr Stück für Stück aus der Nase ziehen.
Er überlegte kurz, ob sie wohl in der Lage war, schon über die Ereignisse des 27. zu sprechen. Eigentlich hatte er vorgehabt, Schluß zu machen und sie erst am nächsten Tag weiter zu befragen, aber mittlerweile hatte sie sein Mitgefühl weitgehend aufgebraucht. „Frau Leisle," ihm wurde bewußt, daß er sie zum ersten Mal mit ihrem Nachnamen angesprochen hatte, „es tut mir sehr

leid, aber ich muß Sie jetzt noch ganz konkret zum 28. fragen. Erzählen Sie mir einfach ganz genau, was war, als Sie in das Haus gekommen sind."
Dahm hatte sich wieder in ihr geirrt. Es schien ihr überhaupt nichts auszumachen, über ihren Leichenfund zu berichten. Ganz im Gegenteil, sie schien froh zu sein, daß ihr Enkel nicht mehr Thema des Gesprächs war.
„Ich bin an dem Tag wie üblich kurz nach sechs zum Haus hochgegangen. Licht hat noch nicht gebrannt, aber das war nicht außergewöhnlich. Goldmann ist oft erst aufgestanden, nachdem ich schon da war.
Ich habe die Zeitung aus dem Kasten geholt, das mache ich immer als erstes. Dann bin ich direkt in die Küche gegangen und wollte Kaffee machen. Goldmann hat nie etwas zum Frühstück gegessen. Immer nur Kaffee getrunken und Zeitung gelesen.
In der Küche habe ich zuerst gar nicht gemerkt, daß etwas nicht stimmt."
Dahm unterbrach sie. „Es muß doch lausig kalt gewesen sein, mit der eingeschlagenen Scheibe?"
„Das war's auch. Aber die Küche ist jeden Morgen so kalt, weil man zuerst den alten Holzofen anheizen muß." Das leuchtete Dahm ein. Sie fuhr fort. „Ich habe gesehen, daß er am Abend vorher noch eine Flasche Wein getrunken hatte. Die stand nämlich auf der Spüle."
„Daran können Sie sich noch erinnern? „
„Ja, die Flasche war zwar noch halb voll, aber nicht verkorkt. Ich habe ihnen doch erzählt, daß er ein ziemlicher Spinner war, wenn es um Wein ging, deshalb hat es mich gewundert, daß er sie nicht zugemacht hat. Jedenfalls wollte ich Kaffee machen. Weil ich diese neumodischen Goldfilter leichter leeren kann, wenn das Pulver trocken ist, laß ich es über Nacht immer drin. Ich nahm also den Filter und bin zum Komposteimer gegangen. Der steht direkt unter dem Küchenfenster, damit es im Sommer nicht so riecht, wissen Sie. Und da hab ich dann die Scherben gesehen und, daß die Scheibe eingedrückt war.
Ich bin sofort die Treppe zu seinem Schlafzimmer hochgerannt und hab an der Tür geklopft."
„... und natürlich keine Antwort erhalten."
„Nein."
„Und dann sind Sie reingegangen?"
„Um Gottes Willen. Natürlich nicht. In all den Jahren habe ich das Schlafzimmer nicht betreten."
Dahm versuchte, sich an das Zimmer zu erinnern. Wenn die

Briefmarken sich dort befanden, dann waren sie entweder so gut versteckt, daß nicht einmal die Polizei sie finden konnte, oder jemand anders hatte sie mitgenommen.
„Ich bin dann wieder nach unten gelaufen und hab das Haus abgesucht. Und in der Bibliothek hab ich ihn dann schließlich gefunden."
„Die Tür", fragte Dahm, „war die offen oder zu?"
„Die war zu."
„Wissen Sie das ganz genau?"
„Ja. Die war immer zu. Wegen der Wärme. Wenn sie offen gewesen wäre, dann hätte ich das schon beim Hereinkommen bemerkt."
Jetzt begann sie doch ein wenig zu weinen, aber Dahm traute ihr nicht mehr so richtig.
„Ich bin dann", fuhr sie fort, „sofort in die Eingangshalle gelaufen und habe die Polizei angerufen. Dann bin ich aus dem Haus gerannt und habe gewartet, bis sie kommen."
Dahm überlegte. Das war genau der Ablauf, den er geschildert hätte, wenn man es von ihm verlangt hätte. Ohne daß er dabei war.
„Nun gut", dachte er, „weiter im Text."
„Es tut mir leid, aber Sie müssen mir auch noch vom Abend vorher erzählen, auch wenn es schwerfällt."
„Es geht schon, danke." Mittlerweile hatte sie ein Taschentuch in der Hand und schneuzte sich.
„Der Abend war eigentlich wie jeder andere auch. Ich bin bis gegen sechs geblieben, habe die Küche aufgeräumt und bin dann gegangen."
„Komplett aufgeräumt? Sie haben also keine Gläser oder so etwas stehen lassen?"
„Natürlich nicht. Ich räume die Küche immer ganz auf, bevor ich gehe. Warum fragen Sie?"
„Nur so. Als ich mir vorgestern die Küche angesehen habe ist mir ein benutztes Weinglas aufgefallen. Ist das eigentlich öfter vorgekommen?"
„Was?"
„Daß er seine Gläser selbst in die Küche getragen hat, wenn er sie nicht mehr brauchte."
Sie dachte nach. „Normalerweise hat er die Sachen immer stehen lassen, aber ab und zu kam das schon vor."
„Kann es sein, daß er den Wein in der Küche getrunken hat?"
„Also, das hat er nie getan. Warum auch?"
„Wissen Sie zufällig, ob er am Abend noch jemand erwartet hat?"
„Das glaube ich nicht. Ich habe ihn jeden Abend gefragt, ob ich

noch etwas vorbereiten soll, meistens für den Fall, daß Roth kommt, aber er hat nichts gesagt."
Dahm überlegte, ob er noch irgendwelche Fragen hatte. Was die Frau erzählt hatte, deckte sich ziemlich genau mit dem, was er selbst in der Wohnung festgestellt hatte. Erfunden hatte sie mit Sicherheit nichts. Die Frage war, ob sie vielleicht etwas weggelassen hatte.
Er bedankte sich bei ihr und ließ sich seinen Mantel geben. Als er schon fast draußen war, tippte sie ihm auf einmal leicht auf die Schulter. „Glauben Sie wirklich, der Heiner hat's getan?"
„Ich weiß es nicht. Ich weiß es wirklich nicht. Aber ich kann es im Moment nicht ausschließen."
So sehr er sich über sie geärgert hatte, er konnte ihr einfach nicht sagen, daß er von seiner Schuld mittlerweile fast überzeugt war.

Dahm hatte gerade die Schlüssel für den Dienstwagen abgegeben, als ihm auf dem Flur ein freudestrahlender Halder entgegenkam.
„Dahm, gut, daß ich Sie hier treffe, zu Ihnen wollte ich gerade. Wir haben ihn, den Müller. Er ist festgenommen worden, als er in Kehl über die Grenze wollte."
„Die Kollegen haben angerufen, wir können ihn heute abend noch abholen."
Dahm dachte darüber nach, ob Müller tatsächlich so verzweifelt war, daß er bei der Fremdenlegion untertauchen wollte. Seiner Meinung nach lag diese Vermutung nahe, wenn er nach Straßburg wollte. Außerdem hatte Heß sicher ein paar schöne Geschichten über die Legion erzählt.
Offensichtlich wollte Halder, daß er nach Kehl fuhr und Müller holte. Das paßte Dahm überhaupt nicht. Eine Nachtfahrt im Winter auf unbekannten Straßen! So etwas war überhaupt nicht nach seinem Geschmack. Er mußte sich etwas einfallen lassen.
„Das ist ja großartig", sagte er euphorisch," ich gehe sofort zu mir nach Hause und hole meine Brille. In einer guten Stunde bin ich wieder da."
„Soll das heißen, daß Sie ohne Brille nicht fahren können und auch keine dabeihaben?"
„Ja, aber wie gesagt. In einer Stunde bin ich wieder da."
„Das dauert mir zu lange. Schicken Sie den Pfeiffle in mein Büro und achten Sie darauf, daß Sie nächstens Ihre Brille immer dabeihaben."
Es tat ihm leid, daß es nun Pfeiffle getroffen hatte, aber Dahm war trotzdem froh, seine Brille im Dienstwagen vergessen zu haben.

Als Dahm ins Büro kam, fragte Pfeiffle ihn, ob er die gute Nachricht schon gehört hätte.
„Ja, Halder hat's mir gerade gesagt. Er will übrigens, daß Sie zu ihm kommen. Schätze, sie sollen den Müller holen."
„Ich dachte, er wollte, daß Sie ihn holen."
„Wollte er ursprünglich wohl auch, aber da ist etwas dazwischengekommen."
„Und wer macht jetzt die Hausdurchsuchung bei Heß, dem Wirt vom Frontroad", fragte Pfeiffle, wohl in der Hoffnung, daß er die Fahrt nach Kehl ebenfalls umgehen konnte. Dahm hatte geglaubt, daß die Durchsuchung schon während seiner Abwesenheit über die Bühne gegangen sei.
„Machen Sie sich keine Gedanken, ich werde schon jemanden auftreiben. Sie wollten mir doch vorhin am Telefon noch etwas Wichtiges über Müller sagen."
„Stimmt, das hätte ich jetzt fast vergessen. Der Kerl ist bis über beide Ohren verschuldet. Hat sozusagen Schulden wie ein Sautreiber."
Dahm versuchte sich zu erinnern. Irgend jemand hatte ihm das doch schon einmal erzählt. Dann fiel es ihm wieder ein. „Der Ortsvorsteher hat so was angedeutet."
„Hat er auch angedeutet, wie hoch die Schulden sind?"
„Nein, er hat nur gesagt, daß sie irgendwie mit den Krankenhausrechnungen von seiner Mutter zusammenhängen."
„47 000 Deutsche Mark."
„Eine Menge Geld für einen Metzgergesellen."
„Stimmt. Und jetzt kommt das Schönste. Was glauben Sie, wer für ihn bürgt?"
Dahm nahm sich vor, Pfeiffle die Unart, ihn erst einmal raten zu lassen, bevor er ihm etwas mitteilte, wieder abzugewöhnen.
„Sagen Sie schon. Heß vielleicht."
„Weit gefehlt, Herr Kollege, die liebe Omi. Und wer das ist, das wissen Sie ja wohl."
Damit machte sich Pfeiffle auf den Weg zu Halder und somit auch auf den Weg nach Kehl.

Dahm war platt. In der Hand hatte er einen Bericht der Spurensicherung, aus dem hervorging, daß außer Goldmann, Roth und der Frau niemand seine Fingerabdrücke im Haus hinterlassen hatte und daß die Tatwaffe sorgfältig abgewischt worden war. Aber das nahm er fast nicht mehr zur Kenntnis.
„Dieses Luder", dachte er nur, „dieses durchtriebene Luder. Blut ist ja wohl doch dicker als Wasser."

Dann rief er bei der Leinenweber an und vergatterte sie, bei der Durchsuchung auf Briefmarken zu achten. Sie fragte ihn, was sie machen solle, falls sie welche finden sollte.
„Dann suchen Sie sich einen Gutachter und lassen die Dinger schätzen." Dann überlegte er es sich. „Ach, wissen Sie was? Warten Sie auf mich, ich komme einfach mit."

Er hatte sich von seiner Kollegin auf dem Heimweg direkt vor seiner Wohnung absetzten lassen. Auf der ganzen Fahrt hatte er an einer Formulierung gefeilt, mit der er sie zu einem gemeinsamen Feierabend überreden wollte, aber irgendwie war nie der richtige Zeitpunkt gekommen, sie anzubringen. Ehe er sich versah, stand er jedenfalls vor Frau Läpples Haus und schaute den Rücklichtern ihres Wagens nach.
Ob die Hausdurchsuchung ein Erfolg war oder nicht, das würde sich noch herausstellen müssen. Sie hatten zwar in der Wohnung außer einer großen Anzahl von Videorecordern und einem Farbkopierer auch einen Briefumschlag mit Marken gefunden, aber keiner der Beteiligten war auch nur annähernd in der Lage gewesen, etwas über ihren Wert zu sagen und ob sie überhaupt von Goldmann stammten. Am nächsten Tag sollten sie einem Fachmann vorgelegt werden. Vorher mußten sie allerdings noch eingehend auf Fingerabdrücke untersucht werden.
Was sie allerdings überhaupt nicht finden konnten, waren Anzeichen dafür, daß Heß ein Neonazi war.
Heß selber war, leider, gar nicht daheim gewesen. Dahm bedauerte das. Eine Asiatin hatte ihnen die Tür geöffnet und sie anstandslos die Wohnung durchsuchen lassen, als sie die Stempel auf dem vorgezeigten Durchsuchungsbefehl gesehen hatte.
Dahm hatte gerätselt, ob Heß die Dame nach seiner Legionszeit aus Indochina mitgebracht hatte. Aber dafür waren beide noch zu jung. Er vermutete, daß er sie irgendwo bestellt hatte. Wahrscheinlich mit Umtauschgarantie.
„Du wirst auch immer schlimmer mit deinen Vorurteilen", sagte er sich, „kaum siehst du eine Asiatin, dann hältst du sie schon für käuflich."

Dahm hatte beschlossen, sich heute Frau Läpple zu stellen und ihr Rede und Antwort zu stehen. Deshalb machte er erst gar keinen Versuch, lautlos an ihrer Wohnung vorbeizukommen. Er machte sogar etwas mehr Lärm als unbedingt nötig, da er etwas Gesellschaft suchte. Aber nichts regte sich. Dann fiel ihm ein, daß Mittwoch war und Frau Läpple beim Kartenspielen war.

Dann überlegte er, ob er schnell zur nächsten Telefonzelle laufen und irgend jemanden anrufen sollte. Sein Freund Gerhard kam nicht in Frage. Der war beim Aquarellkurs bei der VHS, Pfeiffle würde wahrscheinlich noch nicht aus Kehl zurück sein. Seine Mutter vielleicht. Oder seine Exfrau? Als ihm klar wurde, daß er mit diesen paar Leuten seine möglichen Gesprächspartner schon erschöpfend aufgezählt hatte, war er deprimiert.

Wenn er sich doch bloß auch an der VHS für irgendeinen Kurs angemeldet hätte. Er hatte es ja vorgehabt, aber die Anmeldung so lange immer wieder verschoben, bis die Frist endlich abgelaufen war.

Seine Exfrau anzurufen, hatte er sofort wieder verworfen. Das Eingeständnis, daß er alleine und ziemlich einsam war, wollte er ihr dann doch nicht machen. Und seine Mutter wollte er sich bei näherer Überlegung an einem Tag wie diesem eigentlich auch nicht zumuten.

Er legte sich auf sein Sofa und spielte lustlos mit der Fernbedienung seines Fernsehgeräts. Er hoffte, daß „Verzeih mir" oder doch wenigstens „Bitte melde dich!" lief, seine beiden Lieblingssendungen aus der Sparte Realsatire, aber er hatte kein Glück. Die nächsten zwanzig Minuten verbrachte er damit, einen amerikanischen Rechtsanwalt dabei zu beobachten, wie er zwischen zwei Werbeblöcken einem Mann in fast aussichtsloser Lage wieder zur Freiheit verhalf. Als sich dann gleich anschließend ein ebenfalls amerikanischer Gerichtsmediziner daran machte, genau dasselbe Wunder in exakt derselben Zeit zu vollbringen, schaltete er das Gerät entnervt ab.

Da ihm zum Lesen eines Buches die nötige Ruhe fehlte, beschloß er, die Wohnung doch noch einmal zu verlassen und irgendwo ein Bier zu trinken.

Er ging eigentlich nicht gerne alleine in irgendwelche Kneipen, da er immer das Gefühl hatte, alle Anwesenden würden ihn beobachten, wie er alleine über seinem Glas saß. Aber es nützte alles nichts. So, wie er seine momentane Lage einschätzte, mußte er es lernen.

Er erinnerte sich, daß Pfeiffle ihm von einem kleinen Lokal am Josephsplatz erzählt hatte, in dem es fast keine Sitzplätze gab, sondern nur eine große hufeisenförmige Theke. Er hatte schon damals gedacht, daß man dort zur Not auch alleine ein Bier trinken konnte. Und heute war Not.

Den Namen der Kneipe hatte er zwar vergessen, aber er würde kein Problem haben, sie zu finden. Pfeiffle hatte ihm auch erzählt, daß es das Stammlokal der einzigen Schussentaler Studentenver-

bindung war und draußen deren Zeichen angebracht war. Dahm hatte sich noch gewundert, denn Schussental hatte überhaupt keine Universität. Trotz der Verbindung beschloß er, dorthin zu gehen. Er hatte seinen toleranten Tag.
Draußen hatte wieder leichter Schneefall eingesetzt. Er fluchte. Das hatte ihm gerade noch gefehlt. Vorhin hatte ihn ein kleines Schild im Treppenhaus daran erinnert, daß er Kehrwoche hatte und seine lieben Nachbarn am nächsten Morgen sicher ein paar Minuten früher aufstanden als sonst, nur um zu sehen, ob der Neue auch seine Pflicht tat.
Er wußte, daß mit dem Institut der Kehrwoche nicht zu spaßen war.

Neuerdings wachte er jeden Morgen auf, kurz bevor der Wecker klingelte. So auch an diesem Tag. Er stand sofort auf.
Dahm hatte, obwohl er nach dem Duschen sofort eingeschlafen war, eine unruhige Nacht verbracht und war mehrere Male aufgewacht, um auf seinem Wecker nachzusehen, wieviele Stunden ihm noch zur Erholung blieben. Je weniger Zeit er noch bis zum Aufstehen hatte, desto kürzer wurden die Abstände zwischen Einschlafen und Aufwachen. Das passierte ihm immer, wenn er am Abend vorher zuviel Alkohol getrunken hatte.
Er ging ins Bad und putzte sich energisch die Zähne. Dann fiel ihm die Kehrwoche ein. Er eilte zum Fenster und schaute hinaus. Kein Schnee. Das Schicksal hatte es gut mit ihm gemeint, wenigstens blieb ihm dieser Frühsport erspart.
Dahm war nicht mit sich zufrieden. Obwohl er ganz genau wußte, daß drei Bier an einem Abend für ihn unweigerlich Kopfweh bedeuteten, hatte er es nicht bei einem belassen können und sogar die Schmerzgrenze von dreien noch überboten.
Trotzdem bereute er nichts. Der Abend war ein Erfolg gewesen. Nachdem er einige Zeit in der Ratsstube, so hieß die Kneipe, herumgestanden hatte, war ihm eine junge Frau aufgefallen. Sie war offensichtlich versetzt worden. So zumindest hatte er den Umstand gedeutet, daß sie in regelmäßigen Abständen auf ihre Uhr schaute und dann etwas offensichtlich Unfreundliches vor sich hin murmelte.
Nach einiger Überwindung hatte er sie angesprochen und war mit ihr ins Gespräch gekommen. Sie war Lehrerin, im Moment arbeitslos und hoffte, vielleicht in der Schweiz eine Anstellung zu finden.
Sie hatten sich bis nach zwölf Uhr über alle möglichen Dinge unterhalten, nur nicht über Morde, und die Tatsache, daß sie beim Abschied „bis bald" gesagt und ihm dabei die Hand ganz leicht auf die Schulter gelegt hatte, bedeutete für ihn, daß er die Bürgerstube nun regelmäßiger besuchen würde.

Er ging in die Küche und holte sich ein Glas Wasser. Leitungswasser war außer einer Flasche Bier mittlerweile die einzige trinkbare Flüssigkeit, die er in seiner Wohnung hatte. Obwohl ein

trinkfester Freund ihm einmal erklärt hatte, daß die beste Art, einen Kater zu bekämpfen, ein Konterbier am nächsten Morgen sei, zog er doch das Wasser vor. Er holte seine Zeitung aus dem Briefkasten und überflog die Schlagzeilen. Das Hauptthema dort war immer noch der Mord, und darüber wollte er nichts lesen. Auch der Sportteil war unergiebig.
Er spielte mit dem Gedanken, seinen aufkommenden Kopfschmerz mit einer Tablette zu bekämpfen, ließ es dann aber doch sein. Der Schmerz hielt sich noch in Grenzen, seine Ursache war bekannt und nicht besorgniserregend. Außerdem dachte er sich „Strafe muß sein." Wer mehr trinkt, als ihm guttut, der muß auch mit den Folgen leben. Vorsichtshalber steckte er aber zwei Tabletten in die Brusttasche seines Hemds.

Auf dem Weg stellte er fest, daß die Zahl der Besucher am Brunnen größer war als sonst. Er wunderte sich, denn eigentlich war es zu kalt, um einfach herumzustehen. Er brauchte nicht lange, um den Grund herauszufinden. Obwohl der Brunnen noch gar nicht fertig war, hatte das Becken bereits Risse. Und zwar gleich mehrere.
In der Polizeidirektion angekommen, erkundigte er sich sofort, ob Pfeiffle schon aus Kehl zurück war.
„Der ist in Ihrem Büro und erwartet Sie schon."
Pfeiffle saß hinter seinem Schreibtisch. Er war müde und hatte schlechte Laune. Das war nicht zu übersehen. In der Hand hielt er eine Brille, Dahms Brille.
„Hier ist Ihre Brille, Herr Kollege. Die haben Sie gestern in einem der Wagen liegen lassen. Übrigens in dem Wagen, mit dem ich Idiot noch nach Kehl gefahren bin, um Müller zu holen."
Die Sache war Dahm äußerst peinlich. Er spielte einen Augenblick mit dem Gedanken, überrascht zu wirken, aber Pfeiffle würde es ihm wohl noch übler nehmen, wenn er jetzt versuchte, ihn für dumm zu verkaufen. Er hatte sich gedrückt und dann auch noch erwischen lassen.
Für eine Entschuldigung war es auch noch etwas zu früh, soweit kannte er Pfeiffle. Er beschloß, sich nur für die Brille zu bedanken und dann gleich auf den Fall zu sprechen zu kommen.
„Haben Sie ihn mitgebracht?" Die Frage war zwar völlig überflüssig, schien aber als Einstieg in ein Gespräch gut geeignet.
„Natürlich hab ich ihn mitgebracht. Was glauben Sie denn."
Pfeiffle war um einiges wütender, als er befürchtet hatte. Er fragte trotzdem einfach weiter. „Und wo ist er jetzt? Hier im Haus?"
Pfeiffle schaute auf seine Uhr. „Im Moment ist er noch in der

Justizvollzugsanstalt oben. Schätze, er frühstückt gerade. Er wird um neun zur ersten Vernehmung hergebracht."
„Hat er auf der Fahrt schon irgendwas rausgelassen?"
„Nein, er hat mich ein paarmal beleidigt, aber dann hat er geschwiegen wie ein Grab."
Dahm hatte noch über eine halbe Stunde Zeit, bevor die Vernehmung beginnen würde. Er beschloß, noch kurz in die Kantine zu gehen. Er lud seinen Kollegen ein mitzukommen, aber der winkte nur ab. Pfeiffle war nicht bereit, sich seinen berechtigten Zorn für eine Tasse Kaffee abkaufen zu lassen.
Dahm betrat das Vernehmungszimmer. Weiße Wände, ein Tisch und vier Stühle. Auf dem Tisch standen ein Tonbandgerät und ein Aschenbecher. Müller war schon da. Er hatte bereits Platz genommen und zog an einer Zigarette. Hinter ihm stand ein Vollzugsbeamter. Dahm nahm an, daß der ihn hergebracht hatte.
Dahm schickte den Mann weg und setzte sich ebenfalls. Er schaute sich sein Gegenüber genau an. Das erste, was ihm ins Auge stach, war, daß sich Müller auf die fünf Finger seiner rechten Hand das Wort „Hass" hatte eintätowieren lassen. Er überlegte, wo er so etwas schon einmal gesehen hatte. Er nahm an, bei Lumer, aber er war sich nicht sicher.
„Guten Morgen, Herr Müller. Mein Name ist Dahm. Ich nehme an, daß man Sie schon belehrt hat, aber vorsichtshalber tu ich's nochmal."
„Nicht nötig", unterbrach ihn Müller.
Dahm tat, als ob er ihn nicht gehört hätte. „Herr Müller, Sie sind nicht verpflichtet, hier irgendwelche Angaben zu machen. Wenn Sie es wünschen, dann können Sie sich während der Vernehmung auch von einem Rechtsanwalt beraten lassen. Registriert?" Er nickte, Dahm fuhr fort. „Zum technischen Ablauf: ich würde gerne das Tonband mitlaufen lassen. Das hat für uns beide den Vorteil, daß wir dann ein genaues Protokoll erstellen können und in Zweifelsfragen das Band einfach noch einmal abhören. Irgendwelche Einwände?"
Müller reagierte nicht. „Also gut. Ich lese Ihre Personalien vor, und Sie verbessern mich, wenn etwas nicht stimmt." Nachdem auf das Verlesen keine Reaktion erfolgte, ging er davon aus, daß mit den Personalien alles stimmte.
„Herr Müller. Möchten Sie überhaupt Angaben machen?"
„Ja."
„Sie stecken ziemlich in der Klemme. Sind Sie sicher, daß Sie keinen Anwalt wollen?"
„Absolut. Jetzt fangen Sie endlich an."

„Ich nehme an, Sie kennen den Grund, weshalb wir Sie gesucht haben."
„Ja."
„Wo waren sie am Abend des 28. November gegen 23.00 Uhr?"
Müller wollte schon zu einer Antwort ansetzen, als Dahm ihn noch einmal unterbrach.
„Überlegen Sie sich die Antwort gut, Herr Müller. Wir haben ein paar Nachforschungen über den Abend angestellt."
Dahm wollte es sich gerne ersparen, daß Müller erst einmal versuchte, Lumer als Alibi anzubieten und er ihm dann auseinandersetzen mußte, daß sein guter Freund ihn bereits fallen gelassen hatte.
„Ich war den ganzen Abend daheim."
„Und was haben Sie gemacht."
„Nichts. Ein bißchen Musik gehört, Video geguckt."
„Gibt es jemanden, der das unter Umständen bestätigen kann. Hat Sie jemand besucht oder daheim angerufen?"
„Nein. Ich war den ganzen Abend allein."
„Sie gehen doch öfter nach Schussental ins Frontroad, stimmts?"
„Ja, das stimmt. Warum?"
„Ich hab mich nur gewundert. Am Sonntag muß da einiges los gewesen sein. Warum waren Sie nicht dabei?"
„Mein Motorrad läuft zur Zeit nicht. Und mit dem Bus war mir das zu umständlich."
„Sie haben kein Auto?" Dahm war ein wenig verwundert.
„Im Moment nicht. Mein letztes ist mir leider kaputtgegangen. Kleiner Unfall."
„Bei Goldmann waren Sie an dem Abend aber nicht?"
„Nein, natürlich nicht." Müller nahm sich eine neue Zigarette und fing an, mit ihr zu spielen.
„Waren Sie sonst irgendwann mal in dem Haus. Vielleicht schon vor längerer Zeit?"
„Nicht, daß ich wüßte." Dahm wußte, daß er log. Schließlich hatte die Großmutter etwas anderes gesagt. Er sei zwar nur als Kind dagewesen, aber immerhin.
„Kannten sie ihn?"
„Nicht persönlich."
„Wußten Sie, daß er Jude war?"
„Ja sicher, das weiß doch jeder."
„Haben Sie etwas gegen Juden?"
„Wie kommen Sie denn auf sowas?"
„Immerhin haben Sie mal auf einem KZ-Friedhof randaliert und dabei auf ein paar jüdische Grabsteine Hakenkreuze geschmiert.

Deshalb kam mir der Gedanke. Außerdem sollen Sie bei Ihren Freunden ja nur Gestapo-Müller heißen."
Dahm sah, daß er auf diese Frage keine Antwort bekommen würde.
„Ich habe hier eine Abschrift von dem Urteil, das damals ergangen ist. Soll ich ihnen daraus vorlesen?"
Müller schien sich seine Antwort dieses Mal gut zu überlegen. „Wir waren damals alle ziemlich blau. Außerdem habe ich meine Strafe bekommen und bezahlt. Und daß auf dem Friedhof auch Juden waren, hab ich doch nicht gewußt." „Typisch", dachte Dahm, „immer wenn im Zusammenhang mit Juden ein Verbrechen begangen wird, hat keiner was gewußt."
„Aber viel genutzt hat es nicht. Die Strafe, meine ich. Sonst hätten Sie ja wohl kaum mit Ihren Freunden den Wohncontainer überfallen, oder?"
„Einen Scheißdreck hab ich. Die Sache ist eingestellt worden. Das wissen Sie ganz genau."
Müller bekam jetzt Oberwasser. „Ich habe zwar nicht studiert, aber ich weiß, daß ich mir nicht alles anhängen lassen muß."
Dahm ärgerte sich. Müller hatte recht. Er hätte diese Geschichte nicht ansprechen dürfen. Jetzt hatte er ihn unnötig stark gemacht und etwas die Kontrolle über das Verhör verloren. Verhöre sind Geduldspiele, und wer zuerst die Geduld verliert, der zieht den kürzeren.
„Also gut, Themawechsel. Sie wollten nach Frankreich. Hab ich recht?"
Müller hatte seine Zigarette mittlerweile angezündet. „Stimmt. Ich wollte mal wieder Urlaub machen."
„Ein bißchen kurz entschlossen, meinen Sie nicht? Ich hab gestern mit Ihrem Arbeitgeber gesprochen. Der hat von ihren Plänen ja wohl nichts gewußt."
„Stimmt. Das war vielleicht ein Fehler, aber ich habe öfter mal so plötzliche Einfälle."
„Wo wollten Sie denn hin?"
„Mittelmeer, vielleicht bis Spanien. Weiß nicht. Irgend sowas."
„Sie wollten nicht zufällig in die Fremdenlegion eintreten, oder?"
Müller hatte wieder so viel an Selbstsicherheit gewonnen, daß er sogar anfing zu grinsen.
„Was soll ich denn dort?"
„Ein paar Jährchen abtauchen. Oder Ihre Abenteuerlust stillen. In Ihren Kreisen hat man doch eine Schwäche fürs Militärische. Ihr Freund Heß war ja auch dort. Sie kennen doch Herrn Heß?"
„Was meinen Sie mit meinen Kreisen?"

Dieses Mal merkte Dahm rechtzeitig, daß er wieder drauf und dran war, einen Fehler zu machen. Er wollte sich nicht auch noch dem Vorwurf aussetzten, seinem Verdächtigen gegenüber Vorurteile zu haben. Die hatte er zwar, aber er wollte sie nicht unbedingt protokollieren lassen. Er beschloß, etwas vorsichtiger zu formulieren.
„Das ist nur so ein privater Eindruck von mir. Mir ist einfach aufgefallen, daß Sie und Ihre Freunde sich alle ziemlich ähnlich kleiden, uniform sozusagen, und daß Sie auch denselben Haarschnitt bevorzugen. Sie müssen mir das nachsehen, aber als ich in Ihrem Alter war, da waren die beim Bund die einzigen mit so kurzen Haaren."
„Ich bin Metzger. Langhaarige Metzger sind unappetitlich. Finden Sie nicht?"
Dahm mußte zugestehen, daß die Antwort gut war. „Da haben Sie wohl recht. Wann haben Sie eigentlich mitgekriegt, was mit Goldmann passiert ist?"
„Morgens. Auf dem Weg zur Arbeit. Ich muß dort vorbeilaufen. Ich hab'ne ganze Menge Leute vor dem Haus stehen sehen. Da bin ich dann auch hin und hab es gehört."
Dahm freute sich. Zum ersten Mal hatte Müller seiner Ansicht nach einen Fehler gemacht, mit dem er etwas anfangen konnte.
„Auf dem Weg zur Arbeit sagten sie. Ich dachte, sie wollten an dem Tag verreisen."
Dahm hatte das Gefühl, daß Müller seinen Fehler jetzt auch bemerkte. Er schien heftig nachzudenken, um zu retten, was zu retten war. Dahm machte sich eine Notiz. Wenn Müller jetzt sagen würde, er hätte sich nur versprochen, dann konnte er ihn unter Umständen damit festnageln, daß die Bushaltestelle nicht auf dem Weg lag. Er müßte es nur nachprüfen und ein bißchen Glück haben.
„Auf dem Weg zur Arbeit", sagte Müller schließlich. „Und als ich dann mitgekriegt habe, daß der arme Mann totgeschlagen worden ist, da habe ich mir gedacht, was ist das bloß für eine Welt. Harmlose alte Männer werden einfach in ihren Häusern umgebracht. Dann hab ich mir gesagt, Junge mach Urlaub, vielleicht bist du der nächste."
Als er das sagte, lächelte er ein wenig. Dahm hatte den Eindruck, daß Müller sich in der Rolle des Zynikers gefiel.
Er konnte nicht anders, als eine gewisse Hochachtung für Müller zu empfinden. Der Mann hatte Einfälle, man sollte ihn nicht unterschätzen.
„Drei Tage sind schön lang, um von hier nach Kehl zu reisen."

„Ich laß mir im Urlaub immer schön viel Zeit, sonst wäre es ja keiner."

„ Da haben Sie recht. Aber der kürzeste Weg nach Frankreich war das ja auch nicht gerade. Sie hätten doch auch über die Schweiz reisen können. Oder wollten Sie nicht hier in der Nähe über irgend eine Grenze?"

„Ich wollte eigentlich schon immer mal Straßburg sehen. Das Münster soll ja sehr schön sein."

Das ganze Verhör glitt nach Dahms Einschätzung langsam zu sehr ins Absurde ab. Müller als feinsinniger Freund sakraler Baukunst, das war ihm dann doch zu viel.

„Was haben Sie eigentlich unterwegs so gemacht? Haben Sie Freunde besucht?"

Dahm wollte wenigstens versuchen herauszufinden, ob Müller bei seiner Flucht irgendwie geholfen worden war.

„Nö, eigentlich nicht. Ich war hier und dort."

„Und wo hatten Sie das Geld für die Reise her. War ja eine ziemlich plötzliche Abreise."

„Wissen Sie, ich brauche nicht viel. Außerdem hab ich immer ein paar Mark im Haus."

Dahm hatte von dem Gespräch nicht den Eindruck, als ob es ihn viel weiter bringen könnte. Er beschloß, noch einmal auf den Tatabend zurückzukommen.

„Herr Müller, lassen Sie mich noch einmal zum 28. zurückkehren. Sie haben vorhin gesagt, daß Sie den ganzen Abend alleine waren."

„Ja, war ich. Leider."

„Was für ein Video haben sie sich denn angeschaut?"

„Universal Soldier hat er geheißen."

„Ist das Ihre Kassette oder haben sie sich die irgendwo geliehen?"

„Geliehen. Kaufen ist mir zu teuer."

„Dann erzählen Sie mir doch bitte, wann und von wem Sie das Ding ausgeliehen haben."

Zu Dahms Überraschung reagierte Müller gereizt auf diese Frage. Dahm hatte sie gestellt um zu überprüfen, ob er log oder nicht, also um Müller unter Umständen sogar zu entlasten. Und das muß der auch gemerkt haben.

„Was soll der Scheiß, Mann. Ich dachte, Sie suchen den Typ, der den Juden totgeschlagen hat. Wieso interessiert Sie mein Film?"

„Weil ich nachprüfen will, ob Sie ihn zum Tatzeitpunkt tatsächlich angeschaut haben könnten. Und dazu müßte ich wissen, wann Sie die Kassette bekommen haben und vor allem, von wem."

„Ich weiß nicht mehr, von wem sie war. Irgend ein Typ im

Frontroad hat sie mir geliehen. Ich weiß nicht wie der heißt."
„Wollen Sie mich verarschen. Wildfremde Leute leihen Ihnen ihre teuren Kassetten?"
„Ja, genau."
Dahm konnte sich Müllers Verhalten zuerst nicht erklären, aber dann kam ihm ein Gedanke. Er erinnerte sich daran, daß in der Wohnung von Heß jede Menge Videorecorder und ein Farbkopierer herumstanden.
„Mann, Müller. Wollen Sie hier wirklich einen Typen decken, der ab und zu ein paar Raubkopien unters Volk bringt. Hier geht's um mehr. Um ein Tötungsdelikt. Und Sie stehen auf der Liste unserer Kandidaten ganz oben. Erst bieten Sie mir das dünnste Alibi an, das ein Mensch sich ausdenken kann", eigentlich wollte er dümmste sagen, überlegte es sich dann aber noch rechtzeitig, „und dann geben sie mir nicht mal die Möglichkeit, das nachzuprüfen."
Müller drückte schon wieder eine Zigarette aus und fing an, mit dem Stummel kleine Kreise in den Aschenbecher zu malen. Dahm überlegte. Entweder hatte Müller vor irgend jemandem eine riesige Angst, so groß, daß er sogar die U-Haft in Kauf nahm, oder er hatte die Situation, in der er sich befand, überhaupt noch nicht begriffen.
„Ich weiß es nicht und fertig. Sonst noch Fragen?"
„Ja sicher. Sie haben Schulden, stimmt's?"
„Ja, das stimmt."
„Viel?"
„Mir reicht's."
„Wo kommen die her?"
„Wenn Sie wissen, daß ich Schulden hab, dann werden Sie wohl auch wissen, woher die stammen."
„Vielleicht. Aber ich möchte es gern von Ihnen hören."
„Ich habe sie geerbt. Meine Mutter ist überfahren worden, und bevor sie gestorben ist, war sie noch ein paar Wochen im Koma gelegen. Und weil sie nicht versichert war, bin ich auf den Kosten sitzengeblieben."
„Und der der sie angefahren hat? Der muß doch eine Haftpflicht gehabt haben."
„Ist zum Rechtsanwalt gerannt und hat nachgewiesen, daß meine Mutter voll war wie eine Haubitze. Selbstverschuldeter Unfall. Fertig!"
„Und wieso haben Sie das Erbe nicht einfach ausgeschlagen?"
„Hat keinen Sinn gehabt. Die auf dem Amt haben mir erklärt, daß ich als Sohn für meine Mutter unterhaltspflichtig bin und deshalb für alles aufkommen muß."

Dahm überlegte. Das paßte zu Müllers Aussage, daß er immer ein paar Mark daheim habe. Wahrscheinlich ist sein Lohn gepfändet worden und er arbeitete ab und zu schwarz, um überhaupt ein bißchen Geld zu haben.
„Haben Sie gewußt, daß Goldmann ziemlich wohlhabend war?"
„Woher hätte ich das wissen sollen."
„Zum Beispiel von Ihrer Großmutter."
„Was hat die alte Schlampe damit zu tun?"
„Sie hätte Ihnen das mit dem Geld ja gesagt haben können."
„Mit der red' ich nicht."
„Warum nicht. Weil sie bei einem Juden gearbeitet hat vielleicht?"
„Das geht Sie einen Scheißdreck an. Mir reicht's jetzt. Bringen Sie mich zurück."
Dahm war einverstanden. Sein Kopfweh wurde in dem inzwischen völlig verrauchten Zimmer immer schlimmer. Außerdem fiel es ihm zunehmend schwerer, sich zu konzentrieren.
„Sie haben recht. Sie sind auch bestimmt noch ein bißchen von der Reise erschöpft. Wir unterhalten uns später weiter." Dann klingelte er nach der Wache und ließ Müller wegbringen.
Als er endlich alleine war, fischte er seine Zigaretten aus der Tasche. Obwohl er wußte, daß ihm das überhaupt nicht guttun würde, genoß er den ersten Zug.

Als Dahm in sein Büro zurückkam, wurde er bereits erwartet. Halder hatte es sich auf seinem Stuhl gemütlich gemacht und war gerade dabei, die Erklärung an die Presse, die er in ein paar Minuten würde verlesen müssen, noch einmal durchzugehen.
Er sah den eintretenden Dahm mit erwartungsvollen Augen an.
„Und? Hat er gestanden?"
Dahm schüttelte nur den Kopf. Er schaute sich um, ob irgendwo eine Flasche von Pfeiffles Mineralwasser herumstand. Er hatte einen ziemlichen Brand.
Halder war enttäuscht. Er hatte gehofft, seine Erklärung noch mit einem Geständnis schmücken zu können. Das war auch der Grund, weshalb er überhaupt auf Dahm gewartet hatte. „Gibt es irgend etwas, was Sie für so wichtig halten, daß Sie es Ihrem Vorgesetzten mitteilen können?" Halder war sichtlich ungeduldig.
„Nein. Es ist genau so abgelaufen, wie man es sich vorstellt. Er hat nichts gestanden, und wenn ich ihn auf irgendwelche Ungereimtheiten angesprochen habe, dann hatte er jedes Mal irgendwelche Erklärungen dazu parat. Der Mann ist nicht dumm. Tatsache ist, daß er kein überprüfbares Alibi hat. Das einzige, was er mir zu dem ganzen Fall erzählt hat, war, daß er erst auf dem

Weg zur Arbeit von der Sache erfahren haben will, als er an Goldmanns Haus vorbeigekommen ist."
„Und? Haben Sie das schon überprüft?"
„Wie, überprüft?"
„Müller wird Ihnen ja wohl gesagt haben, wen er dort getroffen hat und wer das bestätigen kann. Oder hat er niemanden getroffen?"
Dahm fuhr der Schrecken in die Glieder. Das war nun wirklich etwas, was er hätte fragen müssen. Er überlegte, ob er seinen Fehler zugeben oder die Sache irgendwie anders ausbügeln sollte. Er entschied sich für den zweiten Weg.
„Ich werde das gleich überprüfen. Ich hatte bisher nur keine Zeit. Bin ja direkt hierher gekommen."
Halder schien zufrieden. „Sagen Sie mal, Dahm, ist Ihnen nicht gut. Sie sehen schlecht aus."
„Ich fühl mich auch schlecht", dachte er. „Nein, nein nur ein bißchen übermüdet. Es ist gestern ein bißchen spät geworden, das ist alles."
Halder wünschte ihm gute Besserung und machte sich auf den Weg zur Pressekonferenz. Erst jetzt bemerkte Dahm, daß Pfeiffle mittlerweile wieder im Büro war.
„Sie sehen aber wirklich nicht gut aus."
„Mir geht es auch nicht besonders gut. Ich habe Kopfweh, mir ist halb schlecht und bis vor ein paar Minuten mußte ich mich mit einem Typen unterhalten, der mich permanent verarschen wollte. Und außerdem habe ich ein ungutes Gefühl."
„Und warum", fragte Pfeiffle. Dahm war froh, daß sein Kollege nicht mehr nachtragend war.
„Auf dem Weg hierher hab ich mir überlegt, was ist, wenn Müller nicht unser Mann ist. Alles steht und fällt mit ihm. Alle anderen Ermittlungen haben überhaupt nichts gebracht. Absolut kein Hinweis auf andere mögliche Täter. Die Fleißarbeit von der Leinenweber war völlig unergiebig."
„Na und? Wenn alles auf ihn rausläuft. Rechtsradikal, gewalttätig, kein Alibi, nach der Tat abgehauen. Schulden. Was wollen Sie denn noch? Der war's. Das hab ich im Gefühl."
„Hoffentlich behalten Sie mit Ihrem Gefühl recht."
„Bestimmt. Außerdem sind wir ein kleines Stück weitergekommen. Wir wissen jetzt, wo der Schlüssel hingehört."
Dahm beschloß, demnächst seine Kopfschmerztabletten zu nehmen. Er konnte nicht mehr mitdenken.
„Welcher Schlüssel?"
„Der, den wir in dem Schließfach gefunden haben. Gehört tat-

sächlich zu einem anderen Schließfach. Und zwar in Zürich."
„Wie haben Sie denn das herausgefunden?"
„Goldmann ist einigermaßen regelmäßig von Friedrichshafen nach Zürich geflogen. Die Kollegen dort haben mir dann auf die Sprünge geholfen."
„Schweiz", dachte Dahm. „Dürfen wir es öffnen?"
„Sie kennen doch die Schweizer. Schwierig, aber machbar. Wir sind dran."
„Gut. Ich schau mir jetzt noch Müllers Wohnung an. Vielleicht tut mir eine kleine Ausfahrt an der frischen Luft ganz gut. Seien Sie so nett und gehen Sie für mich zu der Pressekonferenz."

Pfeiffle war enttäuscht, als er den Konferenzsaal betrat. Er hatte erwartet, ihn bis auf den letzten Platz besetzt vorzufinden, aber offensichtlich hatte sich nicht mehr rechtzeitig herumgesprochen, daß es tatsächlich etwas Bemerkenswertes zu vermelden gab.
Die Karawane war bereits weitergezogen. Abgelöst von irgend einem Störfall in irgend einer Chemiefabrik, der ein paar tausend Fischen das Leben gekostet und dem betroffenen Fluß eine neue Farbe beschert hatte.
Außerdem war am Tag zuvor durchgesickert, daß ein hoher Gewerkschaftsfunktionär im Dienste der Arbeiterklasse so viel Geld erwirtschaftet hatte, daß er sogar ein paar Millionen bei einem Insidergeschäft an der Frankfurter Börse riskieren konnte.
Nach knapp vier Tagen war Goldmanns Leiche bereits zu alt, um noch die erste Seite einer Zeitung zu belegen. Pfeiffle war froh darüber. Vielleicht würde auch das Interesse von Halders Vorgesetzten jetzt etwas abnehmen. Auch in Schussental selbst hatte das Interesse nachgelassen. Man wandte sich wieder den eigenen Problemen zu. Die waren zwar weniger spektakulär, aber für die Betroffenen von erheblich größerer Bedeutung als irgend ein Toter, den keiner kannte. Hier eine Maschinenfabrik, die Arbeitsplätze abbaute, dort ein Textilwerk, das schließen mußte. Pfeiffle hatte außerdem den Eindruck gewonnen, daß die Ereignisse der letzten Tage bewußt so wenig wie möglich in die Öffentlichkeit getragen wurden. Er nahm an, daß man ganz einfach Angst hatte, daß nach den Schlagwörtern „Die Ereignisse von Rostock" oder „Die Morde von Mölln" auch das schöne und vom Tourismus ganz gut profitierende Schussental nur noch im Zusammenhang mit dieser unangenehmen Geschichte erwähnt werden würde.

Halder saß wieder alleine auf dem Podium. Es blieb ihm nicht verborgen, daß viele seiner Zuhörer nicht mehr aus Neugierde er-

schienen waren, sondern weil sie mußten. Ihm war dieser Stimmungswandel nicht unrecht, er haßte es, lediglich Sensationsgier zu befriedigen. Er zog eine sachliche Atmosphäre vor.
Mit einer gewissen Routine, die er sich in den letzten Tagen notgedrungen angeeignet hatte, brachte er seine Zuhörerschaft zum Schweigen und verschaffte sich Aufmerksamkeit.
„Meine sehr verehrten Damen und Herren", sagte er schließlich in seinem besten Hochdeutsch, „ich darf Ihnen mitteilen, daß es den Kollegen vom Sondereinsatzkommando SEK gestern in den frühen Abendstunden gelungen ist, in Kehl eine männliche Person festzunehmen, die unter dem dringenden Tatverdacht steht, an dem Tötungsverbrechen zu Lasten von Herrn Samuel Goldmann beteiligt gewesen zu sein."
Als er diese Formulierung hinter Dahms Schreibtisch entworfen hatte, war er noch stolz gewesen, aber nachdem er sie jetzt laut ausgesprochen hörte, war er sich nicht mehr so sicher.
Als ob sie es vorher abgesprochen hätten, griffen alle diejenigen, die immer noch ihre Telefone mitbrachten, nach den Geräten und tippten irgendwelche Nummern ein. Einige versuchten, Halder Fragen zuzurufen, und andere verließen auf der Suche nach einem Telefon einfach den Raum.
Halder bat um Ruhe und setzte seine Erklärung fort. Er beantwortete zunächst noch keine Fragen, weil er hoffte, daß sich die meisten nach seiner Erklärung sowieso erübrigten.
„Bei dem Festgenommenen handelt es sich um einen zweiundzwanzigjährigen Mann aus Reicherreute. Den Namen werden wir aus verständlichen Gründen hier und heute noch nicht bekanntgeben. Ich kann ihnen jedoch sagen, daß er nach den derzeitigen Erkenntnissen Teil der hiesigen Skinheadszene ist und bereits mehrfach im Zusammenhang mit Gewalttaten in Erscheinung getreten ist."
Ein Mann aus der ersten Reihe stand auf und setzte zu Halders Unwillen durch, eine Frage stellen zu dürfen: „Sie haben gesagt, er sei einschlägig vorbestraft. Weshalb wurde er verurteilt?"
Halder bat um etwas Geduld und nahm das Diktiergerät in die Hand, das er die ganze Zeit vor sich liegen hatte. Er spulte kurz zurück, um eine bestimmte Stelle abzuhören, dann wandte er sich wieder dem Fragesteller zu. „Ich habe nicht gesagt, daß er vorbestraft ist. Ich habe gesagt, er sei im Zusammenhang mit Gewalttaten in Erscheinung getreten."
„Das ist doch Wortklauberei", unterbrach ihn der Fragesteller.
„Das ist Ihre Ansicht. Für uns besteht ein Unterschied, ob jemand im Rahmen von polizeilichen Ermittlungen aktenkundig wird

oder ob er von einem Gericht rechtskräftig verurteilt worden ist."
Der Frager wurde jetzt ungeduldig. „Ist er vorbestraft, oder ist er es nicht? „
„Dazu möchte ich im Moment keine Angaben machen, um den Fortgang der Ermittlungen nicht zu gefährden." Halder wußte, daß seine Antwort unbefriedigend war aber er wollte keine Angaben machen, die zu einer Vorverurteilung durch die Presse führen könnten. Diesen Rat hatte ihm der leitende Oberstaatsanwalt mit auf den Weg gegeben.
Irgendjemand rief ihm die Frage zu, ob er bereit sei, Details über die Festnahme bekanntzugeben. Halder nickte.
„Offensichtlich hat der Mann versucht, mit dem Zug außer Landes zu kommen. Er wollte sich nach Frankreich absetzten. Er ist von einem der Zugbegleiter erkannt worden. Der hat sofort die zuständigen Stellen benachrichtigt. Daraufhin sind die Kollegen vom SEK mit einem Hubschrauber des Bundesgrenzschutzes nach Kehl eingeflogen worden und dort in den Zug gestiegen. Kurz nach Verlassen des Bahnhofs wurde der Zug auf der Rheinbrücke angehalten und die Festnahme durchgeführt."
„War der Mann bewaffnet?"
„Nein, der Mann war unbewaffnet und hat auch keinerlei Widerstand geleistet. Er ist von dem Zugriff völlig überrascht worden."
Halder schaute sich im Raum um und zeigte an, daß er jetzt Fragen beantworten würde.
„Hat der Mann schon gestanden?" lautete die erste.
„Nein, bisher noch nicht. Er ist von uns, das heißt von der hiesigen Polizei bisher einmal vernommen worden und hat jede Beteiligung an der Tat abgestritten."
„Wieso sind Sie dann so sicher, daß er der Richtige ist?"
Halder überlegte, dann fragte er zurück: „Wie darf ich die Formulierung ‚der Richtige' deuten?"
„Daß er der Täter ist, natürlich."
Halder hatte dies auch vermutet, wollte sich aber vorher doch vergewissern, daß er die Frage richtig verstanden hatte. „Ich habe vorhin nicht gesagt, daß er der Täter sei. Für einen solchen Schluß ist es noch zu früh. Ich habe lediglich gesagt, daß er im Zusammenhang mit der Tat verhaftet worden ist. Über seinen möglichen Tatbeitrag habe ich nichts gesagt."
Pfeiffle, der immer noch hinten unter den Zuhörern stand, bewunderte seinen Chef, wie vorsichtig Er vorging. Nach Pfeiffles Ansicht hatte er im Umgang mit der Presse einiges gelernt und schien nicht gewillt zu sein, mit irgend einem Satz zitiert zu werden, den er so gar nicht gemeint hatte.

Der Fragesteller war enttäuscht, fuhr aber fort: „Können Sie uns wenigstens sagen, wie Sie auf ihn gekommen sind?"
„Selbstverständlich. Er kannte das Opfer, er hat sowohl was die ideologische Komponente", wieder eine Formulierung, auf die er stolz gewesen war und die jetzt in seinen Ohren irgendwie überzogen klang, „als auch, was den materiellen Aspekt angeht, ein Motiv. Er hat kein Alibi für die Tatzeit, und er ist sofort nach der Tat geflüchtet. Das sind natürlich noch keine Beweise, die zu einer Verurteilung führen könnten, doch schien es uns für einen begründeten Anfangsverdacht ausreichend."
Halders Zuhörer schienen diese Einschätzung zu teilen.
„Und wo befindet sich der Mann im Moment?"
„Er befindet sich in U-Haft. Hier in Schussental. Er wird noch heute dem Haftrichter vorgeführt."
Sofort wurde die Frage nach der Uhrzeit gestellt. Offensichtlich hatten einige die Absicht, sich vor dem Amtsgericht aufzubauen und zu versuchen, ein Foto von dem Verdächtigen zu bekommen. Halder schaute auf seine Taschenuhr und sagte: „Er dürfte sich in diesem Moment bereits wieder auf der Rückfahrt befinden." Die Idee, Müller während der Pressekonferenz vorzuführen, stammte auch vom leitenden Oberstaatsanwalt, der ihm und auch sich selbst den Presserummel ersparen wollte. Die versammelten Journalisten waren enttäuscht, daß die Polizeibehörden ihre Arbeit unnötig erschwerten.
„Stimmt es, daß ein bekannter Strafverteidiger die Verteidigung des Mannes übernommen hat? „
Halder wußte sofort, wer gemeint war. Der Anwalt hatte gestern in einer großen Zeitung,, für die auch der Fragesteller wahrscheinlich arbeitete, angekündigt, den Fall übernehmen zu wollen.
„Darüber kann ich im Moment noch keine Angaben machen. So viel ich weiß, hat der Herr diese Ankündigung bereits vor der Festnahme gemacht. Ob er mit dem Festgenommenen in Kontakt steht, weiß ich nicht. Tatsache ist, daß der Verdächtige bei seiner Vernehmung auf die Hinzuziehung eines Rechtsbeistands verzichtet hat. Ich gebe ihnen aber gerne zu, daß es mich nicht wundern würde, wenn der Herr hier über kurz oder lang auftaucht. Vorausgesetzt, es sind auch genügend Fernsehkameras aufgebaut." Zum ersten Mal gelang es Halder, bei seinen Zuhörern so etwas wie Heiterkeit zu erzeugen. Kaum, daß er diesen Satz beendet hatte kamen ihm schon Bedenken, ob er sich mit seinem Kommentar nicht ein wenig zu weit aus dem Fenster gelehnt hatte. Er beschloß, einen Rettungsversuch zu unternehmen.
„Meine Damen und Herren, hierbei handelt es sich um meine

ganz persönliche Ansicht und ich wäre nicht gekränkt, wenn ich darüber morgen nichts lesen müßte."

Pfeiffle beschloß, in sein Büro zurückzugehen. Er glaubte nicht, daß Halder ihn noch brauchte, und außerdem langweilte ihn das Frage- und Antwortspiel langsam. Halder machte auch nicht den Eindruck, als ob er diese Veranstaltung noch lange fortsetzen würde.
Er gab seinem Vorgesetzten ein Zeichen, und nachdem dieser offensichtlich keine Einwände hatte, schlich er sich durch den Hintereingang nach draußen. Er mußte dringend in Zürich nachfragen, wann er an das Schließfach konnte.

Ein erleichterter und zufriedener Halder war mittlerweile ebenfalls wieder in seinem Büro. Der Fall schien kurz vor einem erfolgreichen Abschluß zu stehen und bisher waren keinerlei Pannen aufgetreten, für die man ihn hätte verantwortlich machen können. Er war sogar in der glücklichen Lage gewesen, eine erfolgreiche SEK-Aktion ins richtige Licht rücken zu können. Und jeder wußte, daß das SEK eines der Lieblingsspielzeuge des Innenministers war. Der vergaß niemanden, der für einen erfolgreichen Einsatz sorgte und dadurch die Notwendigkeit der kostspieligen Einheit nachwies. Nicht auszudenken, wenn wieder die GSG 9 zum Zug gekommen wäre. Halder wollte gerade in Stuttgart anrufen und seinen täglichen mündlichen Bericht abliefern, als ihm ein Fax auf den Tisch gelegt wurde. Er überflog es, und so schnell, wie seine Laune sich verbessert hatte, wurde sie wieder schlechter.
Halder las: „Friedrichshafen (dpa)
In Friedrichshafen haben heute drei Skinheads auf offener Straße eine Frau überfallen und sie mit einzelnen Schnitten im Gesicht verletzt. Obwohl die dunkelhaarige Frau die Frage, ob sie Deutsche sei, bejahte, hatten die Männer der 21jährigen mit einer Rasierklinge zehn schmerzhafte Schnitte auf einer Wange beigebracht. Dabei hatten die Täter gesagt: ‚Gruß von Ernst, du siehst aus wie eine Ausländerin.'
Laut Beschreibung des Opfers hatte einer der 20 bis 25 Jahre alten kahlgeschorenen Männer am linken Oberarm das Zeichen der SA eintätowiert."

Halder wunderte sich, daß während der Pressekonferenz nach dieser Meldung nicht gefragt worden war. Entweder die dpa hatte niemanden geschickt, oder die Meldung war brandneu.

Er rief sofort seinen Friedrichshafener Kollegen an. Er hatte zwar keinen Zweifel daran, daß die Meldung den Tatsachen entsprach, aber er wollte wissen, ob die Täter bereits gefaßt waren.
Wie er es erwartet hatte, waren sie noch immer auf freiem Fuß. Das war aber nicht Halders Hauptsorge. Was er befürchtet hatte, war eingetreten. Die Bekanntgabe des Namens „Ernst" hatte Trittbrettfahrer mobilisiert. Er glaubte nicht, daß es einen Zusammenhang mit der Goldmann-Sache gab, trotzdem machte er sich Gedanken.
Es war jetzt bereits zum wiederholten Mal der Versuch unternommen worden, von Müller abzulenken. Außerdem schauderte es ihn bei der Vorstellung, daß alle gewaltbereiten Skinheads jetzt den Versuch unternehmen könnten, mit Hilfe von „Ernst" in die Zeitung zu kommen.

Dahm war froh, daß er nicht in seinem Büro arbeiten mußte, sondern nach Reicherreute fahren konnte. Obwohl Pfeiffle Müllers Wohnung schon durchsucht hatte, wollte er sich selbst auch noch ein Bild machen.
Er war aus Müller nicht sehr schlau geworden. Für Dahm stand es außer Frage, daß er wegen des Mordes Reicherreute verlassen hatte. Die Urlaubsgeschichte hielt er für völligen Blödsinn. Aber hatte er es getan, weil er der Mörder war, oder hatte er es getan, weil er dachte, man würde ihn dafür halten? Auch einem Mann wie Müller mußte klar sein, daß die Polizei ihm den Mord nicht anhängen konnte, wenn er nicht der Täter war, selbst wenn sie es gewollt hätte. Also sprach seine Flucht nach Dahms Ansicht ganz klar dafür, daß Müller mit der Sache zumindest etwas zu tun hatte. Er mußte so schnell wie möglich noch einmal mit ihm reden, um herauszufinden, ob er am Tatmorgen unter den Zuschauern war. Dahm hielt ihn zwar für kaltschnäuzig, aber er glaubte nicht, daß Müller den Nerv hatte, nach einem Mord noch einmal zum Tatort zurückzukehren, nur um im Falle einer Verhaftung sagen zu können, er hätte erst am nächsten Morgen von der ganzen Sache erfahren.
Die Eingangstür zu Müllers Wohnung war versiegelt. Den Schlüssel hatte er natürlich mitgenommen und er hätte die Wohnung sofort betreten können, aber er wollte zuerst bei Müllers Wirtin, laut Pfeiffle eine unangenehme Person mit Namen Hepper, klingeln. Er wollte nicht, daß sie sich erschreckte, wenn sich plötzlich jemand in der Wohnung zu schaffen machte. Außerdem hoffte er auch, von ihr unter Umständen ein paar Dinge über Müller zu erfahren, die er bis jetzt noch nicht wußte.

Als sich auf sein erstes Klingeln in der Wohnung nichts rührte, versuchte er es noch einmal.
Erst als die Frau sich wieder nicht meldete, ging er zur Rückseite des Hauses, auf der der Eingang zu Müllers Wohnung lag.
Die Wohnung befand sich im Keller. Er mußte erst eine kleine, steile Treppe hinuntersteigen. Die Fenster der Wohnung waren ebenerdig angebracht. Außen auf den Simsen standen kleine Blechdosen. Dahm nahm an, daß Müller sie im Sommer mit Wasser füllte, damit kein Ungeziefer durchs Fenster in die Wohnung gelangen konnte.
Er zerbrach das Siegel mit Hilfe des Schlüssels und öffnete die Tür. Als er eintrat schlug ihm ein muffiger Geruch entgegen. „So ähnlich muß es in einer Gruft riechen", dachte er, „außer daß die Bewohner dort kaum rauchen." Sogar als eingefleischter Raucher haßte Dahm den Geruch von kaltem Rauch.
Die Wohnung war so dunkel, daß er das Licht anschalten mußte. Sie war unaufgeräumt und sah aus, als ob ihr Besitzer sie erst vor kurzem verlassen hätte, außer, daß es eiskalt war.
Auf dem Boden lag ein Brief. Dahm nahm an, daß er erst an diesem Tag unter der Tür durchgeschoben worden war, sonst hätte ihn Pfeiffle sichergestellt und mitgebracht. Dahm steckte ihn in die Tasche, um ihn später zu öffnen.
An einer Wand stand ein schmales, ungemachtes Bett, eher eine Art Pritsche. Gegenüber ein fleckiges altes Sofa, vor dem Sofa ein Tisch, geschmückt mit leeren Bierdosen, leeren Zigarettenschachteln und einem übervollen Aschenbecher. Außerdem lag dort etwas, was Dahm für einen auseinandergenommenes Motorradgetriebe hielt.
Er nahm einen Plastikhandschuh aus seiner Jackentasche, zog ihn über seine rechte Hand und durchwühlte den Aschenbecher. Er hoffte darauf, vielleicht die Überreste eines Joints zu finden, um Müller damit ein bißchen unter Druck setzen zu können, aber er fand nur normale Zigarettenkippen.
Er schaute sich weiter um. In der Wohnung stand auch noch ein alter Kühlschrank. An dem leisen Brummen erkannte er, daß das Gerät in Betrieb sein mußte. Er überlegte kurz, ob er nachschauen sollte, was sich darin befand, aber in Anbetracht des hygienischen Standards, den Müller offensichtlich pflegte, und der Tatsache, daß Pfeiffle bestimmt schon gestern hineingerochen hatte, entschied er sich dagegen.
Auf dem Kühlschrank standen eine alte und völlig verklebte Kochplatte und einige leere Raviolidosen.
Auf dem Boden entdeckte er ein Fernsehgerät mit Videorecorder

und eine Stereoanlage. Die Lautsprecher standen in zwei Ecken. Auf einem lag ein alter Wehrmachtshelm, zumindest nahm Dahm an, daß es ein Wehrmachtshelm war, und auf dem anderen ein Totenschädel.
Dem Schädel hatte Müller eine Zigarette zwischen die unvollständigen Zahnreihen gesteckt.
Dahm ging zu dem Recorder, ließ die Kassette ausfahren und steckte sie ein. Vor seiner Abfahrt hatte er kurz nachgefragt, ob „Universal Soldier" schon im Handel zu haben war. Zu seiner großen Überraschung hatte er keine abschlägige Antwort erhalten. Der Film war im Verleih schon erhältlich. Er wollte sich die Kassette daheim anschauen. Er hatte keinen Zweifel, daß es sich um den Film handelte, den Müller genannt hatte, und daß er mit seiner Vermutung, Müller wollte einen Raubkopierer decken, völlig daneben gelegen hatte.
An der Zimmerdecke hatte Müller eine Reichskriegsflagge angebracht. Dahm kannte sie aus diversen Fußballstadien. Einziger Wandschmuck war ein Hitlerbild. Nach Dahms Ansicht war es das absurdeste Bild, das je von ihm gemalt und verkauft wurde. Es zeigte den Führer und Reichskanzler in Ritterrüstung, hoch zu Roß, in der Hand eine gewaltige Lanze, wie er mit entschlossener Miene nach vorne, oder, wie Dahm annahm, nach Osten blickte.
Er ging weiter in dem Zimmer umher. Unter einem der beiden Fenster hatte er ein kleines, selbstgemachtes Bücherbord gesehen. Dort lagen ein paar Bücher und ein Stapel mit Heften.
Er griff sich eines der Bücher heraus und war nicht sonderlich überrascht, daß er einen Nachdruck von Hitlers „Mein Kampf" in der Hand hielt. Dahm nahm an, daß das Buch Müllers ganzer Stolz war, zumindest was Druckerzeugnisse anging, aber er bezweifelte, daß er es jemals gelesen hatte. Er legte es zurück und griff sich das nächste Buch. Es trug den vielsagenden Titel „Ich war dabei" und handelte von den Kriegserlebnissen eines SS-Soldaten, der es später im öffentlich-rechtlichen Fernsehen bis zum Chefredakteur gebracht hatte.
Dahm fand noch eine Führerbiographie von Clifford Irving und eine Ausgabe von Hitlers Tischgesprächen.
Dahm schüttelte dem Kopf, legte die Bücher zurück und griff sich die Hefte. Ganz oben auf dem Stapel lagen einige Motorradzeitschriften, die legte er gleich zurück. Die restlichen Hefte wollte er im Sitzen durchblättern. Er konnte sich nicht entscheiden, ob das Bett oder das Sofa das kleinere Übel war. Er entschied sich schließlich für das Sofa, breitete aber sein Taschentuch darauf aus, bevor er sich setzte.

Die meisten der Hefte waren Landserhefte mit Titeln wie „Fallschirmjäger über Kreta" oder „Panzer vor Kursk". Dahm blätterte ein wenig darin herum und schaute sich dann die restlichen Hefte an. Das einzig Bemerkenswerte, was er noch fand, war eine alte Ausgabe des amerikanischen Söldnermagazins „Soldier of Fortune", in dem einige Stellenanzeigen angestrichen waren. So alt wie das Heft war, konnte Dahm aber nicht zwingend davon ausgehen, daß Müller derjenige war, der sie angestrichen hatte. Er legte alles zurück und suchte weiter. Unter einem Stapel Kleider fand er noch eine alte Munitionskiste. Er öffnete sie mit dem Fuß, fand aber nur Unterwäsche.
Dann schaute er sich noch in dem kleinen Bad, einer umgebauten Waschküche, um, mußte aber feststellen, daß er mittlerweile die Lust verloren hatte, und beschloß, aufzuhören.
Er verließ die Wohnung, schloß die Tür wieder ab und brachte ein neues Siegel an. Pfeiffle hatte recht gehabt. Nichts in der Wohnung deutete darauf hin, daß Müller in Goldmanns Haus gewesen sein könnte.

Er war schon fast wieder bei seinem Wagen angelangt, als er eine Frau, die ein Fahrrad schob, auf sich zukommen sah. An der Lenkstange ihres Rads hingen zwei große Einkaufstüten. Die Frau hatte ihn ihrerseits wohl schon länger gesehen, denn Dahm bemerkte, wie sie ihren Schritt beschleunigte. Noch bevor er Gelegenheit hatte, seinen Ausweis aus der Tasche zu ziehen, war sie bereits nahe genug gekommen, um ihm etwas zurufen zu können.
„Wer sind denn Sie und was wollen Sie hier?", fragte sie sofort.
Dahm ging auf sie zu und zeigte ihr den Ausweis. Die Frau schaute ihn aufmerksam an, dann fing sie an zu reden.
„Ja, ja. Der arme Bub. Hat es ja nun weiß Gott schon schwer genug, und jetzt wollen Sie ihn auch noch einsperren." Er hob beschwichtigend die Hand. „Von wollen kann hier überhaupt nicht die Rede sein. Ich ermittle wegen eines Tötungsdelikts, und wenn sich am Ende herausstellt, daß er etwas damit zu tun hat, dann wird er unter Umständen halt eingesperrt. Ich nehme an, Sie sind die Frau Hepper."
„Richtig. Hepper ist mein Name. Der Heiner wohnt bei mir."
Dahm war von dem feindseligen Unterton in der Stimme der Frau nicht sehr überrascht. Pfeiffle hatte ihn ja schon vorgewarnt. Sie schien ihm übel zu nehmen, daß er gegen ihren Untermieter ermittelte.
„Sie glauben nicht, daß er es getan hat?"
„Nein. Der Heiner tut so etwas nicht."

„Darf ich Sie dann fragen, ob Sie in der Nacht, als es passiert ist, den Heiner in seiner Wohnung bemerkt haben? Er sagt nämlich, daß er die ganze Nacht daheim gewesen ist."
Dahm hätte es nicht gewundert, wenn die Frau sofort mit einem Alibi für Müller aufgewartet hätte.
„Wenn er das sagt, dann stimmt es auch", sagte sie schließlich, „aber bestätigen kann ich das leider nicht. Ich bin die Nacht bei meiner Schwester gewesen. Die ist nämlich krank müssen Sie wissen."
„Dann wissen Sie wohl auch nicht, wann er am Montag seine Wohnung verlassen hat, oder?"
„Nein, das weiß ich nicht. Ich bin erst gegen Mittag mit dem Bus aus Wangen zurückgekommen. Meine Schwester wohnt nämlich in Wangen."
„Kannten Sie das Opfer, Frau Hepper?"
„Den Juden? Nein, den kannte ich nicht." Ob das stimmte oder nicht, konnte Dahm nicht überprüfen, aber daß sie Goldmann's Tod nicht sonderlich bedauerte, das konnte er deutlich heraushören.
„Bitte entschuldigen Sie mich, Herr Dahm, aber mir ist kalt. Wenn Sie mich nicht mehr brauchen, dann gehe ich jetzt rein."
Sie hatte recht, was die Temperatur betraf. Auch Dahm bemerkte, daß er fror." Eine Frage noch. Hat der Heiner hier noch irgendwelche Verwandte? Seine Mutter ist ja wohl tot." Er wollte wissen, ob sie ihm die Großmutter verheimlichen würde oder nicht.
„Der Heiner Verwandte? Wie man's nimmt. Eine Großmutter. Aber das wissen Sie ja wohl ganz genau. Wenn Sie mich entschuldigen wollen. Ach, noch was, wenn Sie wieder mal hier eindringen wollen, dann rufen Sie doch bitte vorher an. Es ist immerhin mein Haus."
„Rufen Sie an", dachte Dahm, „Gut, daß sie mich dran erinnert."
„Selbstverständlich. Hat Heiner eigentlich kein eigenes Telefon?" Ihm war vorhin keines aufgefallen.
„Nein. Wenn er telefonieren will, dann kommt er zu mir."

Als Dahm versuchte, die Fahrertür seines Wagens aufzuschließen, bemerkte er gleich, daß irgend etwas nicht stimmte. Das Schloß saß zu tief. Er lief um den Wagen herum und mußte feststellen, daß sich in keinem der Reifen mehr Luft befand.
Er bückte sich nach unten in der Hoffnung, daß nur irgendjemand die Ventile geöffnet hatte, aber er wurde enttäuscht. Alle vier Reifen waren an der Seite aufgeschlitzt. Er fluchte laut und trat gegen das rechte Vorderrad. Er schloß den Wagen trotzdem auf

und griff nach seinem Funkgerät, um die Zentrale zu verständigen. Dann ließ er sich mit Pfeiffle verbinden.
„Pfeiffle am Apparat", hörte er dessen Stimme, „was liegt an?"
„Dahm hier. Ich steh in Reicherreute und kann hier nicht weg. Irgend ein Arsch hat mir alle vier Reifen aufgeschlitzt. Können Sie mich abholen?"
Pfeiffle überlegte nicht lange. „Ja, sicher, wo sind Sie denn?"
„Ich steh genau vor Müllers Wohnung und warte dort auf Sie."
„Bei der Kälte? Wollen Sie nicht woanders warten?"
Dahm überlegte kurz. Pfeiffle hatte recht. Auch wenn er gleich losfuhr, würde es mindestens eine halbe Stunde dauern, bis er endlich da war. Und eine halbe Stunde bei laufendem Motor im Wagen herumzusitzen, das wollte er auch nicht. Er spielte mit dem Gedanken, die Haushälterin noch einmal zu belästigen. Er wußte nur nicht, was er sie im Moment noch fragen könnte.
„Hören Sie, Pfeiffle. Kennen Sie die Linde in Reicherreute?"
„Ja, klar. Gegenüber von der alten Schule."
„Ganz genau. Dort werde ich auf Sie warten."

Dahm betrat den Gastraum völlig durchgefroren. Als er durch die Tür trat, kam wie auf ein geheimes Kommando das Gespräch zum Erliegen. Niemand in dem Raum sprach auch nur ein einziges Wort. Mit Ausnahme des Stammtisches waren alle Tische unbesetzt, aber die vier, die dort Karten spielten, schauten plötzlich alle in seine Richtung.
Er sagte nur guten Abend und setzte sich an einen der leeren Tische. Nach einigen Minuten kam eine Frau, Dahm nahm an, daß sie die Wirtin war, an seinen Tisch, um die Bestellung aufzunehmen.
„Was darf's denn sein, der Herr?"
Ihm war kalt, und außerdem würde ja Pfeiffle auf dem Rückweg fahren.
„Einen Glühwein hätte ich gern. Haben Sie so etwas?"
„Einen Glühwein. Natürlich. Kommt sofort." Die Gäste am Stammtisch hatten ihr Kartenspiel immer noch nicht wieder aufgenommen und starrten geschlossen in Dahms Richtung. Die Vier nutzten sofort die Gelegenheit und bestellten ebenfalls noch etwas zu trinken. „Immerhin sind sie nicht stumm", dachte Dahm.
Er schaute sich um und hoffte, irgendwo eine Zeitung ausfindig zu machen, aber er sah nichts. Er überlegte, wie er die Zeit bis zu Pfeiffles Ankunft überbrücken könnte.
Schließlich kam ihm eine Idee. Als die Wirtin seine Bestellung gebracht hatte, nahm er sein Glas mitsamt der Untertasse in die

Hand und ging in Richtung Stammtisch. Obwohl er wußte, daß eigentlich niemand das Recht hatte, sich ohne Einladung dort niederzulassen, klopfte er mit den Knöcheln der linken Hand auf den Tisch und setzte sich auf einen der Stühle.
„Ist doch gestattet, oder?" Als Antwort bekam er nur Gemurmel zu hören, aber offensichtlich waren seine neuen Tischgenossen nicht sehr begeistert.
„Darf ich mich den Herren kurz vorstellen. Ich heiße Dahm und suche Goldmanns Mörder. Jetzt hat man mir gerade die Reifen an meinem Auto zerschnitten, und da dachte ich mir, solange ich auf meinen Kollegen warte, leiste ich Ihnen Gesellschaft und arbeite ein bißchen."
Die Männer konnten mit seiner Ankündigung nichts anfangen. Er sprach weiter.
„Ich suche ein paar Leute, die am Montag früh vor dem Goldmannhaus rumgestanden sind. An dem Morgen waren jede Menge Zuschauer da." Die Vier waren nach Dahms Einschätzung bereits alle im Ruhestand. Deshalb hoffte er, daß wenigstens einer dort gewesen war. Es meldete sich aber keiner zu Wort. Sie wußten alle nicht, worauf er hinaus wollte.
Dahm fuhr fort: „Sie wissen doch sicher alle, daß im Moment ein junger Mann aus dem Dorf von uns mit dieser Sache in Verbindung gebracht wird?"
Endlich beschloß einer der Männer, Dahm eine Antwort zu geben. „Ja, der Heiner."
„Der Heiner, ganz genau", sagte Dahm," und der hat mir gesagt, daß er an dem Morgen auch dort gestanden hat. Und mich interessiert jetzt brennend, ob das stimmt."
Die Männer wußten nicht, wie sie reagieren sollten. Dahm merkte das und fragte seinen Nachbarn nach dem Weg zur Toilette. Er wollte ihnen Zeit geben, sich zu besprechen.
Der Mann zeigte nur auf eine große Tür am anderen Ende des Raumes. Dahm bedankte sich für die Auskunft und machte sich auf den Weg. Beim Hinausgehen drehte er sich kurz um und sah, wie sie schon die Köpfe zusammengesteckt hatten.

Als er an den Tisch zurückkam, war es wieder ganz still. Er drehte sich zu dem Mann hin, der vorhin kurz gesprochen hatte. Er hielt ihn für den Wortführer. „Und", fragte er ihn schließlich, „was ist?"
„Ich war dort. Wir waren alle dort."
„Und hat einer von Ihnen den Heiner gesehen?"
„Ja. Der Heiner war da. Ist das jetzt gut für ihn oder schlecht?"

„Was wär Ihnen denn lieber?"
„Geht sie's was an?"
„Nein, reine Neugierde."
„Mir wär's lieber, wenn's einer von auswärts getan hätte."
„Kann ich verstehen", sagte Dahm, „vielen Dank für Ihre Auskunft. Wird dem Jungen eher nützen als schaden." Dann drehte er sich zur Wirtin hin. „Zahlen!" Er hatte beschlossen, doch vor der Tür zu warten, damit die Stammtischrunde endlich ungestört weiterspielen konnte, nachdem sie ihm so bereitwillig geholfen hatte.

Er stand vor dem Gasthaus und zündete sich eine Zigarette an. Auf dem Weg nach draußen waren ihm noch vier Jugendliche begegnet, die ihn vielsagend angrinsten. Er nahm an, daß das die Kerle waren, die am Vortag seine Autonummer notiert und sich vorhin mit seinen Reifen beschäftigt hatten.
Er hatte seine Zigarette gerade ausgeraucht, als er einen Wagen kommen hörte. Er drehte sich um und sah, daß es Pfeiffle war.
„Warten Sie schon lange? Ich dachte, Sie wollten in die Kneipe gehen."
„Da war ich auch. Gibt's was Neues?"
„Ich war bei der Pressekonferenz. Halder war ziemlich stolz, daß er endlich eine Festnahme vermelden konnte."
„Ach du Scheiße! Hoffentlich hat er nicht gesagt, daß wir den Täter haben."
„Natürlich nicht. Aber warum regen sie sich denn auf?"
„Ich hab Ihnen doch gesagt, daß Müller bei der Vernehmung behauptet hat, daß er am Montagmorgen bei den Gaffern war."
„Haben Sie nicht, aber das ist ja auch egal. Und?"
„Ich hab da drinnen gerade mit ein paar Einheimischen gesprochen, die auch dort waren. Die haben mir das bestätigt."
„Du lieber Himmel! Dann war er's am Ende gar nicht."
„Kaum. Kein Mensch ist so blöd und wartet mit dem Flüchten bis zum nächsten Morgen."
„Wenn Halder das hört, dann flippt er aus. Dann können wir wieder von vorn anfangen."
Das war eigentlich auch Dahms erster Gedanke gewesen, aber mittlerweile hatte er ein wenig nachgedacht und sich wieder gefangen. „Nein, glaub ich nicht. Tatsache ist und bleibt, daß er abgehauen ist, als er gemerkt hat, was passiert ist. Ich gehe davon aus, daß er zumindest Bescheid wußte, was passieren würde, er wußte wohl nur nicht wann."
„Heß?"
„Möglich. Zutrauen würde ich's ihm."

„Aber wir haben doch seine ganzen Spezeln überprüft. Alle haben ein Alibi. Er auch."

„Wir müssen uns seine Akten kommen lassen und nachschauen, mit wem er in seiner aktiven Zeit als Hehler zusammengearbeitet hat. Vielleicht bringt uns das weiter."

„Das muß dann aber die Leinenweber machen. Ich darf morgen früh nach Zürich."

„Das Schließfach?"

„Richtig. Noch was. Die Briefmarken. Alle möglichen Abdrücke drauf, nur die von Goldmann nicht."

„Also, waren es auch nicht seine?"

„Nicht gesagt. Der Experte meint, wenn Goldmann wirklich so viel von Briefmarken verstanden hat, dann hat er die Dinger nur mit einer Pinzette berührt."

Pfeiffle war mittlerweile losgefahren, aber Dahm hatte den Eindruck, daß er in die falsche Richtung fuhr.

„Entschuldigen Sie, aber fahren wir eigentlich in die richtige Richtung?"

„Ich wollte ihnen noch schnell etwas zeigen." Nach ein paar Minuten hielt Pfeiffle an und kurbelte sein Fenster herunter. Dann nahm er den Handscheinwerfer von der Rückbank und leuchtete auf einen großen Stein, der etwas abseits von der Straße stand.

„Diese Lina hat Ihnen doch die Geschichte von dem Polen und den Deserteuren erzählt." Dahm nickte. „Hier sind sie aufgehängt worden. Das da ist der Gedenkstein." Dahm erinnerte sich an die Stelle. Er war vor ein paar Wochen hier vorbeigeradelt und hatte den Stein gesehen. Er hatte ihn sich aber nicht näher angesehen, weil es angefangen hatte zu regnen.

Pfeiffle wendete und fuhr wieder in Richtung Reicherreute. Beide schwiegen bis sie wieder an Dahms Wagen vorbeikamen.

„Was passiert eigentlich mit dem, Pfeiffle?"

„Wird heute noch abgeholt. Soll ich Sie gleich heimfahren oder wollen sie noch ins Büro?"

Dahm überlegte. „Setzen Sie mich bitte im Büro ab. Ich will noch ein paar Unterlagen holen und heute abend in Ruhe durchlesen. Vielleicht fällt mir ja noch etwas ein."

Außerdem hatte er noch die Absicht, in der Bürgerstube vorbeizuschauen. Vielleicht war die Lehrerin ja wieder da.

Als Dahm wieder in seiner Wohnung war, war er zum zweiten Mal an diesem Tag völlig durchgefroren. In der Polizeidirektion hatte er noch kurz bei Halder vorbeigeschaut und ihm die Sache mit Müller erzählt.

Halder hatte nicht den Eindruck gemacht, als ob er überrascht gewesen wäre. Er hatte diese Möglichkeit seit dem morgendlichen Gespräch mit Dahm einkalkuliert und war auch zu dem gleichen Schluß wie dieser gekommen. Wenn Müller schon nicht der Täter war, dann war er der Schlüssel und würde über kurz oder lang auspacken.
Außerdem war er der Ansicht, daß man ihm aufgrund seiner vorsichtigen Formulierungen bei der Pressekonferenz auch kaum den Vorwurf machen konnte, er hätte vorschnell Erfolgsmeldungen verbreitet, die sich hinterher als unrichtig herausstellten.
Auf dem Rückweg hatte Dahm wie geplant noch in der Bürgerstube vorbeigeschaut, aber für einen Kneipenbesuch war es der Lehrerin wohl noch ein wenig zu früh, denn mit Ausnahme der Wirtin war das Lokal leer gewesen.

Dahm setzte sich an seinen Küchentisch und ging noch einmal seine Notizen über das Gespräch mit der Haushälterin durch. Sie hatte sich bemüht, ihre Wahrnehmungen am Morgen nach der Tat so präzise wie möglich zu schildern, daran hatte er keinen Zweifel, aber wie sollte er wissen, ob ihre Darstellungen auch vollständig waren?
Er hatte in Tübingen vor Jahren eine Vorlesung bei einem Richter besucht, der sich mit der Frage auseinander gesetzt hatte, woran man eine Lüge erkennen kann. Er hatte dafür alle möglichen Kriterien entwickelt. Dahm erinnerte sich noch an das Detailkriterium, aber auch dieser Fachmann war in seiner langen Praxis zu der Erkenntnis gelangt, daß die sicherste Lüge immer noch die Wahrheit war, bei der man ein paar Kleinigkeiten einfach wegließ.
Was Dahm Sorgen bereitete, war, daß die Frau sicherlich mehr für ihren Enkel übrig hatte, als sie zugeben wollte. Er war sich sicher, daß sie ihn schützen würde, wenn man ihr dazu die Möglichkeit gab. Außerdem war da noch die Bürgschaft für Müller. Bisher hatte Dahm ihr zu erwartendes Erbe kaum für ein ausreichendes Motiv gehalten, aber die Tatsache, daß sie vielleicht schon bald diese Summe brauchte, änderte einiges.
Er ging seine Notizen weiter durch. Irgend einen Hinweis mußte der Täter doch hinterlassen haben. Irgend eine Kleinigkeit, die ihm zwar bestimmt schon aufgefallen war, die er aber bisher noch nicht richtig einordnen konnte.
Er las weiter und ertappte sich dabei, daß er wieder nur alles überflog, anstatt Wort für Wort zu lesen. Ihm fiel ein, daß er Müllers Kassette und die Post noch in der Tasche hatte. Er brauchte eine Pause und beschloß, sich das Video anzuschauen.

Er legte die Kassette in sein Videogerät und wollte es starten, aber die Fernbedienung funktionierte nicht. Er war schon drauf und dran, eine seiner seltenen, aber dann umso heftigeren cholerischen Anfälle zu bekommen, als ihm einfiel, daß die Batterien noch in der kleinen Horrormaschine von seiner Ex-Frau stecken mußten. Er holte sie und stellte mit Genugtuung fest, daß seine Fernbedienung einwandfrei funktionierte.
Schon nach wenigen Sekunden war ihm klar, warum Müller den Lieferanten des Machwerks nicht preisgegeben hatte. Auf dem Bildschirm wurden Menschen auf die barbarischste Art und Weise mißhandelt und vergewaltigt, auch Kinder. Er schaltete angewidert ab. Was er gesehen hatte, hätte Müllers Lieferanten in ernste Schwierigkeiten gebracht. Oder auch nicht, überlegte er dann.
„Wer sowas herstellt und vertreibt und sich dann auch noch erwischen läßt, kommt wahrscheinlich billiger davon als einer, der ein halbes Pfund Shit unter die Leute bringt."
Dann öffnete er den Umschlag, den er aus Müllers Wohnung mitgenommen hatte. Absender der Schreibens war die BMW-Bank.

„Sehr geehrter Herr Müller,
bei einer Überprüfung Ihres Kontos mußten wir feststellen, daß sie trotz mehrfacher Aufforderung die fünf bis zum Tag der Rechnungslegung noch fälligen Monatsraten für die Finanzierung Ihres Fahrzeugs noch nicht bezahlt haben.
Nach §12 unserer allgemeinen Vertragsbedingungen kündigen wir Ihnen hiermit den Darlehensvertrag vom 17.05. dieses Jahres fristlos.
Wir fordern Sie hiermit auf, den noch ausstehenden Restbetrag von DM 37 342.12 bis zum 15.12. dieses Jahres auf eines der unten genannten Konten zu überweisen.
Wir weisen Sie darauf hin, daß wir im Falle der Nichtzahlung einen Rechtsanwalt mit der Wahrnehmung unserer Interessen beauftragen werden."

Dahm brauchte gar nicht erst weiter zu lesen. Müller hatte weit mehr Schulden, als nur die Krankenhausrechnungen seiner Mutter. Und mehr Gründe, möglichst schnell möglichst viel Geld aufzutreiben. Oder das Land zu verlassen.

Er nahm sich noch einmal die Berichte vor und fing wieder an zu lesen. Dieses Mal Wort für Wort. Als er schon aufgeben wollte, nahm er noch einmal das erste Blatt zur Hand. Und dann hatte er zum ersten Mal an diesem Abend das Gefühl, auf etwas gestoßen

zu sein, was er bisher tatsächlich noch nicht bedacht hatte.
Er zog seine Jacke an und machte sich auf den Weg in die Bürgerstube. Er wollte seinen Einfall feiern, und er feierte nicht gerne alleine.

Dahm war erstaunt, daß bei seiner Ankunft in der Polizeidirektion die Kollegin Leinenweber im Büro auf ihn wartete.
Sie hatte eine Zeitung in der Hand und studierte interessiert die Titelseite.
„Haben Sie das schon gelesen?" fragte sie ihn. Dabei hielt sie ihm die Zeitung entgegen. Er hatte. Halders Erklärung von der Pressekonferenz war fast vollständig wiedergegeben worden. Der Autor war sogar zu dem Schluß gekommen, daß der Fall unmittelbar vor seiner Aufklärung stand.
„Und, was halten Sie davon, Frau Leinenweber?"
„Was soll ich davon schon halten. Gut für uns, oder?"
Dahm war sich dessen nicht ganz so sicher. „Glauben Sie nicht, daß der gute Halder da ein bißchen übertrieben hat? Ich meine, ich arbeite ja auch an dem Fall, aber davon, daß er kurz vor der Aufklärung stehen soll, habe ich noch nichts bemerkt. Sie vielleicht?"
Als er seine Kollegin fragend anschaute, bemerkte er, daß sie mit Hilfe eines eher komisch wirkenden Mienenspiels seine Aufmerksamkeit in Richtung Tür lenken wollte. Bevor er sich umdrehen konnte, vernahm er bereits eine mittlerweile vertraute Stimme, die Stimme von Halder.
„Das habe ich in der Tat. Ich war nur der Ansicht, und mit dieser Ansicht stehe ich nicht alleine, daß es langsam an der Zeit war, endlich eine Erfolgsmeldung zu bringen. Und die Festnahme von Müller ist ein Erfolg. Auch wenn der Kollege von der Presse den vielleicht etwas höher einschätzt und anders bewertet als wir." Er setzte sich auf Pfeiffles Stuhl und nahm die Zeitung.
„Übrigens wird Ihnen Ihr Kollege Pfeiffle bestätigen, daß ich mich gestern bei der Pressekonferenz bei weitem nicht so festgelegt habe, wie es jetzt hier dargestellt wird. Wo steckt der eigentlich?"
„Der ist in Zürich und versucht das zweite Schließfach aufzumachen."
Halder fiel es jetzt wieder ein. „Richtig. Ich hab ihm ja gestern eine Dienstreisegenehmigung unterschrieben. Habe ich Sie eigentlich bei etwas wichtigem unterbrochen?"
„Ich bin gerade erst gekommen und weiß auch noch nicht, warum Frau Leinenweber schon auf mich gewartet hat."

Jetzt war sie am Zug. „Es ist wegen der Briefmarken, die wir bei Heß gefunden haben. Der Gutachter sagt, sie sind völlig wertlos. Die werden nach Gewicht verkauft. Keine einzige dabei, die mehr als ein paar Pfennig wert ist."
Halders Interesse schien geweckt. „Was hat das mit den Briefmarken eigentlich auf sich? In jedem zweiten Bericht lese ich etwas von Briefmarken, die gar nicht da sind."
Dahm sah eine Chance, seinem Vorgesetzten eine kleine Retourkutsche dafür zu verpassen, daß er sich angeblich zu intensiv mit Goldmanns Vorleben befaßt hat.
„Ich kann Ihnen das gerne erklären, aber dafür muß ich ziemlich weit ausholen."
„Bitte", sagte Halder, „tun Sie sich keinen Zwang an."
„Also, bei unseren Ermittlungen mußten wir feststellen, daß Goldmann über kein regelmäßiges Einkommen verfügt hat. Also, keine Rente, nichts. Deshalb hat uns natürlich interessiert, wovon er überhaupt seinen Lebensunterhalt bestritten hat. Seine Haushälterin hat uns dabei ein wenig auf die Sprünge geholfen. Die hat nämlich erzählt, daß er ab und zu ein paar Briefmarken verkauft haben soll. Mittlerweile haben wir auch rausgefunden, woher er die hatte.
Sein Vater besaß in Stuttgart irgendwann ein großes Möbelhaus. Nachdem ihm die Frau weggestorben war, hat er es verkauft und wollte sich nur noch seinem Steckenpferd widmen, seinen Briefmarken. Von dem Erlös hat er das Haus in Reicherreute gekauft und eine ansehnliche Sammlung zusammengestellt. Bevor er etwas davon gehabt hat, ist er allerdings bei einem Verkehrsunfall ums Leben gekommen. Und Samuel hat dann alles geerbt."
„So viel, daß er bis zum heutigen Tag davon leben konnte?" Halder staunte.
„Offenbar", sagte Frau Leinenweber.
„Und von diesen Briefmarken, wenn überhaupt noch welche da sind", fuhr Dahm fort, „fehlt bisher jede Spur."
Halder hatte verstanden. „Und solange das nicht geklärt ist, besteht zumindest die Möglichkeit, daß es Goldmanns Mörder eigentlich darauf abgesehen hatte."
„Genau, Herr Halder."
„Sehr schön, Herr Dahm, was haben Sie als nächstes vor?"
„Ich werde nach Ulm fahren. Ich habe einen Termin beim Makler."
Die Leinenweber wußte natürlich, daß Dahm schon seit einiger Zeit eine Wohnung suchte, die er kaufen konnte, aber ausge-

rechnet jetzt und während der Dienstzeit zum Makler zu fahren, und dann noch nach Ulm, das schien ihr ziemlich dreist. Halder schien die Idee auch nicht sonderlich zu gefallen. „Muß das heute sein? Bei Frau Läpple soll es sich doch gar nicht so schlecht wohnen lassen. Vielleicht sollten sie ihren Termin doch noch ein wenig aufschieben."
Dahm lächelte. „Es geht nicht um meine Wohnung, es geht um Goldmanns Haus. Ich hab da so eine Idee."
„Würden sie uns die unter Umständen mitteilen, Herr Dahm?"
„Nein, bitte nicht. Es ist nur so ein Gedanke, sozusagen ein Schuß von der blauen Linie. Es wäre mir peinlich, wenn ich jetzt alles erzählen würde, was ich mir gestern abend ausgedacht habe, und hinterher würde sich herausstellen, daß alles Quatsch war."
„Wann fahren Sie?" fragte Halder.
„So in einer Stunde etwa. Wenn der Pfeiffle sich meldet, dann soll er mich bitte so schnell wie möglich anfunken."

Als Halder das Büro verlassen hatte, unternahm Dahms Kollegin noch einen Versuch. „Jetzt kommen Sie schon Dahm. Mir können Sie es doch erzählen. Ich behalt's auch für mich. Ehrlich." Es war ihr anzusehen, daß sie vor Neugierde fast platzte.
Er überlegte. Eigentlich war das eine gute Möglichkeit, zwischen ihnen eine Art Vertraulichkeit aufzubauen, von der er auch privat profitieren könnte.
„Wissen Sie, vorgestern hätte ich es Ihnen noch verraten, aber jetzt lieber doch nicht." Als er das sagte, dachte er an die Lehrerin. Jetzt verstand sie überhaupt nichts mehr und glaubte, er wollte sie auf den Arm nehmen.
„Wissen Sie was? Lecken Sie mich doch am Arsch." Dann verließ sie wütend das Zimmer.

Sein Telefon klingelte. Er nahm ab und meldete sich. Dahm haßte das Geräusch und sehnte sich nach der Zeit zurück, als Telefone noch ganz normal klingelten und nicht mit dem neuen Kunstton ausgestattet waren.
Halder war am anderen Ende der Leitung.
„Dahm, wir kriegen vielleicht ein Problem."
„So? Ich dachte, wir hätten schon welche."
Halder war nicht zum Scherzen zumute. „Wir haben gerade ein Flugblatt in die Finger bekommen. Sagt Ihnen der Name Florian Geyer etwas?"
Dahm kramte in seinem Gedächtnis. Irgendwie kam ihm der Name bekannt vor, aber er wußte nicht, woher. „Sagt mir was.

Aber ich komme jetzt nicht drauf, wo ich das schon mal gehört habe."
„Ist ja auch egal. Jedenfalls hat eine Kulturgruppe Florian Geyer Flugblätter verteilt."
Jetzt fiel es ihm wieder ein. Diese Gruppe hatte auch den Reiseführer für Rechtsradikale herausgegeben, der bei der Friedhofsgeschichte eine Rolle gespielt hatte.
„Und was steht in diesem Flugblatt so Besorgniserregendes drin?"
„Dahm hatte zwar schon einen Verdacht, was ihnen drohte, hoffte aber, sich zu irren.
Halder mußte ihn enttäuschen. „Es sieht so aus, als ob wir morgen abend hier einen Fackelzug mit Mahnwache zu sehen bekommen."
„Und wo soll diese Mahnwache aufziehen?"
„An der Vollzugsanstalt. Sie wollen vom Bahnhof zur JVA marschieren und dort bleiben, bis wir Müller wieder freigelassen haben. Sieht so aus, als wollten sie aus ihm eine Art oberschwäbischen Rudolf Heß machen."
Dahm überlegte. „Bei den Temperaturen, die wir zur Zeit haben, halten die das doch keine drei Stunden durch. Weshalb machen Sie sich solche Sorgen?"
„Weil wir davon ausgehen müssen, daß die Autonomen aus Tübingen und Reutlingen von der Sache Wind bekommen und sie zum Platzen bringen wollen."
Jetzt verstand er die Sorge seines Vorgesetzten. Für Schussental bahnte sich eine äußerst explosive Besuchermischung an. Wenn die beiden Lager sich in der malerischen Altstadt eine Straßenschlacht lieferten, dann würde einiges geboten sein.
„Und was wollen sie dagegen unternehmen?" fragte Dahm seinen Chef.
„Das wird natürlich alles verboten, aber das wird uns nicht viel nützen. Wahrscheinlich werden wir ein paar Hundertschaften aus Biberach und aus Göppingen anfordern. Mit Wasserwerfern und allem Drum und Dran."
Dahm hörte vor seinem geistigen Ohr schon die Sprechchöre. Die eine Seite schreit „Freiheit für Müller", und die andere gröhlt „Polizisten schützen Faschisten". Und dazwischen ein paar hundert blutjunge Bereitschaftspolizisten, die nicht wissen, was sie tun sollen und von allen Seiten Prügel beziehen.
„Das hört sich alles nicht besonders gut an", sagte Dahm schließlich. „Gibt's noch irgendwelche Alternativen?" Es gab natürlich eine, aber daran wollte er nicht glauben.
„Natürlich gibts die. Wir lassen Müller ganz einfach laufen."

„Das ist doch wohl nicht Ihr Ernst. Der ist schon mal abgehauen. Meine Studentenzeit liegt zwar schon ein paar Jahre zurück, aber wenn ich mich recht entsinne, ist Fluchtgefahr immer noch ein Haftgrund."
„Sie haben ja recht, aber was sollen wir machen. Außerdem sind Sie doch derjenige, der neuerdings immer sagt, Müller sei es gar nicht gewesen."
„Das glaube ich mehr denn je, aber er könnte der Schlüssel zu der Sache sein. Ich dachte, da wären wir uns einig. Außerdem hat sich seine Lage ja wohl seit gestern nicht gebessert. Ich habe Ihnen doch geschrieben, daß er noch viel mehr Schulden hat, als wir bisher angenommen haben."
„Sind wir auch. Einig meine ich. Die Entscheidung ist ja auch noch gar nicht gefallen. Die liegt sowieso nicht bei uns, sondern beim Haftrichter. Ich wollte Ihnen ja nur Bescheid sagen, daß Sie nicht überrascht sind, wenn Müller plötzlich wieder auf freiem Fuß ist. Außerdem könnten wir ihn ja so lange beschatten lassen, bis alle wieder abgereist sind, und dann nehmen wir ihn einfach wieder fest. Das wäre zwar nicht ganz in Ordnung, aber nach meiner höchst privaten Ansicht mit Abstand das Beste."
Dahm gab Halder recht. Die Situation, in der er sich befand, war wirklich nicht einfach und für die letzte Lösung sprach einiges. Außerdem war da ja immer noch seine Idee. Wenn er recht behielt, dann war die ganze Sache bis zum nächsten Tag sowieso erledigt. Je mehr er darüber nachdachte, desto weniger glaubte er allerdings, daß er der Lösung tatsächlich auf der Spur war. Der Optimismus, den er am Vorabend aufgebaut und bis zu diesem Morgen herübergerettet hatte, war plötzlich wieder der Skepsis gewichen.
„Da ist übrigens noch etwas, das ich fragen wollte, Herr Halder. Wo ist eigentlich das Flugblatt her?"
„Von den Häfler Kollegen."
„Wer und was bitte sind Häfler?" fragte Dahm.
„Entschuldigen Sie. Ich vergesse immer, daß Sie nicht aus der Gegend sind. Häfler heißen hier die Friedrichshafener. Dort ist doch gestern das Mädchen überfallen und verletzt worden."
Dahm wußte zwar nicht, um was es genau ging, aber das war ihm auch nicht so wichtig. „Die Häfler Kollegen haben zwei Verdächtige festgenommen. Einer von beiden hatte so ein Flugblatt in der Tasche." Dann legte er auf.

Ursprünglich hatte er die Absicht gehabt, mit dem Zug nach Ulm zu fahren. Da er aber unterwegs per Funk erreichbar sein wollte, war ihm nichts anderes übrig geblieben, als doch einen Wagen zu nehmen. Er fuhr die Strecke ganz gerne. Bis Biberach Landstraße, und von da an vierspurig bis direkt nach Ulm. Aber mittlerweile hatte es angefangen zu schneien, und der Schnee blieb auf der Fahrbahn liegen. Seit er sich vor ein paar Jahren bei einem Unfall mit seinem Wagen einige Male um die eigene Achse gedreht hatte, waren ihm glatte Fahrbahnen ein Greuel.

Er schaute auf seine Uhr. Pfeiffle hatte ihm versprochen, daß er sich sofort nach seiner Rückkehr bei ihm melden würde. Dahm wollte möglichst vor seinem Gespräch mit dem Makler wissen, was Pfeiffle in dem Schließfach gefunden oder nicht gefunden hatte.

Als er bei Bad Waldsee die Wohnmobilfabrik passierte, meldete sich endlich sein Kollege.

„Dahm, ich bin's. Bin gerade zurückgekommen."

„Und, was haben Sie gefunden?" Er wurde ungeduldig.

„Eine alte Aufenthaltserlaubnis aus der Schweiz. Jetzt wissen wir wenigstens, wo er während des Krieges gesteckt hat. Und jede Menge Briefmarken und alte Münzen. Ich schätze, den Raubmord können wir uns endgültig abschminken. Das muß ein Vermögen wert sein."

„Woher wissen Sie das?"

„Nun, der Bänker ist fast ohnmächtig geworden, als er das ganze Zeug gesehen hat."

„Sonst noch was?"

„Ja, persönliche Unterlagen, ein paar Aktien und etwas Bargeld. Aber nicht viel."

Dahm war zufrieden mit dem, was er gerade gehört hatte. Bis jetzt lief alles nach Plan.

„Danke, Pfeiffle. Hervorragende Arbeit. Ich habe jetzt ungefähr noch eine halbe Stunde bis Ulm. Das Gespräch dauert sicher nicht sehr lange. Ich schätze, daß ich spätestens um eins wieder zurück bin." Dann legte er auf.

Von weitem konnte er schon die Spitze des Ulmer Münsterturmes sehen. Er hatte das Gefühl, direkt darauf zuzufahren.

Von seinem Freund Gerhard, der in Ulm Referendar gewesen war, hatte er erfahren, daß seine Kollegen dort eine ähnliche Leiche im Keller hatten, wie er selbst. Diese Formulierung schien ihm zwar ziemlich geschmacklos im Zusammenhang mit dem gewaltsamen Tod eines Menschen, in diesem Fall aber durchaus angemessen.

Vor drei oder vier Jahren, ganz genau wußte er es nicht mehr, wurde mitten auf dem Ulmer Münsterplatz ein stadtbekannter

Paradiesvogel erstochen. Es hatten sich auch ein paar Zeugen gefunden, die aussagten, daß sie in der Tatnacht ein paar Skinheads in der Nähe des Tatorts gesehen hätten. Aber die Täter wurden nie gefunden.
Dahm hatte die Ulmer Kollegen angerufen und gehofft, daß sie ihm in der Goldmannsache vielleicht irgendwie weiterhelfen konnten, aber die waren wenig begeistert, daß diese alte Geschichte plötzlich wieder aufgewärmt wurde.

Er war jetzt schon mitten in der Stadt. Der Makler hatte ihm zwar beschrieben, wo am Münsterplatz sein Büro zu finden war, aber aufgrund der Neugestaltung des Platzes war der Parkplatz, den Dahm anvisiert hatte, nicht mehr vorhanden. Dort war jetzt eine Baustelle.
Er gab den Versuch auf, mit dem Wagen an sein Ziel zu kommen und beschloß, in der Nähe des Gerichtsgebäudes zu parken und von dort aus sein Glück zu Fuß zu versuchen.

Er parkte direkt neben dem Gericht vor einer Kneipe, die er von früher kannte. Der Pächter schien gewechselt zu haben, denn das Haus war renoviert worden und machte jetzt einen erheblich einladenderen Eindruck als früher. Er schaute auf die Uhr und beschleunigte seinen Gang. Er wollte nicht zu spät zu seiner Verabredung kommen.
Der Makler, auf dessen Namen Pfeiffle bei dem Schussentaler Notar gestoßen war, war überhaupt nicht glücklich gewesen, als Dahm ihn angerufen hatte, um nach dem potentiellen Käufer des Goldmannhauses zu fragen. Er hatte irgend etwas von Vertraulichkeit als Geschäftsprinzip und Diskretion gemurmelt. Erst als Dahm ihm erklärt hatte, daß Goldmann nicht mehr in der Lage war, irgend etwas zu verkaufen und er unter Umständen wußte, mit wem weiterverhandelt werden konnte, war der Mann aufgetaut. Er hatte sich plötzlich nicht nur bereit erklärt, seinen Kunden zu fragen, ob er ihn nennen dürfte, sondern er wollte sogar mit ihm ein Treffen arrangieren. Dieses Versprechen war die erste positive Erfahrung mit dem Maklergewerbe, die Dahm je gemacht hatte.

Er öffnete eine Glastür mit der Aufschrift Reuter-Immobilien und betrat ein großes, helles Vorzimmer. Er ging direkt auf eine junge Frau hinter einem Akrylschreibtisch zu. Sie sah aus, als ob sie passend zur übrigen Einrichtung ausgewählt worden sei. Er nannte ihr seinen Namen und sagte, daß er eine Verabredung hätte.

„Einen Moment bitte. In welcher Angelegenheit darf ich sie melden? „
„Persönlich", sagte Dahm.
Ohne den Hörer abzunehmen drückte sie einen der zahlreichen Knöpfe an ihrem Telefon und sagte: „Hier ist ein Herr Dahm für Sie. Er sagt, er sei verabredet."
Sie legte auf und wandte sich wieder an ihn. „Bitte treten Sie ein. Die Herren warten schon." Dabei deutete sie auf eine Tür hinter ihrem Rücken.

Der Makler stand mitten im Raum und streckte Dahm die Hand zur Begrüßung entgegen. Er deutete auf einen Konferenztisch, an dem bereits jemand Platz genommen hatte, der gerade aufstehen wollte, aber Dahm bedeutete ihm sitzen zu bleiben.
„Darf ich mich vorstellen?" fragte der Mann. „Sie dürfen, aber Sie müssen nicht, wenn Sie nicht wollen." Der Mann lächelte. „Mein Name ist Binder. Ich bin im Hotelgewerbe tätig."
Dahm setzte sich. „Vielen Dank, daß Sie mir ihre wertvolle Zeit opfern. Ich will auch gar nicht lange stören. Wie Sie wissen, ist Herr Goldmann leider nicht mehr am Leben." Die beiden nickten. „Bei unseren Ermittlungen sind wir auf ein paar Unterlagen gestoßen, die darauf hindeuten, daß er wohl die Absicht hatte, sein Haus samt Grundstück zu verkaufen. An Sie, nehme ich an." Dabei schaute er auf Binder. „Das ist richtig. Wir waren auch kurz davor abzuschließen", antwortete er. Dahm fuhr fort. „Mich interessiert eigentlich nur eines: was hatten Sie mit dem Haus vor. Wollten Sie es stehen lassen oder wollten Sie es vielleicht abreißen?" „Darf ich fragen, warum Sie das wissen wollen?" Dahm überlegte kurz, dann antwortete er: „Das möchte ich im Moment eigentlich nicht verraten. Ich hoffe, Sie helfen mir trotzdem."
Anstatt zu antworten, öffnete Binder seinen Aktenkoffer und holte einen Bauplan heraus.
„Ich wollte es abreißen und ein Hotel bauen. Sie wissen vielleicht, daß im Nachbarort ein Golfplatz geplant ist, außerdem geht das Gerücht um, daß die Burg dort der Öffentlichkeit wieder zugänglich gemacht werden soll. Die Gegend da oben hat Potential."
„Goldmann hat von Ihren Plänen gewußt?"
„Ja, sicher. Aber es schien ihm egal zu sein. Ich hatte nicht den Eindruck, daß er besonders sentimental war. Zumindest was das Haus betraf."
Nach allem, was Dahm bisher über Goldmann in Erfahrung gebracht hatte, teilte er diese Einschätzung.

„Danke, meine Herren. Das war es von meiner Seite schon. Ach ja, eins noch. Eine Großmetzgerei in der Nähe Ihres Hotels hätten Sie sicher nicht zugelassen, oder?"
Binder lächelte nur vielsagend und hielt sich die Nase zu. „Sie wissen nicht zufällig, wer das Haus erbt? Herr Reuter hat so etwas angedeutet."
„Sie bringen mich da in arge Verlegenheit", sagte Dahm. „Sie werden doch nicht ernsthaft erwarten, daß ich Ihnen sage, daß die jüdische Gemeinde in Berlin als Erbe eingesetzt ist, nur weil ich im Laufe meiner Ermittlungen zufällig auf diese Information gestoßen bin."
„Tut mir leid", sagte Binder, „ich weiß natürlich, daß Sie so etwas nicht verraten dürfen. Bitte entschuldigen Sie, daß ich überhaupt danach gefragt habe."

Es war schon fast zwei Uhr, als er wieder in Schussental ankam. Pfeiffle wartete bereits auf ihn.
„Ich dachte, Sie wollten um eins schon wieder hier sein?"
„Dachte ich auch, aber ich bin unterwegs auf eine ganze Kolonne mit Wasserwerfern aufgelaufen. Mindestens fünf Stück."
„Die sind auf dem Weg hierher."
„Hab ich mir gedacht. Ich habe heute morgen schon mit Halder gesprochen. Da war er sich allerdings noch nicht ganz sicher."
„Mittlerweile sind die ersten Skins schon angekommen. Mit dem Zug. Sind jetzt bei Heß und bringen sich in Stimmung. Der macht heute wahrscheinlich das Geschäft seines Lebens."
Das war zu erwarten gewesen. „Und was unternehmen wir dagegen?"
„Halder hat alles, was laufen kann, mobilisiert. Der Laden ist praktisch umzingelt, alle Asylbewerberunterkünfte und Aussiedlerheime werden bewacht. Genauso alle türkischen Einrichtungen. Außerdem hat er ein paar Leute zum Bahnhof geschickt. Übrigens unter der Führung von Frau Leinenweber. Was haben Sie ihr eigentlich schlimmes angetan? Ich hab immer gedacht, daß die etwas für Sie übrig hat, aber die hätten Sie vorhin mal hören sollen!"
„Ich habe dem Chef gegenüber so eine Andeutung gemacht, daß ich vielleicht eine Idee habe. Und die wollte ich nicht verraten. Das war alles."
„Verraten Sie es mir? Heß, hab ich recht?"
„Nein, haben Sie nicht. Wenn mich nicht alles täuscht, dann ist Heß jetzt in einer ganz anderen Branche tätig."
„Und die wäre?"

Pfeiffles Neugierde kam Dahm ganz gelegen." Wenn Sie mir einen Gefallen tun, dann verrate ich es Ihnen."
„Was muß ich tun?"
„Sie gehen kurz zur Staatsanwaltschaft rüber und geben dort eine Videokassette ab."
„Und dann weihen Sie mich ein?"
„Nein, dann geb ich Ihnen die Kassette, Sie schauen sie kurz an und dann wissen sie auch Bescheid." Dahm holte die Kassette aus dem Schreibtisch.
„Danke, Herr Dahm, aber ich glaube, ich weiß schon. Gehen Sie ruhig selber."
Er nahm es ihm nicht übel. Schließlich hatte er seinen Kollegen schon bis nach Kehl gejagt.
„Okay, ich wollte sowieso noch nach Reicherreute raus. Ich gebe sie auf dem Weg dorthin ab. Wollen Sie mitkommen?"
„Liebend gerne. Es würde mich schon interessieren, wen Sie mitbringen, aber ich soll die Leinenweber am Bahnhof ablösen. Bringen Sie uns wenigstens jemanden mit?"
„Wenn ich Glück hab, dann schon."

Der Staatsanwalt hatte sich über Dahms Mitbringsel nicht sehr erfreut gezeigt. Er hatte einen Schrank geöffnet, der bis oben voll war. Lauter Kassetten und Hefte.
„Wissen Sie, Herr Dahm", hatte er gesagt, „wenn ich den Inhalt dieses Schranks an die richtigen Leute verkaufen könnte, dann müßte ich nie mehr arbeiten. Stattdessen ermittle und ermittle ich und was kommt dabei raus? Nichts. Gar nichts. Und jetzt noch der ganze Dreck über Computer auf der Datenautobahn. Keine Chance für uns. Null."
Dahm hatte ihn mit seinem Kummer alleine gelassen und war weitergefahren. Jetzt stand er vor dem Haus, zu dem er wollte und beobachtete es. Nach ein paar Minuten sah er, daß sich hinter einem der Fenster jemand bewegte. Das war sein Zeichen.
Selbst beim dritten Klingeln regte sich nichts. Er machte ein paar Schritte zurück und fing an zu rufen: „Kommen sie schon und machen sie auf. Ich hab sie doch vorhin gesehen. Muß ich wirklich erst die ganze Nachbarschaft zusammenschreien?" Um seiner Drohung den nötigen Nachdruck zu verleihen, hielt er ein Megaphon in die Höhe.
Schließlich ging die Tür auf. „Was wollen Sie denn noch? Hat man denn nie seine Ruhe?"
„Ich muß Ihnen noch ein paar Fragen stellen. Darf ich reinkommen? Hier draußen ist es ziemlich kalt."

„Von mir aus", sagte die Haushälterin, „dann kommen Sie halt herein." Er ging direkt in die Küche und setzte sich. „Also, Herr Dahm, was wollen Sie denn noch von mir? Ich hab doch schon alles erzählt, was ich weiß."
„Ich würde mich gerne ein bißchen bei ihnen umschauen."
„Ich glaube nicht, daß Sie dazu das Recht haben."
„Glauben heißt, nicht wissen, Frau Leisle, aber was Sie sagen, stimmt sogar. Ich kann aber zum Richter gehen und ihm sagen, daß ich einen Durchsuchungsbefehl für Ihr Haus brauche. Dann hole ich zehn uniformierte Kollegen, laß die hier aufmarschieren und Ihr Haus von oben bis unten durchsuchen." Es war zwar nicht die feine Art, sie so unter Druck zu setzen, aber Dahm wollte nicht so lange warten und außerdem hatte sie ihn ja auch angelogen. Er glaubte, das Recht zu haben, sie ein bißchen härter anfassen zu dürfen, als er es bisher getan hatte.
„Und mit welcher Begründung?" Sie gab noch nicht auf.
„Mit der Begründung, daß Sie eine Bürgschaft in einer Höhe von 50 000 DM übernommen haben, dieses Geld demnächst fällig wird und Goldmanns Tod Ihnen genau diese Summe einbringt."
Jetzt hatte er sie, wo er sie haben wollte. Sie wurde bleich und stotterte.
„Sie wissen?"
„Also wirklich, Frau Leisle, haben Sie im Ernst geglaubt, daß wir das nicht rauskriegen?"
„Und jetzt glauben sie, daß ich ihn erschlagen habe? Ausgerechnet ich?"
„Vielleicht hat Ihnen jemand geholfen..."
„... der Heiner, meinen Sie."
„Ich muß gestehen, der Gedanke kann einem schon kommen. Finden Sie nicht? Einfach die Haustür für den Enkel öffnen und dann ein paar Minuten wegschauen."
„Und warum wollen sie dann noch mein Haus durchsuchen?"
„Ich würde gerne Ihre Ersparnisse sehen."
„Wollen Sie mich vielleicht erpressen. Sie sind doch Polizist."
„Erstaunlich, was einem die Leute alles zutrauen", dachte er.
„Nein. Ich will eigentlich nur wissen, ob Sie das Geld auch ohne ihre Erbschaft aufbringen können oder nicht."
„Und wenn ich es könnte?"
„Dann würde ich weiterhin davon ausgehen, daß Sie mit der ganzen Sache nichts zu tun haben."
Ihre Miene hellte sich auf. Sie konnte ihre Erleichterung nicht verbergen. Sofort stand sie auf und ging zu ihrem Küchenschrank. Aus einem großen Steinguttopf zog sie ein Sparbuch heraus,

wischte es mit ihrer Schürze ab und legte es aufgeschlagen vor Dahm auf den Küchentisch.

Roth war gerade dabei, sich das Abendessen herzurichten, als er das Läuten seiner Türglocke hörte.
Er fühlte sich gestört. Sein Tagesablauf war davon geprägt, daß gewisse Dinge stets exakt zur selben Zeit zu geschehen hatten und sich in ihrem Ablauf auf keinen Fall von dem des Vortags, oder aller Vortage, unterscheiden durften.
Zu diesen Dingen zählten auch die drei Mahlzeiten, die er täglich einnahm, oder der Spaziergang, der immer um die gleiche Zeit begann und der ihn immer über dieselbe Strecke führte.
Das Abendessen fand jeden Tag genau um 18.00 Uhr statt und bestand immer aus zwei Scheiben Brot, einem Landjäger und einer Flasche Bier, wobei das Bier während der Wintermonate genau eine Stunde auf dem Ofen gestanden haben mußte, damit es nicht zu kalt war.
Er bekam nie Besuch, deshalb überwog die Neugierde seinen Unwillen über die Störung. Er schaltete sein altes Schwarzweißgerät aus und humpelte zur Tür. Als er den überraschenden Besucher erkannte, sagte er nur: „Guten Abend, ich hatte Sie fast schon erwartet." Dann bat er seinen Gast herein, aber der machte keine Anstalten, das Haus betreten zu wollen.
„Entschuldigen Sie die späte Störung, aber ich wollte noch kurz etwas erledigen, und ich dachte, sie könnten mir vielleicht dabei helfen." Dabei zeigte er einen kleinen Klappspaten, den er in der Hand hielt.
„Wo wollen Sie denn um diese Zeit noch Löcher graben? Bei dem Licht draußen können Sie doch gar nichts mehr erkennen."
„Machen Sie sich darüber keine Sorgen, Herr Roth, da wo ich graben will, da gibt's auch Licht. Ich will nämlich Goldmanns Weinkeller umgraben."
Dahm hatte erwartet, daß Roth jetzt erschrecken würde, aber er machte eher einen erleichterten Eindruck.
„Ich glaube, die Mühe können Sie sich sparen," sagte Roth, „kommen Sie lieber rein."
Roths Reaktion überraschte Dahm. Auf der Fahrt hatte er sich noch Gedanken darüber gemacht, wie der Alte wohl reagieren würde, und seine Phantasien reichten von einem hysterischen Wutanfall bis zum Herzversagen.
Als er ihn so dastehen sah, den Arm einladend ausgestreckt, dachte er sich, daß an dem Klischee, nach dem Gewalttäter mit Erleichterung auf ihre Entdeckung reagieren, vielleicht doch etwas

dran war. Er mußte sich zurückhalten. Noch war ja überhaupt nichts besprochen, geschweige denn, bewiesen. Vielleicht lag ja auch nur ein Mißverständnis vor.
Er folgte Roth in die schon vertraute Küche und setzte sich auf denselben Stuhl, auf dem er schon ein paar Tage zuvor gesessen hatte. Dann schwiegen sie sich an. Roth war schließlich derjenige, der die Stille unterbrach. „Wie sind Sie auf mich gekommen?"
„Ich mache ihnen einen Vorschlag", sagte Dahm, „ich erzähle Ihnen, wie ich ausgerechnet auf Sie gekommen bin, und dann berichtigen Sie mich, wenn ich irgendwo danebengelegen habe."
Roth nickte. „Das klingt fair."

„Also, die Idee, daß vielleicht alles ganz anders gewesen sein könnte, als es eigentlich ausgesehen hat, die ist mir schon an dem Tag gekommen, als wir ihn gefunden haben. Ich bin abends noch mal zum Haus rausgefahren und hab mich dort umgeschaut. Alleine. Das mache ich immer so. Wenn ich an einem Tatort bin, dann versuche ich mir immer vorzustellen, was genau in dem Raum geschehen ist, bevor der tödliche Schlag oder Schuß oder was auch immer geführt worden ist. Ich versuche, vor meinem geistigen Auge einen Film ablaufen zu lassen."
Roth unterbrach ihn und fragte, ob er etwas zu trinken wollte. Dahm überlegte kurz und schlug dann vor, das Bier, das er auf dem Ofen stehen sah, zu teilen. Roth holte zwei Gläser und stellte sie auf den Tisch. Dann ließ er Dahm weitererzählen.
„Jedenfalls lag Goldmann ja am Boden, als er gefunden wurde. Er muß mit dem Rücken zur Tür gesessen haben. Das haben wir aus der Lage des Stuhls geschlossen. Es war also durchaus möglich, daß er überrascht worden ist. Dann haben wir noch in der Küche ein zweites Fenster eingedrückt, um zu testen, ob man das in der Bibliothek hört. Man hört es nicht. Soweit spricht ja nun alles für einen heimtückischen Überfall durch den großen Unbekannten. Da stimmen Sie mir doch zu, oder?" Roth stimmte zu. „Dann habe ich mir überlegt, was Goldmann gerade wohl gemacht hat, als der Mörder von hinten an ihn rangeschlichen ist. Der Film, Sie erinnern sich? Aber mir ist nichts eingefallen. Mein Film hatte sozusagen keinen Anfang. Als er gefunden wurde, hat kein Licht gebrannt. Das wissen wir von dieser Lina. Wahrscheinlich hat der Mörder es ausgemacht. Wir haben in Goldmanns Nähe zwar eine Lesebrille, aber kein Buch gefunden, also kann er nicht gelesen haben. Musik gehört hat er auch nicht, in der ganzen Bibliothek gibt es keine Anlage, nicht einmal ein Radio.
Dann habe ich mir überlegt, ob er vielleicht über einem Schach-

problem gesessen hat, Sie haben ja selbst erzählt, wie gerne er Schach gespielt hat. Aber die Figuren waren alle noch in der Grundstellung aufgestellt."
Roth unterbrach ihn zum zweiten Male. „Vielleicht wollte er gerade anfangen, oder er ist gerade fertig geworden?"
„Ein guter Gedanke", sagte Dahm, „der ist mir auch gekommen, aber wir hätten doch wohl irgendein Schachbuch finden müssen, aus dem er das Problem entnommen hat. Die Bibliothek ist ja voll davon. Aber alle standen fein säuberlich aufgereiht in den Regalen. Und dann habe ich mir noch überlegt, ob er ganz einfach nur dagesessen ist und eine Flasche Wein geleert hat. Aber im Raum waren weder Flaschen noch Gläser."
„Und wenn er nur ein Nickerchen gemacht hat?"
„Möglich. Aber dafür hätte es in dem Haus jede Menge gemütliche Sessel gegeben, er hätte nicht auf dem Holzstuhl schlafen müssen. Kurz und gut, ich bin zu dem Schluß gekommen, daß er entweder nur einfach dagesessen hat, und das schien mir sehr unwahrscheinlich, oder daß sein Mörder ein paar kleine Veränderungen in dem Raum vorgenommen hat. Aus welchem Grund auch immer."
Roth stand auf und ging in seiner Küche umher. Dahm hatte den Eindruck, als ob er etwas suchte. Schließlich kam er mit einer Peife in der Hand zurück und setzte sich wieder.
„Warum verändert ein Mörder ein paar Dinge am Tatort, wenn er andererseits so eine Visitenkarte wie die Schmierereien hinterläßt? Ich wußte es einfach nicht."
„Das ist ja alles gut und schön, Herr Dahm, aber das erklärt ja nicht, wie Sie ausgerechnet auf mich gekommen sind."
„Tut es natürlich nicht. Noch nicht. Aber es war Grund genug für mich, mich nicht nur auf diesen Müller zu konzentrieren oder sonst einen Nazi zu suchen, sondern auch über ein paar andere Dinge nachzudenken.
Gestern abend habe ich mir dann noch einmal den Bericht der Spurensicherung durchgelesen, und da ist mir dann die Sache mit den Fingerabdrücken aufgefallen."
Roth hatte sich mittlerweile entschlossen, seine Pfeife auch anzuzünden und suchte nach seinen Streichhölzern. Dahm sah, daß in der Schachtel nur abgebrannte waren und gab ihm sein Feuerzeug.
„Wenn so etwas passiert, dann nehmen wir natürlich im ganzen Haus Fingerabdrücke. Es gab nur die von Goldmann, die von der Haushälterin und natürlich Ihre. War ja auch logisch. Sie drei waren die einzigen, die sich regelmäßig in dem Haus aufgehalten haben. Unser Schluß war natürlich klar: Der Täter hat Hand-

schuhe getragen. Aber warum hat er dann den Leuchter und den Bleistift, den er benutzt hat, abgewischt? Das hat er nämlich getan. Das macht doch keinen Sinn, wenn er sowieso Handschuhe getragen hat. Das ist zwar kein Beweis, aber doch ein Hinweis darauf, daß der Täter unter Umständen gar keine Handschuhe getragen hat. Und noch eins war klar, wenn der Täter keine Handschuhe getragen hat, dann kamen eigentlich nur Lina und Sie in Frage."
„Er hätte doch aber alles abgewischt haben können."
„Richtig. Hat er aber nicht. Die Türklinken waren zum Beispiel nicht abgewischt."
„Vielleicht waren alle Türen in dem Haus offen?"
„Laut Lina war die Tür zur Bibliothek aber zu, als sie ihn gefunden hat. Und sie hat mich auch gleich auf die nächste Idee gebracht. Sie hat mir erzählt, daß sie an dem Morgen eine offene Weinflasche in der Küche vorgefunden hat. Und daß sie sich noch gewundert hat, weil Goldmann eigentlich nie eine Weinflasche offen gelassen hätte. Zumindest nicht über Nacht. Ich habe alle Kollegen gefragt, ob jemand in der Bibliothek einen Korken gesehen hätte, aber keiner konnte sich erinnern. Also war auch keiner da. Wir haben ja alles fotografiert, und auch auf den Bildern war keine Spur von ihm. Was ist also aus dem Korken geworden?"
„Woher soll ich das wissen?"
„Der Täter hat ihn mitgenommen. Weil er ihn nämlich dazu benutzt hat, den Davidstern an die Wand zu malen."
„Das ist aber immer noch kein Beweis, daß ich es war."
„Nein, natürlich nicht, aber es bedeutet, daß die Flasche mitsamt dem Korken zur Tatzeit in der Bibliothek gewesen sein muß. Und daß die Flasche mit dem dazugehörigen Glas erst nach der Tat in die Küche getragen worden sind. Ich habe mir lange überlegt, warum der Täter das wohl gemacht hat. Die Sachen in die Küche zu tragen."
„Warum?"
„Weil er sowieso in die Küche mußte. Und zwar aus zweierlei Gründen. Er mußte die Scheibe eindrücken, damit es aussah, als ob er mit Gewalt ins Haus gekommen ist. Das geht von innen, wir haben das getestet. Und er mußte sein eigenes Glas spülen und dann verschwinden lassen."
Roths Pfeife war wieder ausgegangen. Er legte sie auf den Tisch.
„Dann wäre es für den Täter klüger gewesen, wenn er die Flasche und ein Glas in der Bibliothek gelassen hätte?"
„Unbedingt, Herr Roth, dann hätte die Vermutung nicht so nahe-

gelegen, daß Goldmann seinen Mörder gekannt und sogar bewirtet hat."
Roth beschloß, seine Taktik ein wenig zu ändern und nicht mehr nur ruhig zuzuhören.
„Sie haben mir immer noch nicht verraten, warum der Mörder Goldmann umgebracht hat. Ein Mörder, von dem Sie ja annehmen, daß Goldmann ihn kannte." Dahm merkte, daß Roth nun plötzlich „der Mörder" sagte.
„Das Motiv, ja. Ohne Ihnen nahetreten zu wollen, aber irgendwie hieß die Frage für mich Lina oder Sie. Bei Lina hätte das Motiv Habgier sein können. Sie erbt 50 000 Mark und kann sie auch ziemlich gut gebrauchen. Oder Rache. Sie hat Goldmann die Sache mit dem Polen nie verziehen. Recht gute Gründe, meinen Sie nicht?"
„Besser als meine jedenfalls. Ich hätte ja nur das Schachspiel bekommen sollen."
„Also da haben Sie doch ein wenig geschwindelt. Sie sollten ja auch den Nießbrauch an dem Haus erhalten. Und das wußten Sie auch ganz genau."
„Und wenn ich es gewußt hätte? Wenn ich auf das Haus so scharf gewesen wäre, dann hätte ich mich doch 47 schon gewehrt. Außerdem, was soll ich mit dem Haus? Sie wissen doch, daß mir schon das hier gehört."
„Genau das hat mich fast verrückt gemacht. Kein Motiv. Und dann ist es mir eingefallen. Ich will nicht behaupten, daß ich es genau weiß. Ich weiß nur, mit meinem kleinen Spaten finde ich es raus, wenn es unbedingt sein muß. Sie wollten nicht das Haus. Sie wollten nur nicht, daß es abgerissen wird. Und als Goldmann Ihnen an dem Abend beim Schachspiel und einer Flasche Wein beiläufig erzählt hat, daß er das Haus verkaufen will und daß es abgebrochen werden soll, da haben Sie ihn totgeschlagen."
Als er das sagte, schaute er Roth ins Gesicht und wußte, daß er recht hatte.

Roth begann zu erzählen: „Die Schweine im Lager haben mir wahrscheinlich ohne es zu wissen das Leben gerettet. Ich gehe nicht am Stock, weil ich ein alter Mann bin, obwohl ich das mittlerweile auch nicht mehr leugnen kann, sondern weil ich mir in Dachau das Bein gebrochen habe. So übel, daß man es sogar abnehmen mußte. Sie können sich denken, daß die medizinische Betreuung dort alles andere als optimal war. Und mit einem Bein konnte ich dann ein paar Jahre später auch nicht in den Krieg ziehen. Und den hätten sie mich mit meiner Vergangenheit bestimmt

nicht überleben lassen. Ich hab mir später oft überlegt, wieviele von den Herrenmenschen, die uns in Dachau gedemütigt und bis aufs Blut gequält haben, in Rußland oder Afrika oder sonst wo für Führer und Vaterland jämmerlich verreckt sind, während ich gemütlich in meiner herrschaftlichen Villa gesessen bin und auf den Untergang des Dritten Reichs gewartet habe."
Der Gedanke schien Roth nach all den Jahren immer noch zu erheitern, denn er hatte ein Lächeln auf seinem Gesicht. Dann wurde sein Blick plötzlich traurig.
„Und dann hat das kleine Ekel die Sache mit dem Haus herausbekommen. Objektiv hatte ich mir ja eigentlich nichts zuschulden kommen lassen. Ich hatte ja nur ein wenig Geld geschenkt bekommen und mir davon ein Haus gekauft. Aber in Wirklichkeit sah die Sache natürlich ganz anders aus. Ein Jude und ein Sträfling tun sich zusammen und schmieden ein Komplott, um das Deutsche Reich zu schädigen.
Eines Abends stand er bei mir vor der Tür. Zum zweiten Mal innerhalb von ein paar Tagen. Kurz vorher war er wegen irgend einer Sammlung bei mir gewesen. Er war der einzige aus der Jungschar, der sich überhaupt zu mir getraut hatte. Ich habe damals schon befürchtet, daß er wiederkommen würde.
Als er zum Sammeln da war, also das erste Mal, hab ich ihn für ein paar Minuten in der Bibliothek alleine lassen müssen. Ich mußte ihm was geben und hatte kein Geld in der Tasche. Leider. Seit dem Tag habe ich immer ein paar Mark in der Tasche.
Ich kam zurück und sah gerade noch, daß er sich an meinem Sekretär zu schaffen machte."
Er merkte, daß Dahm ein wenig verwundert reagierte.
„Der steht nicht mehr in der Bibliothek. Ich habe ihn nach dem Krieg auf den Sperrmüll gebracht. Jedenfalls war in dem Sekretär ein Geheimfach und in dem Geheimfach war die schriftliche Vereinbarung, die ich mit Goldmann getroffen hatte. Mit allen Details. In den ersten Jahren hatte ich das Papier irgendwo im Keller versteckt, aber irgendwann bin ich unvorsichtig geworden und habe es einfach in dem Geheimfach gelassen. Sofort nachdem der kleine Bastard weg war, hab ich nachgeschaut, ob es noch da war. Es hat nichts gefehlt. Aber ich hatte irgendwie das Gefühl, daß er das Geheimfach gefunden hatte. Die nächsten Tage waren furchtbar. Jeden Tag habe ich damit gerechnet, daß er mit ein paar Uniformierten vor der Tür stehen würde und ich wieder ins Lager muß. Und tatsächlich ist er wieder gekommen. Aber alleine. Spät abends. Ich war verzweifelt. Er war noch nicht im Haus, da hatte ich schon beschlossen, ihn umzubringen. Ich dachte, entweder sie

erwischen dich, dann hängen sie dich auf, oder sie erwischen dich nicht. Auf jeden Fall gehst du nicht mehr in ein Lager.
Er kam sich ziemlich wichtig vor. Ich wußte, daß er irgendwie versuchen würde, wieder alleine in der Bibliothek zu sein, um seinen Fehler vom ersten Mal, das Papier nicht mitzunehmen, wieder auszubügeln. Oder, und das war seine letzte Chance gewesen, er hatte das Fach doch nicht gefunden, und ich hatte nur zu sehr schwarz gemalt.
Ich habe ihn mit Absicht wieder kurz alleine gelassen und vor der Tür gewartet. Als ich zurückgekommen bin, hab ich gleich nachgeschaut. Und das Fach war tatsächlich leer."
Dahm wollte ihn eigentlich nicht unterbrechen, aber jetzt war ihm doch etwas unklar.
„Wie kann ein zwölf Jahre alter Junge in ein paar Minuten ein Geheimfach entdecken?"
„Das habe ich mich auch gefragt, aber die Antwort ist wirklich ganz einfach. Wir sind hier auf dem Dorf. Da gibt es nicht so viele Schreiner. Und die paar, die es gibt, die machen halt immer die gleichen Stücke. Oder zumindest fast. Und meinen Sekretär mit meinem Geheimfach gab es eben auch ein paarmal. Zum Beispiel auf dem Hof von Albrechts Großeltern. Das hab ich erst Jahre später erfahren. Deshalb habe ich ihn auch weggegeben. Er hat mir das Papier sofort zurückgegeben. Er war verrückt vor Angst. Er schwor mir, daß er nichts verraten würde. Ich habe getan, als ob ich ihn laufen lassen würde. Er bekam sofort wieder Oberwasser. Wahrscheinlich hat er geglaubt, daß ich es nicht wagen würde, mich an einem Uniformträger zu vergreifen. Als er mir dann kurz den Rücken zugedreht hat, habe ich eine Schnur aus der Tasche gezogen und ihn erwürgt."
Dahm war überrascht, in welch sachlichem Ton Roth ihm diese Geschichte erzählte. Keine Reue, kein Mitgefühl, nichts.
Roth sprach weiter. „Dann mußte ich mir natürlich überlegen, was ich mit der Leiche anstelle. Zuerst wollte ich ihn im Garten vergraben. Aber da war die Gefahr zu groß, daß mich irgend jemand dabei beobachtete. Außerdem wäre er leicht zu finden gewesen. Ich mußte ja damit rechnen, daß sie ihn zuerst bei mir suchen würden. Dann wollte ich ihn verbrennen. Für den alten Brenner im Keller war er aber zu groß und zum Zerstückeln fehlte mir der Nerv. Und dann fiel mir der Weinkeller ein. Der war ideal. Gewachsener Boden, und ich konnte die ganze Nacht graben, ohne daß mich jemand sehen konnte.

Die ganzen nächsten Tage habe ich wie benommen im Haus herumgesessen. Jeden Moment habe ich damit gerechnet, daß sie mich holen, daß irgendwer gewußt oder gesehen hat, daß er bei mir war. Aber nichts ist passiert. Im Dorf herrschte jede Menge Aufruhr, aber niemand kümmerte sich um mich. Es wimmelte von Uniformen. Das ganze Moor haben sie abgesucht, die Wälder rings ums Dorf, alles. Dann sind es immer weniger geworden, und irgendwann haben sie die Sucherei dann ganz aufgegeben.
Nach und nach hab ich mich dann wieder sicherer gefühlt und die ganze Geschichte verdrängt. Und als der Krieg dann zu Ende war, da war ich mir sicher, daß ich davongekommen bin. Wenn ich geahnt hätte, daß Goldmann tatsächlich zurückkommt, dann hätte ich den Jungen, oder das was von ihm übrig war, natürlich ausgegraben und irgendwo im Moor versenkt, aber ich habe geglaubt, daß er nie wiederkommen würde.
Und eines schönen Morgens stand er da. Mit einem kleinen Koffer in der Hand. Und ist am gleichen Tag wieder eingezogen."

Roth schien mit seiner Erzählung am Ende zu sein. Seine innere Anspannung hatte sich gelöst. Er lehnte sich zurück und begann, mit einem Schlüssel den verbrannten Tabak aus seiner Pfeife zu entfernen und sie erneut zu stopfen. Obwohl Dahm so eine Geschichte, wie er sie gerade gehört hatte, auch erwartete, war er doch schockiert.
„In welchem Jahr hat sich denn das Ganze überhaupt abgespielt?"
Roth schien überlegen zu müssen, denn er antwortete nicht sofort.
„Fünfundvierzig war das, Anfang 45. Der Krieg war schon so gut wie verloren."
Es half nichts. Dahm mußte weiterfragen. „Wie war das dann ganz genau letzten Sonntag?"
„So, wie Sie es vermutet haben. Ich bin an dem Abend tatsächlich noch bei ihm vorbeigegangen. Er mochte das eigentlich nicht, wenn ich ihn besucht habe, ohne daß er mich vorher angerufen hat. Aber er hatte sich schon eine ganze Zeit nicht mehr bei mir gemeldet, da bin ich einfach zu ihm hinübergegangen. Ich war ziemlich überrascht, denn mein Besuch schien ihn nicht zu stören. Ganz im Gegenteil. Er hat mich reingelassen und zu einer Partie Schach aufgefordert. Es war alles wie immer. Er ist auch in den Keller gegangen und hat eine von seinen Weinflaschen heraufgeholt. Die haben wir zusammen getrunken.
Irgendwann ist mir aufgefallen, daß es ein besonders edler Tropfen war. Bei ihm gab es zwar immer guten Wein, aber der, den er da aufgemacht hatte, der war etwas ganz Besonderes."

Dahm dachte darüber nach, ob ihm das hätte auffallen müssen. Leider gehörte er zu den Menschen, die vom Wein nicht viel mehr wußten, als daß er entweder rot oder weiß war.
Roth fuhr fort. „Ich habe ihn dann halb im Scherz gefragt, ob er irgend etwas zu feiern hätte und zu meiner großen Überraschung sagte er tatsächlich ja. Er hat mir dann ganz stolz von seiner Idee erzählt, daß er auswandern wollte. Er hatte sogar schon mit irgendeinem Heim in Haifa verhandelt. Dort wollte er sich einkaufen. Auf meine Frage, womit er das ganze bezahlen wollte, hat er mir dann gesagt, daß er das Haus verkaufen wolle. Er muß gemerkt haben, wie sehr ich darüber erschrak, denn er hat mir noch den Arm über die Schulter gelegt. Das war übrigens das erste und einzige Mal, daß er sich so etwas wie eine vertrauliche Geste bei mir erlaubt hat. Er hat sich dafür entschuldigt, daß es mit dem Nießbrauch nichts wurde. Er wollte mir als Entschädigung seinen gesamten Weinkeller und die Bücher überlassen.
‚Tut mir fast leid, daß der alte Kasten abgerissen wird', hat er dann noch gesagt, ‚aber was soll's? Alles ist vergänglich. Ich muß es ja nicht mit ansehen.'
Da habe ich die Kontrolle über mich verloren. Ich habe mir vorgestellt, wie irgend ein Bagger den Jungen zu Tage fördern und alles rauskommen würde. Wenn der Mielke für einen Mord aus dem Jahr 1923 vor Gericht muß, habe ich mir gedacht, dann machen sie dir auch noch den Prozeß. Dann hätte ich wieder ins Gefängnis müssen."
„Glauben Sie, daß von der Leiche noch irgend etwas übrig ist? Die liegt doch schon seit über 50 Jahren in dem Keller."
„Glaub schon. Ich habe sie nicht einfach so vergraben, sondern in eine Seekiste gesteckt. Wegen dem Geruch, wissen Sie. Und die liegt bestimmt noch da unten."
„Das erklärt's", dachte Dahm. „Zu gut überlegt, damals."
„Ich hab ihm gesagt, daß ich kurz aufs Klo muß. Ich bin rausgegangen und habe nachgedacht, was ich jetzt machen sollte. Als ich zurückgekommen bin, saß er tief über das Brett gebeugt. Das Spiel stand ziemlich schlecht für ihn und er brauchte noch Zeit, um sich seinen nächsten Zug zu überlegen. Ich bin so lange durch die Bibliothek gegangen und habe so getan, als würde ich mir ein paar von seinen Büchern anschauen. Die sollten ja irgendwann einmal mir gehören. Und als ich an dem Leuchter vorbeigekommen bin, da ist mir plötzlich klar geworden, was ich tun mußte. Ich dachte mir, wenn du mit einem Mord davonkommst, dann kannst du auch mit dem zweiten davonkommen. Ich hab das Ding genommen und dem Goldmann mit aller Kraft gegen den Kopf

gehauen. Er ist sofort vom Stuhl gefallen. Keinen Laut hat er von sich gegeben.
Erst als ich ihn so daliegen sah, ist mir bewußt geworden, was ich getan hatte. Mein erster Impuls war, sofort die Polizei zu rufen. Aber dann habe ich wieder ans Gefängnis gedacht. Ich habe immer noch Alpträume über das Lager, und noch einmal eingesperrt zu werden, diese Vorstellung konnte ich nicht ertragen.
Ich habe also wieder angefangen zu überlegen. Die kriegen dich sofort, habe ich mir gedacht. Außer, du lenkst den Verdacht in eine völlig andere Richtung. Zuerst wollte ich einfach ein paar wertvolle Sachen mitnehmen, damit es wie ein Raub aussah. In dem Haus steht ja genügend herum. Aber wohin mit dem Zeug? Daheim verstecken, das ging nicht. Hätte man sofort gefunden. Und irgendwo im Moor versenken. Irgendjemand hätte sicher beobachtet, wie ich alter Krüppel mit einem Sack auf dem Rücken durch die Gegend marschiere. Dann ist mir die Idee mit den Nazis gekommen.
Ich hab den Korken genommen und den Davidstern und das „Juda verrecke" an die Wand gemalt. Mir ist ganz schlecht geworden, als ich ihn in Goldmanns Blut getaucht habe. Ich mußte mir mit dem Taschentuch die Nase zuhalten. Ich hatte vorher keine Ahnung, wie stark Blut riecht. Dann hab ich den Bleistift genommen und den Rest dazugeschrieben.
Danach hab ich die Figuren wieder richtig hingestellt und den Wein und die Gläser weggebracht. Mein Glas habe ich gespült und weggeräumt. In der Küche kam mir dann noch die Idee mit dem Fenster. Den Korken habe ich in mein Taschentuch gewickelt und mitgenommen. Dann habe ich den Leuchter und den Stift abgewischt. Das war übrigens der einzige Fehler in Ihrer Theorie. Ich hatte nur einen Grund, in die Küche zu gehen, nicht zwei."
„Wie sind Sie denn auf die Idee mit Röhms Geburtstag gekommen?" wollte Dahm wissen.
„Dachau hat damals der SA gehört. An seinem Geburtstag mußten wir antreten und ein Lied auf ihn singen. Nur im Hemd bei Eiseskälte. Das Datum werde ich nie vergessen. War übrigens sein letzter Geburtstag, der im Jahr 33."
Der Mann tat Dahm leid. Weil er nicht mehr ins Gefängnis wollte, hatte er seinen einzigen Freund getötet. Denn irgendwie waren die beiden ja doch so etwas wie Freunde gewesen. Und Goldmann? Goldmann hatte sterben müssen, weil vor über fünfzig Jahren ein kleiner Nazi seinem großen Plan auf die Schliche gekommen war. Dahm empfand es als bittere Ironie, daß der kleine Albrecht nach all den Jahren doch noch triumphierte. Der Jude

war tot, und der Kommunist wurde wieder eingesperrt.

„Haben sie nie daran gedacht", fragte er ihn schließlich, „daß für ein Gericht die Sache mit Albrecht vielleicht gar kein Mord, sondern Totschlag gewesen sein könnte?"

Roth schaute ihn nur verwundert an. „Mord, Totschlag. Wo liegt denn da der Unterschied? Tot ist tot."

„Nicht ganz," sagte Dahm traurig, „Totschlag verjährt."